PLUK EEN ROOS

M.J. Arlidge bij Boekerij:

Met Helen Grace:
Iene miene mutte
Piep zei de muis
Pluk een roos
Klikspaan
Naar bed, naar bed
Wie niet weg is
Klein klein kleutertje
In de maneschijn
Nog lange niet
Twee kleine visjes
Kom eens gauw

Met Adam Brandt:
Kom je spelen?

boekerij.nl

M.J. ARLIDGE

PLUK EEN ROOS

WAT ALS JE ERGSTE NACHTMERRIE
WERKELIJKHEID WORDT?

BOEKERIJ

Eerste druk 2016
Vijfendertigste druk 2022

ISBN 978-90-225-7987-9
ISBN 978-94-023-0659-0 (e-book)
ISBN 978-90-528-6109-8 (audio)
NUR 330

Oorspronkelijke titel: *The Doll's House*
Vertaling: Yolande Ligterink
Omslagontwerp: Wil Immink Design
Omslagbeeld: iStock
Zetwerk: Mat-Zet bv, Huizen

1

Aan het eind van een onrustige nacht lag Ruby te woelen in haar bed. Het leek of ze urenlang half bewusteloos was geweest – niet helemaal wakker, maar ook niet echt in slaap. Wilde, angstige dromen waren ongemakkelijk gepaard gegaan met het vreemde gevoel dat haar moeder haar naar bed droeg. Een fijn gevoel, maar het was natuurlijk niet mogelijk. Ruby woonde op zichzelf en het was minstens vijftien jaar geleden dat haar ouders haar naar bed hadden moeten brengen.

Inmiddels had Ruby spijt van haar bezoek aan de Revolution. Haar woede op het leven had haar in een zelfdestructieve bui gebracht en ze was niet in staat of bereid geweest nee te zeggen tegen de gratis drankjes die haar door hoopvolle jongens waren aangeboden. Er waren ook pillen en cocaïne aan te pas gekomen – het was allemaal nogal wazig. Maar had ze echt zo veel gedronken, zo veel gebruikt, dat ze er zó beroerd van was geworden?

Ze draaide zich nog eens om en trok het laken over haar bonzende hoofd. Ze had vandaag belangrijke dingen te doen – haar moeder kwam straks – maar daar was Ruby nu niet tegen opgewassen. Ze wilde zich verstoppen voor de wereld, wegduiken in haar kater, veilig voor bemoeizuchtige familieleden, verantwoordelijkheid, verraad en verdriet. Ze wilde haar leven niet onder ogen zien – in ieder geval de eerste paar uren niet.

Ze duwde haar hoofd onder het kussen en kreunde zachtjes. Het was verrassend koel daaronder, koeler dan anders, en heel even voelde ze zich verkwikt en getroost. Dit was een goede plek om even weg...

Er was iets vreemds. De geur. Wat was er met de geur van de lakens? Ze roken... verkeerd.

Langzaam werd haar kater verdrongen door alarmsignalen. Haar lakens roken altijd naar citrusvruchten. Ze gebruikte dezelfde wasverzachter als haar moeder. Waarom roken ze nu dan naar lavendel?

Ruby hield haar ogen dicht en het kussen op haar hoofd. Er gingen pijnscheuten door haar hoofd toen ze naging wat er de vorige avond allemaal was gebeurd. Ze had met een knul gezoend en geflirt met een paar andere mannen... maar ze was toch niet met iemand naar huis gegaan? Nee, ze was alleen in haar flat gearriveerd. Ze wist nog dat ze haar sleutels op tafel had laten vallen, dat ze water had gedronken, rechtstreeks uit de kraan, en dat ze een paar tabletten Nurofen had geslikt voor ze zich in bed had laten vallen. Dat wás toch gisteravond geweest?

Nu voelde ze dat ze oppervlakkiger ging ademen en een strakke band om haar borst kreeg. Ze moest haar inhalator hebben. Ze stak haar arm uit en tastte naar het nachtkastje – dronken of niet, haar inhalator lag altijd binnen handbereik. Maar hij was er niet. Ze strekte haar arm nog verder. Niets. Er was verdomme niet eens een kastje. Haar hand kwam in aanraking met de muur. Ruwe stenen. Haar muur bestond niet uit...

Ruby trok het kussen weg en ging overeind zitten. Haar mond viel open, maar er kwam slechts een zwak gehijg uit. Haar lichaam verstijfde in ademloze paniek. Ze was gaan slapen in haar lekkere, knusse bed. Maar ze was wakker geworden in een koude, donkere kelder.

2

De zon stond hoog aan de hemel en het strand zag er magnifiek uit, een lange strook goudkleurig zand dat moeiteloos overging in het rustige water van de Solent. Andy Baker gaf zichzelf een schouderklopje: Carsholt was letterlijk de plek waar aan alles een eind kwam, dus kwam hier bijna nooit iemand, hoe mooi het strand ook was. Cathy, hij en de kinderen hadden het rijk alleen voor een volmaakte zaterdag aan zee. Een picknick, een beetje frisbeeën, een paar biertjes – de stress van de werkweek viel nu al van hem af.

Andy liet het graven van de greppel aan de jongens over – de voorbereiding voor de veldslagen die zijn drukke tweeling leverde – en ging op weg naar de waterkant. Waarom had deze plek zo'n kalmerende uitwerking op hem? Kwam het door de afgelegen ligging? Het uitzicht? Het geluid van de zee die over het strand kabbelde? Andy liet het water over zijn tenen spoelen. Hij kwam hier al sinds hij klein was. Hij was hier vaak geweest met zijn vrouw – zijn eerste vrouw – en de jongens. Dat was natuurlijk niet goed afgelopen, maar nu hij naar Cathy keek, die onder veel grappen en grollen met Tom en Jimbo aan het graven was, voelde Andy zich een gezegend mens.

Deze plek was zijn toevluchtsoord en hij keek er de hele week naar uit. Het leiden van een beveiligingsbedrijf klonk goed, maar het gaf constant problemen. Vroeger kon je nog fatsoenlijk personeel krijgen, maar dat was verleden tijd. Misschien was het de toestroom van buitenlanders of lag het gewoon aan de moderne tijd, maar dertig procent van de werknemers leek een drugsprobleem te hebben of hield net iets te veel van de meisjes. Vorige maand was hij voor de rechter gedaagd door de eigenaar van een nachtclub, die een van zijn jongens had betrapt op het verkopen van ketamine in de toiletruimtes. Hij werd te oud voor zulke dingen – misschien werd het tijd om met pensioen te gaan.

Andy keek scherp op toen hij een geluid hoorde. Het kwam van achter hem. Waar de jongens waren. Ze riepen. Nee, ze gilden.

Meteen rende Andy met bonzend hart over het zand. Deed iemand hun pijn? Hij zag Cathy, maar waar waren de jongens?

'Cathy?'

Ze keek niet eens naar hem.

'Cáthy.'

Eindelijk keek ze op. Ze was lijkbleek. Ze probeerde iets te zeggen, maar voordat haar dat lukte, renden de jongens naar haar toe en klampten zich aan haar vast alsof hun leven ervan afhing.

Andy stond ernaar te staren, verbaasd en angstig. Terwijl Cathy de jongens tegen zich aan drukte, bleef haar blik resoluut gericht op de greppel. Lag daar iets in waarvan ze waren geschrokken? Een dood dier of...

Andy liep naar de rand van de greppel. Hij had een voorgevoel van wat hij zou aantreffen. Hij zag het voor zich. Toch sloeg zijn hart een slag over toen hij in het gat keek. Het was een greppel geworden van ongeveer een meter diep met steile wanden en onderin, volmaakt omlijst door het natte zand, zag hij het bleke gezicht van een jonge vrouw.

3

Ze kreeg witte vlekken voor haar ogen en de band om haar borst werd nog strakker. Ruby zat nu midden in een flinke astma-aanval en door de paniek ademde ze ongelijkmatig en oppervlakkig. Ze voelde haar hart meedogenloos bonken, alsof het ging exploderen. Wat gebeurde er in godsnaam? Was dit écht?

Ze zette haar tanden in haar arm. De pijn schoot door haar heen en ze liet los om meer lucht binnen te krijgen. Het was wel degelijk echt. Ze had het kunnen weten, want ze had het enorm koud. Rillend ging ze weer op het bed liggen en probeerde te kalmeren. Het besef dat ze haar inhalator niet had, maakte haar doodsbang, maar ze moest proberen haar paniek te onderdrukken, anders raakte ze helemaal van de wereld. En dat kon niet. Niet hier.

Rustig. Probeer rustig te blijven. Denk aan leuke dingen. Denk aan mam. En pa. En Cassie. En Conor. Denk aan weiden. En rivieren. Zonlicht. Denk aan je kindertijd. Speeltuinen. Zomer in de tuin. Door de straal van de sproeier lopen. Denk aan fijne dingen.

Ruby's borst ging nu niet meer zo heftig op en neer en haar ademhaling werd iets minder geforceerd. Houd het hoofd koel. Het komt wel goed. Hier is een eenvoudige verklaring voor. Ze duwde de kussens in haar rug, haalde diep adem en opeens riep ze: 'Hallo?'

Haar stem klonk vreemd en de woorden sloegen dood tegen de kale bakstenen. Het was donker in de kamer. Het enige licht kwam onder de deur door, net sterk genoeg om te kunnen zien in welke situatie ze zich bevond. De ruimte was ongeveer vierenhalve bij vierenhalve meter groot en zag eruit als elke doorsnee zit-slaapkamer – een bed, een tafel en stoelen, een gasfornuis, een waterkoker en een paar boekenplanken – afgezien van het feit dat er geen ramen waren. Het lage plafond bestond uit houten planken, maar vertoonde vreemd genoeg geen kieren die iets van licht konden doorlaten.

'Hallo?' Haar stem trilde en ze vocht tegen de paniek die haar overmande. Nog steeds geen antwoord, geen teken van leven.

Opeens stond ze overeind – alles beter dan daar te blijven zitten en zich allerlei afschuwelijke dingen in haar hoofd te halen. Ze liep de kamer door en drukte de kruk van de zware metalen deur naar beneden, maar de deur zat op slot. Haastig inspecteerde ze het kamertje op manieren om te ontsnappen, maar die waren er niet.

Ze rilde. Ze was halfdood van angst en verkleumd tot op het bot. Haar blik viel op het gasfornuis. Het was een oud toestel met twee ovens en vier pitten. Ze kwam op de gedachte om ze aan te steken. De vier pitten konden de ruimte een beetje verwarmen en bovendien wat licht verschaffen. Ze draaide aan de knop en drukte op de ontsteking. Niets. Ruby probeerde de volgende pit, en nog een. Nog steeds niets. Ze keek achter het gasfornuis. Ze wist helemaal niets van die dingen, maar misschien was het iets wat voor de hand lag.

Het was niet aangesloten. Er zat geen pijp aan de achterkant die als gastoevoer kon dienen. Het ding stond er alleen voor de show. Ruby liet zich op de grond zakken. De tranen stroomden over haar wangen nu haar verwarring moest opboksen tegen de angst.

Wat was dit voor kamer? Wat deed ze hier? De vragen buitelden door Ruby's hoofd toen ze deze vreemde situatie probeerde te verwerken. Ze gleed snel af naar de wanhoop en de tranen dropen via haar kin op de vloer.

Toen ze een geluid hoorde, keek ze op.

Wat hoorde ze? Was het boven of hierbeneden?

Daar was het weer. Voetstappen. Beslist. Ze kwamen dichterbij. Stopten voor de deur. Ruby sprong overeind, zich bewust van het gevaar.

Stilte. Toen gleed opeens een luikje in de deur open en verscheen er een paar ogen in de spleet. Ruby strompelde naar achteren en drukte zich in een hoek van de kamer – ze wilde zo ver mogelijk bij die deur vandaan.

Het geluid van verschuivende grendels.

'Help!' gilde Ruby.

Verder kwam ze niet. De deur zwaaide open en het licht stroomde de kamer in. Ruby kneep haar ogen dicht, verblind door het sterke licht. Toen deed ze ze langzaam en voorzichtig weer open.

In de deuropening stond een lange gestalte. Door het licht achter hem kon ze het gezicht niet onderscheiden. Hij was niet meer dan een schaduw, die stil naar haar keek.

Toen sloeg de zware deur weer dicht, net zo plotseling als hij open was gegaan. Ze waren samen in de donkere kamer.

Ruby sloeg haar handen voor haar gezicht, bad tot een God in wie ze niet geloofde en smeekte om genade. Maar ze kon bidden wat ze wilde, de voetstappen kwamen dichterbij.

4

Inspecteur Helen Grace raasde tegen de geselende wind in over de kustweg. Ze was nooit eerder op deze afgelegen plek geweest en hij stond haar wel aan. Die verlaten wildernis was precies iets voor haar. Op de lege weg voerde ze de snelheid nog wat verder op, terwijl ze vocht tegen de sterke tegenwind.

Al snel kwam de plaats delict in zicht. Ze liet het gas los en remde af tot de Kawasaki een respectabele vijftig kilometer per uur ging. Brigadier Lloyd Fortune stond haar op te wachten bij het wapperende politielint. Het jonge, intelligente uithangbord voor de kansen van etnische minderheden bij de politie was voorbestemd een glanzende carrière op te bouwen. Helen had Lloyd altijd graag gemogen en had respect voor hem, maar toch voelde het raar dat hij nu haar tweede man was. Tijdens de jacht op Ella Matthews was Charlie tijdelijk gepromoveerd tot brigadier, maar dat was nooit definitief bevestigd. Zodra Charlie had gemeld dat ze een kind verwachtte, was haar kans verkeken – ze zou voorlopig haar eerdere rang van rechercheur behouden. Het was niet eerlijk, maar zo werkte het nu eenmaal – werkende moeders waren altijd in het nadeel.

Het oude team viel uit elkaar. Tony Bridges was voorgoed vertrokken, rechercheur Grounds zou binnenkort met pensioen gaan en Charlie had zwangerschapsverlof, want ze was over een paar weken uitgerekend. Lloyd was de nieuwe brigadier en ze hadden twee nieuwe rechercheurs: er heerste nu een heel andere sfeer bij het team Zware Misdrijven. Om eerlijk te zijn voelde Helen zich er ongemakkelijk bij. Ze wist nog niet hoe ze moest omgaan met de nieuwe persoonlijkheden en het nieuw samengestelde team was nog niet goed op elkaar ingespeeld. Dat bereikte je alleen door samen door het vuur te gaan.

'Wat heb je voor me, Lloyd?'

Ze waren al onder het politielint door gedoken en liepen over het zand naar de geul.

'Jonge vrouw. Ongeveer een meter diep begraven. Een uur of zo geleden gevonden door een paar kinderen. Ze staan daar met hun ouders.'

Lloyd wees op een gezin van vier personen, die weggedoken in politiedekens een verklaring aflegden aan een geüniformeerde agent.

'Enig verband met het slachtoffer?'

'Nee, ze komen hier vaak in het weekend. Meestal hebben ze het strand voor zichzelf.'

'Woont hier iemand in de buurt?'

'Nee. De dichtstbijzijnde huizen staan vijf kilometer verderop.'

'Krijg je hier 's nachts licht van de vuurtoren?'

'Het is te ver om de bocht.'

'Dan is dit dus een prima begraafplek.'

Ze liepen zwijgend naar de rand van de geul. Meredith Walker, de lijkschouwer van Southampton Central, was voorzichtig bezig het lichaam verder op te graven. Helen nam het sinistere beeld in zich op van de in het wit geklede lijkschouwer die zich over een vrouw boog die er absoluut vredig uitzag, ondanks het natte zand in haar haar en op haar ogen en lippen.

Het gezicht, de schouders, het bovenlichaam en de armen van de vrouw waren inmiddels blootgelegd. Die armen waren pijnlijk mager en de huid zag heel bleek, zodat de tatoeage extra opviel. Ondanks de gedeeltelijke ontbinding bood ze een bovenaards mooie aanblik met het zwarte haar en de nog steeds helderblauwe ogen. Het deed Helen denken aan de sprookjes van Grimm over gotische maagden die wachtten op de kus van de ware liefde.

'Hoe lang ligt ze hier al?' vroeg Helen.

'Moeilijk te zeggen,' antwoordde Meredith. 'Het zand is op deze diepte koud en nat, ideale omstandigheden om het lichaam te conserveren. Er konden ook geen dieren of insecten bij. Maar het ligt er al een tijdje. Twee, drie jaar zou ik zeggen, gezien de mate van ontbinding. Jim Grieves zal je meer kunnen vertellen als hij haar eenmaal heeft onderzocht in het mortuarium.'

'Ik moet zo mogelijk vanavond nog foto's van de pd hebben,' antwoordde Helen.

'Dat gaat lukken. Maar ik weet niet of je er veel aan zult hebben. De dader is heel omzichtig te werk gegaan. Haar oorbellen en neuspiercings zijn verwijderd. De vingernagels zijn geknipt. En je kunt wel raden wat de tijd en het getij hebben gedaan met ander forensisch bewijsmateriaal.'

Helen bedankte Meredith en liep naar de rand van het water om een beter overzicht te hebben over de plaats delict. Haar zintuigen stonden op scherp. Degene die het lijk gedumpt had, was zorgvuldig en weloverwogen te werk gegaan en wist precies wat hij deed. Dit was niet het werk van een amateur. Dus had Helen sterk het vermoeden dat de moordenaar dit eerder had gedaan.

5

'Ga weg. Laat me met rust.'

Ruby had zich teruggetrokken in een hoek van de kamer. Ze stak haar armen uit om hem af te weren, maar wist meteen dat het een zinloos gebaar was.

Klik. Een krachtige zaklantaarn scheen recht in haar ogen. Haar hart bonkte toen ze de lichtstraal over zich heen zag gaan en van haar gezicht naar haar borsten, haar bovenbenen en vervolgens naar haar voeten zag kruipen. Hoe ze zich ook had voorgenomen sterk te blijven, ze verloor haar zelfbeheersing en begon te huilen.

'Je hoeft niet bang te zijn.'

Zijn stem klonk vast en afgemeten. Ze herkende hem niet, hoewel het accent van Southampton duidelijk te horen was.

'Laat me alsjeblieft gaan,' wist ze door haar tranen heen uit te brengen. 'Ik zal tegen niemand iets zeggen. Ik...'

'Heb je het koud?'

'Alsjeblieft. Ik wil naar huis.'

'Als je het koud hebt, kan ik je wel een extra deken geven. Ik wil dat je je hier thuis voelt.'

Zijn rustige pragmatisme voelde verpletterend. Hij praatte alsof er niets ongewoons was gebeurd. Alsof dit allemaal normaal was.

'Heb je honger?'

'Ik wil naar huis, klootzak dat je bent. Praat... praat niet zo tegen me. Breng me... gewoon naar huis. De politie is vast al naar me op zoek...'

'Niemand is naar je op zoek, Ruby.'

'Mijn ouders verwachten me bij hen thuis. Vandaag komt mijn moeder...'

'Je ouders houden niet van je.'

'Wat?'

'Ze hebben nooit van je gehouden.'

'Waarom zeg je...'

'Ik heb gezien hoe ze je behandelen. Ik heb gehoord wat ze over je zeggen als je er niet bij bent. Ze willen van je af.'

'Dat is niet waar.'

'O, nee? Jij bent degene die is weggegaan, weet je nog? Waarom zouden ze je dus komen zoeken?'

De afschuwelijke logica hiervan legde Ruby het zwijgen op.

'Nee... nee. Je hebt het mis. Je liegt. Als je geld wilt, hebben ze...'

'Ik zeg je alleen de waarheid. Ze willen je niet. Maar ik wel.'

Ruby ging nog harder huilen. Dit kon niet waar zijn.

'Ik wil naar huis,' jammerde ze.

De zaklantaarn kwam dichterbij. Nu stond de man naast haar. Ruby boog haar hoofd en kneep haar ogen dicht. Ze voelde zijn adem op haar huid. Ze schrok toen hij over haar hoofd aaide.

'Dat is goed om te horen, lieveling.'

Zijn stem was een warme fluistering.

'Want dit is nu je thuis.'

6

Alison Sprackling was woedend op haar dochter. Ze hadden om elf uur afgesproken en nu was het bijna één uur. Waar hing Ruby in godsnaam uit?

Ze was niet naar de deur gekomen toen Alison had aangebeld, dus had die zichzelf binnengelaten. Ruby woonde alleen in een piepklein, sjofel flatje. Ze was dol op feestjes en ging op vrijdagavond vaak uit, en het zou niet de eerste keer zijn dat ze met een kater onder het dekbed dook en de wereld buitensloot. Er bestond natuurlijk altijd een kans dat ze iemand mee naar huis had genomen – niet iets waar Alison graag over nadacht gezien het liefdesleven dat haar dochter erop nahield – maar er hing te veel van dit bezoek af om preuts te gaan lopen doen.

Het had zo lang geduurd om iedereen zover te krijgen dat een verzoening tot de mogelijkheden behoorde. Alison was vastberaden nu door te zetten, hoe onbetrouwbaar en koppig Ruby ook kon zijn. Ze had er maanden van diplomatie in gestoken om mogelijk te maken dat Ruby kon terugkeren naar de familie. Dit was de dag waarop ze contact zouden opnemen met haar huisbaas en een afspraak zouden maken met een verhuisbedrijf. Het was een feestelijke dag, een dag om de hard bevochten overwinning van het gezond verstand op de gekwetste gevoelens te bezegelen.

Alison wilde niets liever. Een terugkeer naar een normaal leven en een gelukkig, herenigd gezin. Maar waar was ze? Waar kon Ruby uithangen, uitgerekend vandaag? Moest ze Jonathan bellen? Vragen of hij hiernaartoe kwam? Nee, het was beter hem niet van extra munitie te voorzien nu de wapenstilstand nog zo broos was.

Het jaar na Ruby's vertrek was afschuwelijk geweest. Niet alleen door de bittere beschuldigingen, de tranen en de dreigementen, maar meer door het gemis van hun oudste bij familiebijeenkomsten, vakanties, barbecues. Het had allemaal zo verkeerd gevoeld, alsof iedereen – en zij ook – met opzet een brandend gebouw negeerde of een zwemmer die aan het verdrinken was.

Alison beende nog eens door de flat, van de slaapkamer naar de badkamer en vandaar naar de zitkamer, maar er was geen spoor van Ruby te bekennen. Wat had dit te betekenen? Een laatste rebelse opwelling? Een waarschuwing dat ze haar eigen zin kon en zou doen? Of was het iets ernstigers? Kwam ze terug op de afspraak? Alison werd enorm zenuwachtig van de onzekerheid.

Toen klonk er opeens getjilp: Alisons telefoon kondigde aan dat er een tweet was binnengekomen. Ruby tweette veel – het was voor Alison dé manier om in de gaten te houden waarmee ze bezig was – dus Alison rende naar haar tas en trok de inhoud eruit, op zoek naar haar telefoon.

Het berichtje was inderdaad van Ruby. Alison las het. Fronsend las ze het nog eens. Zo'n egoïst kon ze toch niet zijn?

'Ik moet even weg, even alleen zijn. Als mensen meer van me gehouden hadden, was ik wel gebleven... Rx.'

Het kon. Ruby had de stekker eruit getrokken. En Alison wist meteen dat er geen weg terug was.

7

Toen hij klaar was met tweeten, zette hij de telefoon uit en borg hem op in zijn jaszak. Hij controleerde nog eens of de kust veilig was, maar dat was eigenlijk overbodig – niemand kwam zo diep het bos in.

Langzaam baande hij zich een weg door het kreupelhout, waarbij hij er goed voor oppaste dat zijn kleren niet bleven haken aan doorns of andere scherpe uitsteeksels. Het was onwaarschijnlijk dat zijn synthetische kleding vezels zou achterlaten, maar je kon niet voorzichtig genoeg zijn.

Hij kwam uit op een kleine open plek. Het gebladerte was hier minder dicht en de bodem zanderig en droog. Ideaal voor wat hij wilde doen. Hij maakte een plekje vrij door de begroeiing weg te halen, haalde een flinke bundel stokjes uit zijn rugzak en legde die zorgvuldig op de grond. Het duurde niet lang eer hij een flinke stapel had gemaakt, omringd door een kleine, zorgvuldig met zijn plantschopje gegraven greppel. Eventuele vonken zouden in die greppel terechtkomen – een bosbrand op deze plek zou rampzalige gevolgen kunnen hebben. Veiligheid voor alles, altijd en overal.

Een paar aansteekblokjes om de boel op gang te brengen. Dat was natuurlijk gevaarlijker dan kranten, maar kranten konden elke agent met een beetje verstand in zijn hoofd waardevolle in formatie opleveren, dus moest het met paraffine. De hitte van het vuur voelde vreemd aan op deze warme zaterdagmiddag, maar daar was niets aan te doen. Als iemand op de plek stuitte, zou hij denken dat vakantiegangers hier hadden gebarbecued – daarvan liepen er in deze tijd van het jaar genoeg rond. Hoe dan ook, hij zou tegen die tijd al lang weg zijn, dus...

De gedachte dat hij ontdekt zou worden, hoe vergezocht ook, bracht hem in beweging. Hij haalde Ruby's pyjama uit de tas en legde hem op het vuur. Hij keek hoe de kledingstukken verbrandden, geboeid door de traagheid waarmee dat gebeurde. Aanvankelijk boden ze koppig weerstand, maar toen kwam de eerste opflakkering van brandende vezels en uiteindelijk was er geen houden meer aan.

Het was stom om er zo veel van te genieten. Maar hij kon het niet helpen. Het was zo mooi: de opspringende vlammen, de gloeiende kooltjes en uiteindelijk de ragfijne as. Hij werd geroerd door wat hij zag, was zich bewust van de wonderbaarlijke betekenis. Dit was het eind van Ruby. Ze was nu dood, weg, maar uit het vuur, uit de as, zou iets nieuws en prachtigs ontstaan.

8

De jonge vrouw lag koud en levenloos op de snijtafel. Het zand dat haar zo lang had omhuld, was korrel voor korrel weggeveegd en meegenomen om geanalyseerd te worden, zodat het slachtoffer er vreemd schoon uitzag. Nu ze van het strand was gehaald en naakt en zonder enige opsmuk in het mortuarium lag, bood ze een deerniswekkende aanblik. Ze was vreselijk mager – bijna een geraamte, had Jim Grieves, de patholoog, door de telefoon gezegd. Toen Helen naar het lijk stond te kijken, voelde ze een golf van misselijkheid opkomen. Dit was een springlevende jonge vrouw geweest, maar nu was haar huid grauw, waren haar lippen gebarsten en drukten haar botten overal tegen de overblijfselen van haar huid. Helen voelde een diep medelijden met haar.

Ze hadden in de nationale politiecomputer gezocht en de gebruikelijke informatie over vermiste personen opgevraagd, maar daar was niets uit gekomen. Dus had Helen besloten naar het mortuarium te gaan om te kijken of Jim enig licht kon werpen op haar identiteit en op de vraag hoe ze daar terecht was gekomen.

'Ze is doodgehongerd,' was Jims eerste vaststelling. Hij was geen ongevoelige man, maar na jarenlang dit werk en honderden lijkschouwingen te hebben gedaan, had hij geen zin meer in beleefde kletspraatjes en kwam hij liever meteen ter zake. 'Haar maag is gekrompen tot de omvang van een sinaasappel, de botten zijn verzwakt en ik heb sporen van niet eetbare stoffen – hout, katoen en zelfs metaal – aangetroffen in het spijsverteringsstelsel.'

Helen knikte.

'Ik ben nog niet met haar klaar, maar tot dusver heb ik geen duidelijke doodsoorzaak kunnen vinden. De nek en de wervels zijn intact, er zijn geen kogel- of steekwonden en ook geen tekenen van verwurging met de handen of met een touw of iets dergelijks, dus voorlopig gaan we ervan uit dat ze is doodgehongerd.'

'Jezus.'

'Het komt overeen met een paar andere dingen die ik heb opgemerkt. Haar huid is grauw en leerachtig, ook op plekken waar hij goed bewaard is gebleven, en haar ogen zijn merkbaar achteruitgegaan. Ik zou zeggen dat ze aan het eind zo goed als blind was. Bovendien blijkt uit de tests dat ze totaal geen vitamine D meer in haar bloed had.'

'Wat betekent dat?'

'Al die factoren bij elkaar wijzen erop dat ze de laatste weken of zelfs maanden van haar leven in totale duisternis heeft verkeerd.'

Helen was sprakeloos van afschuw. Was deze jonge vrouw doodgehongerd in een pikdonkere hel?

'Nog iets anders?' vroeg ze snel.

'Je zult de tatoeage hebben gezien – een blauw vogeltje op de rechterschouder, een *sialia*. Die is ergens in de laatste drie tot vijf jaar gezet. Ook zitten er bultjes in het kruis. Die lijken op oude sporen van een seksueel overdraagbare infectie, *mollusca contagiosa*, zou ik zeggen. Dat kan ik bevestigen als ik meer tests heb gedaan.'

'Hoe lang is ze begraven geweest?'

'Moeilijk met enige zekerheid te zeggen. Zoals je kunt zien, is het lichaam aan het ontbinden. De skeletisatie is voor ongeveer dertig procent compleet, maar er is nog een heleboel huid overgebleven en het haar is nog grotendeels intact. Warmte versnelt de ontbinding, koude vertraagt die en het was daar behoorlijk kil. Ik schat dus twee tot vier jaar.'

Helen zuchtte. Die tijdsspanne was haar te groot.

'Maar ik heb iets anders wat zou kunnen helpen,' ging Jim verder. Hij draaide zich om en stak Helen een metalen kommetje toe. Helen keek erin en zag een klein, elektronisch apparaatje.

'Je slachtoffer had een hartkwaal. Dit is haar pacemaker,' legde Jim uit terwijl hij opgedroogd bloed en roest van het voorwerp veegde. 'Compleet met het logo van de fabrikant en een serienummer.'

Helen wist een mager glimlachje tevoorschijn te toveren – eindelijk goed nieuws.

'Doe navraag naar dat serienummer,' ging Jim verder, 'en dan weet je wie ze is.'

9

Rechercheur Sanderson liep met een bezwaard gemoed naar de flat in Millbrook. Het overkwam haar steeds vaker dat ze zaken moest afhandelen waar niemand anders van het team Zware Misdrijven zin in had. Helen, Lloyd en een paar anderen waren naar Carsholt geweest om de interessante dingen voor hun rekening te nemen. En waar was zij mee opgezadeld? Een vermissing. Het was niet Helens schuld, die had haar altijd eerlijk behandeld en haar als vrouwelijke medewerker extra aangemoedigd. Nee, het was allemaal de schuld van Lloyd Fortune, die in haar ogen de voorkeur gaf aan de nieuwe rechercheurs. Het was niet eerlijk. Zij had meer ervaring en kende Southampton beter dan die nieuwelingen. Maar bureaupolitiek was een grillige kwestie.

De flat zelf verbeterde haar stemming niet bepaald. Verbazingwekkend waarmee huisbazen tegenwoordig weg konden komen nu niemand meer de middelen had om iets te kopen. Het tweekamerflatje was piepklein en stelde bijzonder weinig voor. Het plafond vertoonde vochtvlekken, de ramen sloten slecht, zodat het tochtte, en ze was ervan overtuigd dat er ongedierte achter de plinten huisde. Of misschien lag te rotten. De hele flat rook naar verval.

Maar voor iemand was dit een thuis en de huurster, Ruby Sprackling, was iemands dochter. Alison, de moeder, liep doelloos heen en weer, geflankeerd door haar bezorgde echtgenoot Jonathan. De tranen zaten hoog, dus Sanderson besloot voort te maken en zo veel mogelijk informatie te verkrijgen.

'Er zijn de laatste paar jaar een boel... problemen geweest, maar ze zou er nooit zomaar vandoor gaan,' zei Alison. 'Ze zou volgende week weer thuis komen wonen, daar hadden we het al maanden over, we hadden van alles geregeld...'

'Kan het zijn dat ze zich bedacht heeft?'

'Nee,' kwam het snelle antwoord, maar Sanderson bespeurde iets van twijfel. Ze vond het ook heel belangwekkend dat de echtgenoot met een strak gezicht rondliep en nog geen woord had gezegd.

'U zei dat ze de laatste tijd contact had met haar biologische moeder?' ging Sanderson verder.

'Niet echt de laatste tijd, maar de afgelopen twee jaar af en toe.' Daar wilde Ruby's vader wel over praten. 'Ze had een verschrikkelijk slechte invloed op haar,' vervolgde hij. 'Ze bracht haar in aanraking met drugs, zorgde ervoor dat ze ging spijbelen en problemen kreeg met de politie. Door dat stomme wijf heeft Ruby haar examens volledig verknald.'

Een scherpe blik van Alison zorgde ervoor dat hij zijn woede verbeet. Hij hield op met zijn tirade, maar had er geen spijt van. Hij had een uitgesproken mening over Shanelle Harvey en was niet van zins die te herzien. Zijn veelbelovende dochter was het afgelopen jaar volledig losgeslagen, wat had gezorgd voor woedende woordenwisselingen en verwijten binnen de familie. En dat allemaal vanwege het onschuldige en goedbedoelde verlangen om een band te krijgen met haar biologische moeder.

Terwijl hij Sanderson op de hoogte stelde van de details, had die onwillekeurig het gevoel dat Ruby beter af zou zijn geweest als ze zich had gehouden bij wat ze had. Shanelle Harvey was een tweederangs crimineel gebleken, een dief en een dealer met twij felachtige hobby's en nog twijfelachtiger vriendjes. Niet de dappere, maar arme oermoeder die Ruby wellicht had gehoopt te vinden.

'U zei dat u zich aanvankelijk niet al te veel zorgen maakte, maar nu...' Sanderson bracht het gesprek weer in het gareel.

'Dat klopt,' beaamde Alison. 'Ruby kan behoorlijk onbetrouwbaar en impulsief zijn. Het is niet onmogelijk dat ze zich weer van alles in het hoofd heeft gehaald en er een tijdje vandoor is gegaan. Maar ze heeft sinds gisteravond maar één tweet verstuurd en u kunt van mij aannemen dat dat helemaal niets voor haar is. En nu staat haar telefoon uit. Ik heb wel tien keer geprobeerd haar te bellen...'

'Hoe zit het met haar sleutels? En haar tas?'

'Het ziet ernaar uit dat ze die heeft meegenomen,' moest Alison toegeven.

'Dus ze heeft een tas ingepakt?'

'Haar rugzak is weg. En ze heeft inderdaad ook het grootste deel van haar kleren meegenomen.'

'Is er enig teken van braak?'

'Nee, het slot is nieuw en vrij goed en de ramen zien er normaal uit, maar toch...'

Sanderson voelde haar aandacht verslappen toen ze Alison afschreef als een moeder die de waarheid niet wilde zien, maar gaf zichzelf een geestelijke schop onder de kont om zich te blijven concentreren. Helen Grace was zeer alert in het geval van vermiste personen en zei altijd dat ze de eerste stappen waren naar moorden en verkrachtingen, dus Sanderson wist dat Helen zou verwachten dat ze de onderste steen boven zou halen.

'Haar inhalator.'

Nu had Alison Sandersons volledige aandacht.

'Heeft ze astma?'

'Sinds haar geboorte. Als kind heeft ze een paar zware aanvallen gehad. Twee keer is ze in het ziekenhuis terechtgekomen. Dus nu heeft ze altijd haar inhalator bij zich. Het is haar vaste routine als ze de deur uit gaat: "Sleutels, portemonnee, inhalator..." Ze zou nooit zonder dat ding weggaan.'

'En?'

'En ik trof hem aan naast haar bed. Hij moet van het nachtkastje op de grond zijn gevallen. Zelfs als ze haast had, zelfs als ze zo snel mogelijk weg wilde, zou ze haar inhalator nooit hebben laten liggen.'

'En als ze hem wel was vergeten?'

'Dan zou ze ervoor terugkomen, hoe dan ook,' zei Jonathan beslist. Ondanks zijn wisselvallige relatie met zijn stiefdochter leek hij even bezorgd als de moeder.

Sanderson stelde nog wat vragen en maakte toen een eind aan het gesprek. Deze zaak zag er ineens heel wat ernstiger uit. Hoewel ze haar best deed om Alison en Jonathan gerust te stellen, was Sanderson geschrokken van het detail van de vergeten inhalator. Het was iets wat iemand anders zou kunnen vergeten, maar niet Ruby, die sinds haar geboorte last had van astma. En dat deed de vraag rijzen of Ruby er echt vandoor was gegaan. Was er misschien een derde in het spel?

10

Het was niet altijd makkelijk om moeder te zijn. Correctie, het was nooit makkelijk om moeder te zijn. Hoofdinspecteur Ceri Harwood beklom in een sombere stemming de trap naar de derde verdieping van haar modieuze stadshuis. Ze liep al bijna een uur tegen haar kinderen te zeuren dat ze naar bed moesten, maar ze vertikten het gewoon en vonden steeds weer een smoesje om niet te doen wat er gevraagd werd. Het was een lange dag geweest en ze had er helemaal geen zin in om de hele avond de trappen op en neer te lopen terwijl ze ook met een glas wijn op de bank zou kunnen zitten.

'Als jullie niet binnen twee minuten in bed liggen en stil zijn, gaat de PS4 een week de kast in.'

Het voelde goed om met een week te dreigen – ze had nooit eerder met een hele week gedreigd. Het had het gewenste effect. Opeens werd het heel stil op de vierde verdieping en na het geluid van rennende voeten en het geklik van lichtschakelaars daalde de vrede neer. Harwood wachtte nog een paar minuten en toen sloop ze naar de bovenverdieping en stak haar hoofd om de deur.

Beide meisjes waren diep in slaap en ondanks haar irritatie en vermoeidheid moest ze daarom glimlachen. Ze hadden een drukke dag gehad met school, zwemmen en muzieklessen, maar toch verbaasde Harwood zich over het vermogen van de kinderen om binnen een paar seconden in slaap te vallen. Ze deed het hen niet na. De stress en de uitwerking van wat ze elke dag aan cafeïne binnenkreeg maakten dat ze zich rusteloos voelde en hielden haar vaak tot in de kleine uurtjes wakker.

Het was een moeilijk jaar geweest. Een jaar waarin ze dag na dag het heldendom en de populariteit van Helen Grace had moeten verdragen. Grace had inmiddels twee seriemoordenaars achter de tralies gekregen en was daarom een soort legende geworden binnen het korps. En in de buitenwereld was het al niet veel beter: bij de dinertjes die Harwood bijwoonde, werd vaak over Helen Grace gepraat en de mensen belaagden haar met vragen over het karakter en de talenten van de inspecteur. Het was Helen voor en Helen na.

Op het bureau had Harwood zich onberispelijk gedragen. Ze had Helen een schouderklopje gegeven, had haar gefeliciteerd met haar officiële eervolle vermelding en had ervoor gezorgd dat ze over alle middelen beschikte die ze nodig had. Haar succes strekte uiteindelijk ook Harwood tot eer, maar dat stemde haar niet echt milder. Ze kon de vernietigende woorden niet vergeten die Helen had gesproken toen ze tijdens het onderzoek naar Ella Matthews als kemphanen tegenover elkaar waren komen te staan. Woedend om wat zij zag als Harwoods pogingen om haar uit het korps te verdrijven, had Helen haar weggezet als een veredelde politicus, niet geschikt om een politiepenning te dragen. Helen had daarna nooit meer over de ruzie gesproken, maar Harwood herinnerde zich die woordelijk.

Toch had Ceri een paar dingen die Helen niet had. Een hogere rang. Een liefhebbende echtgenoot. Twee prachtige dochters. Nu Harwood naar de slapende meisjes stond te kijken, ebde de neerslachtigheid weg. Ze was altijd een vechter geweest en waar leven was, was hoop, hoe lang ze ook al in de schaduw van Helen Grace stond.

Toen ze de trap weer af liep, wist Harwood dat het tij zou keren. Binnenkort zou ze met Helen afrekenen. Ze had een slag verloren, niet de oorlog.

11

Het was doodstil in het kantoor op de zevende verdieping. De werkdag zat erop en de rest van het team Zware Misdrijven was naar huis en had Helen alleen gelaten. Zo had ze het ook het liefst. Ze kon geen publiek gebruiken bij wat ze ging doen.

Toen ze zich er nogmaals van had verzekerd dat er niemand meer op de gang was, ging Helen voor een computer zitten en zette hem aan. Het was een gemeen trucje om de pc van een ander te gebruiken, maar ze kon niet anders – het was strikt verboden om het nationale computernetwerk van de politie voor persoonlijke doeleinden te gebruiken.

Binnen een minuut zat ze in het systeem. Ze aarzelde niet en typte snel 'Robert Stonehill'. Terwijl in het netwerk werd gezocht naar misdrijven of incidenten waarbij die naam voorkwam, probeerde Helen de vage hoop in haar hart te negeren. Haar neef was nu twaalf maanden geleden van de radar verdwenen. Hij had geen contact opgenomen met zijn adoptieouders of zijn vrienden en Helens constante zoektocht naar hem had niets opgeleverd. Haar vete met Emilia Garanito had de wraakzuchtige plaatselijke journaliste ertoe gedreven openbaar te maken dat Robert de biologische zoon was van Helens zus Marianne. Toen de jongeman over de vreselijke misdaden van zijn moeder hoorde en de pers het huis van zijn arme ouders belegerde, was hij in paniek geraakt. Hij was gevlucht om de journalisten weg te lokken. Helen had aangenomen dat hij wel weer tevoorschijn zou komen als de opschudding wat was geluwd, maar dat was niet gebeurd. Robert wilde niet gevonden worden.

Zijn langdurige afwezigheid was een verschrikking voor Helen. Hij was het enige familielid dat ze nog had en in de korte tijd dat ze elkaar hadden gekend, had ze een belofte gedaan, aan zichzelf en aan Robert, om zijn beschermengel te zijn. Om hem te beschermen tegen de duistere wereld die zijn moeder het leven had gekost en die haar eigen leven had vergald. Maar dat had ze in geen enkel opzicht waar kunnen maken, en nu was hij voorgoed verdwenen.

De zoektocht leverde niets op. Zoals altijd. Helen verdrong de golf van verdriet die in haar omhoogkwam, zette de computer uit en haastte zich naar buiten.

De korte rit naar het huis van Charlie verdreef de somberheid. Zij en Charlie hadden samen veel meegemaakt – goede en slechte dingen – en toch voelde Helen zich bij haar altijd welkom. Steve en Charlie hadden slechts een eenvoudig huis, maar ze waren gelukkig. Nu nog meer dan anders door de naderende geboorte van hun kleine meid.

'Je ziet er goed uit,' zei Helen toen ze in Charlies woonkamer zaten.

'Is dat een verzachtende term voor "gigantisch"?' vroeg Charlie.

'Nee. Het staat je prima.'

'Opgezette enkels en striae. Heel mooi,' zei Charlie met een jaloerse blik op Helens slanke figuurtje. 'Laten we hopen dat het snel mode wordt.'

'Hoe gaat het met jou en Steve?'

'Vanbuiten opgewonden. Vanbinnen doodsbang.'

'Het komt prima in orde. Jullie zijn voor het ouderschap in de wieg gelegd.'

'Wie weet. Als Steve en ik over twaalf maanden nog getrouwd zijn, dan pas kunnen we zeggen dat we het goed gedaan hebben.'

Helen glimlachte en nam een slokje van haar thee. Ze dronk nooit alcohol, dus ze was goed gezelschap voor een aanstaande moeder.

'En hoe is het met jou? McAndrew heeft me verteld over je strandlijk,' vervolgde Charlie. 'Het klonk... ongewoon.'

Helen kon aan Charlies stem horen dat ze het politiewerk miste. Steve had erop aangedrongen dat ze haar baan zou opgeven na wat er met Marianne was gebeurd en Charlie had daar aanvankelijk mee ingestemd. Maar de onverwachte ontdekking dat ze zwanger was, had Charlie geholpen haar opties open te houden en te kiezen voor bureauwerk en vervolgens een jaar ouderschapsverlof, zodat ze buiten de vuurlinie bleef. Hoewel ze het nooit hardop zou zeggen, hoopte Helen dat Charlie terug zou komen naar Southampton Central als het juiste moment was aangebroken.

'Dat is het ook. Het is heel vakkundig gedaan, een tijd geleden al, en dus maak ik me zorgen...'

'Over wat hij sinds die tijd in zijn schild heeft gevoerd?' Charlie maakte Helens zin af.

Helen knikte.

'En hoe gaat het met het team nu ik er niet ben?'

'Iedereen moet nog aan elkaar wennen,' antwoordde Helen diplomatiek.

'En Lloyd, hoe doet die het?'

Helen had wel door dat dat de vraag was waar Charlie echt antwoord op wilde hebben. De plotselinge promotie van deze getalenteerde, maar onervaren rechercheur tot de rang van brigadier was Charlie in het verkeerde keelgat geschoten. Ze was van mening dat het net zo veel te maken had met het wantrouwen dat hoofdinspecteur Harwood jegens Charlie koesterde als met Lloyds per soonlijke kwaliteiten. Er is niets erger dan om politieke redenen opzijgezet te worden en Helen wist dat Charlie ondanks haar vriendelijke aard hoopte dat Lloyd niet al te veel succes zou boeken.

'Het is nog te vroeg om er iets over te zeggen.' Helen keek er zo neutraal mogelijk bij. Wat ze er persoonlijk ook van mocht vinden, ze kon niet laten merken dat ze zich zorgen maakte over haar huidige team.

Toen Helen niet lang daarna wegging, wenste ze Charlie het allerbeste en beloofde nog voor de grote dag terug te komen. Ze liep naar haar motor toen haar telefoon ging. Het was rechercheur Grounds.

'Sorry dat ik u zo laat nog stoor, mevrouw, maar de pacemaker heeft iets opgeleverd.'

Helen stond stil.

'De dode vrouw is Pippa Briers. Ze zou nu vijfentwintig geweest zijn. De naaste bloedverwant is haar vader, Daniel Briers. We hebben een adres in Reading en een telefoonnummer. Wilt u dat ik hem bel?'

'Nee, ik doe het zelf wel. Stuur me de details maar door.'

Helen verbrak de verbinding. Een paar tellen later kwam het tekstbericht van Grounds door. Helen zette zich schrap voor wat ze moest doen. Ze kon het niet uitstellen; ze was het aan Daniel en Pippa Briers verschuldigd om meteen te bellen. Toch nam ze een paar seconden de tijd om zich voor te bereiden. Hoe vaak je het ook gedaan had, het werd nooit makkelijk om een ouder te vertellen dat zijn geliefde dochter dood is.

12

Ruby werd wakker, bang en gedesoriënteerd. Ze was vastbesloten geweest waakzaam te blijven, maar was toch ingedommeld. Snel keek ze de kamer door, ondanks de blijvende sufheid en de hoofdpijn bedacht op gevaar, maar daar was niets van te bespeuren. Ze was nog steeds alleen.

Hoe laat was het? Ruby had geen horloge en de klok aan de muur stond stil op kwart over twaalf. Voor zover zij wist, kon ze vijf minuten hebben geslapen, maar ook vijf uur, en daar werd ze heel zenuwachtig van. Ze was net Doornroosje, een levende dode. Alleen had dit eenzame meisje niemand die haar kon redden.

Ruby rilde, haar lichaam was verstijfd van de kou. Het moest inmiddels nacht zijn, want de temperatuur was merkbaar gedaald. Er heerste een afschuwelijke, vochtige kou in de ruimte, die in je longen en je hoofd ging zitten. Ruby wist nu al dat ze hier ziek zou worden. Of erger. En ze had zich de hele dag afgevraagd waarom dit haar overkwam.

Ze had geprobeerd haar overweldiger te plaatsen. Hij was een lange, magere man met een vreemde manier van doen, en hij had iets bekends. Was het zijn gezicht? Of de geur die om hem heen hing? Ze had haar hersenen gepijnigd met de vraag waar ze hem eerder had gezien. Als ze erachter kon komen wie hij was, kon ze hem bewerken en hem doen inzien hoe erg het was wat hij deed.

Maar het lukte haar niet en ze raakte alleen maar dieper in de put door haar pogingen om achter zijn identiteit te komen.

Waarom? Waarom? Waarom?

Waarom zat ze hier vast? Wat had ze gedaan?

Aanvankelijk was ze ervan uitgegaan dat hij haar zou vermoorden. Of nog erger. Maar hij had nog geen hand tegen haar opgeheven. Toen had ze bedacht dat hij waarschijnlijk geld wilde. Maar dat was niet zo. Hij wilde haar. Deze vreemde kamer met zijn schijn van huiselijkheid – de stilstaande klok, de lege planken, de fris gewassen lakens – moest een thuis voorstellen, geen gevangenis.

Hoe kwam het dat hij haar zo goed kende? Had ze iets gedaan wat aanleiding had gegeven tot de ontvoering? Was ze er op een of andere manier zelf verantwoordelijk voor?

Terwijl ze in de duisternis zat te huiveren leek deze uitleg nog de meest logische. Ze was een verschrikkelijke dochter geweest en een slechte vriendin. Sinds Alison en Jonathan haar hadden geadopteerd, had ze een veilig en productief leven geleid. Ruby had als ongewenst kind helemaal op het verkeerde pad kunnen komen, maar dankzij haar lieve en meedogende adoptieouders had ze een behoorlijke start gehad in het leven. En ze had ze stank voor dank gegeven. Ze had de beste bedoelingen gehad. De wetenschap dat ze door haar biologische moeder in de steek was gelaten, was haar altijd dwars blijven zitten en ze had haar moeten opzoeken om te kijken of zij al die jaren later ook maar iets om haar kind gaf.

Wat had dat opgeleverd? Een berekenende, manipulatieve crimineel, die alleen maar had willen weten wat het kind dat ze verlaten had haar kon opleveren. Ruby vervloekte zichzelf omdat ze zo dom was geweest haar te vertrouwen. Omdat ze haar leugens had geslikt en wanhopig haar aandacht had willen krijgen, had ze de enige mensen die ooit echte liefde voor haar hadden gevoeld op hun hart getrapt. En toen die slecht reageerden op haar krankzinnige acties, had ze hen beloond met harde, kwetsende woorden. Ze had hen uitgescholden voor alles wat mooi en lelijk was, ze had naar hen gespuugd en met haar nagels naar hen uitgehaald. Ze was onder invloed geweest – in meerdere opzichten – toen ze haar familie die vreselijke dingen had aangedaan, maar dat was geen excuus voor haar gedrag. Ze was gemeen geweest tegen de mensen die dat het minst verdienden.

Toen Ruby daar volkomen murw op het bed lag, dacht ze dat ze het begreep. Ze had afschuwelijke dingen gedaan. Ze was een verschrikkelijk mens en zou dat altijd blijven.

En nu werd ze daarvoor gestraft.

13

Helen stond doodstil in de schaduw van de St.-Barnabaskerk. Ze zou niet kunnen zeggen hoe ze hier beland was. Misschien had ze terug moeten gaan naar het bureau om Daniel Briers te bellen, maar het was al heel laat en bovendien was ze het aan haar eer verplicht om het verschrikkelijke nieuws zo snel mogelijk door te geven. Dus had ze meteen gebeld. Tijdens het gesprek, waarin Helen de zware stiltes had gevuld met zo veel mogelijk details en geruststellingen, had ze een stil plekje gezocht en uiteindelijk was ze hier beland, op een verlaten begraafplaats.

Dit soort gesprekken was altijd aangrijpend. Daniel Briers had niet gemeld dat zijn dochter vermist werd en had geen idee dat haar iets was overkomen. Ze hadden een paar jaar eerder onmin gekregen en hoewel ze elders was gaan wonen, hadden ze volgens hem nog steeds af en toe contact met elkaar, al was het maar via de sociale media. Ze had hem eerder die dag nog een berichtje gestuurd, dus het was zacht gezegd een hele schok voor hem om te horen te krijgen dat ze dood zou zijn. Helen kon horen dat hij het niet geloofde. Ze had hem verteld wat ze kon en had geregeld dat hij de volgende dag naar Southampton zou komen. Misschien zou de realiteit dan vat op hem krijgen.

Helen rilde. De stilte na het telefoontje was huiveringwekkend, vooral in deze omgeving. Hoe je het ook probeerde te verdringen, je moest steeds denken aan degene die je gebeld had. Wat deed hij nu? Vertelde hij zijn vrouw dat Pippa dood was? Huilde hij? Moest hij kotsen? Dat deden veel mensen nadat ze het nieuws hadden gekregen. Het was verschrikkelijk om de brenger te zijn van zulke afschuwelijke pijn.

Een half uur later stond Helen bij Jake voor de deur en drukte drie keer snel achter elkaar op de bel – hun geheime code. Er klonk een zoemtoon. Helen ging naar binnen en haastte zich de trap op.

Wat was dat toch met dat geweten van haar? Ze had gedaan wat ze kon, had haar verantwoordelijkheid genomen en had gebeld. Maar nu werd ze achtervolgd door sombere gedachten, door beelden van zichzelf als een meedogenloze aanstichter van ellende, die alles en iedereen in haar buurt besmette.

Door de eerste klap werd Helen uit die bespiegelingen gerukt. Haar huid kleurde uit protest dieproze en toen de pijn door haar heen schoot, sloot Helen haar ogen en wachtte op het vertrouwde gevoel van bevrijding. Het kwam langzaam opzetten en haar demonen bliezen eindelijk de aftocht, weggeslagen door Jake.

Naderhand keek hij toe terwijl ze zich aankleedde. Helen maakte al een paar jaar gebruik van Jakes diensten en de tijd dat hij zich nog afwendde lag ver achter hen. Ze hadden zelfs een keer de nacht samen doorgebracht en heel even was daardoor de belofte van een grotere intimiteit ontstaan, maar daar was Helen van teruggeschrokken. Jake als dominant was één ding. Jake als minnaar was iets heel anders. Dat was nu meer dan een jaar geleden en Jake leek zijn overduidelijke teleurstelling te hebben overwonnen en een terugkeer naar de status quo te hebben geaccepteerd.

Maar toen Helen de bankbiljetten uit haar portemonnee haalde, hield Jake haar tegen.

'Niet doen.' Eenvoudige woorden, maar vol emotie.

'Kom op, Jake. Je hebt het verdiend.'

'Deze krijg je van mij,' antwoordde hij met een gegeneerde glimlach.

Helen keek naar hem. Was dit echt een eenmalige actie, een daad van vriendschap, of was het de eerste zet in een ingewikkelder spel? Helen wist niet wat de aanleiding was voor deze ommekeer, maar het stond haar niet aan.

'Ik sta erop,' protesteerde ze en ze duwde de biljetten in Jakes hand.

'Helen...'

'Alsjeblieft, Jake, het was een zware dag. Pak aan.'

Ze draaide zich om en ging weg – ze had niet de moed om de strijd aan te gaan. De laatste vierentwintig uren waren buitengewoon moeilijk geweest en hoewel het onderzoek nog maar net op gang kwam, voelde Helen dat het ergste nog moest komen. De storm stond op uitbarsten en Helen wist uit bittere ervaring dat ze niet op te veel fronten tegelijk kon vechten. Ze liep naar haar motor en keek niet eenmaal om. Desondanks wist ze heel goed dat Jake voor het raam stond en haar bewegingen op de voet volgde.

14

Rechercheur Sanderson drukte stevig op de bel en zette zich schrap voor wat er komen ging. Ze was vroeg opgestaan en om zeven uur al over de M2 op weg geweest naar Kent. Ruby Sprackling werd pas zesendertig uur vermist, maar Sanderson maakte zich ernstig zorgen.

Nadat ze met haar moeder had afgesproken om de langverwachte familiehereniging in gang te zetten, was Ruby plotseling verdwenen. In een korte e-mail aan haar huisbaas had ze de huur opgezegd en vervolgens had ze een enkele tweet naar familie en vrienden gestuurd met de boodschap dat ze ervandoor ging. En dat voor een jonge vrouw die altijd met sociale media bezig was, een meisje van de Twitter-generatie, die iedereen liet delen in haar leven, die elke gedachte, elk verwijt en elk inzicht tweette. Nog verdachter was het feit dat haar telefoon sinds haar verdwijning uit stond. Het feit dat haar telefoon zo lang niet was aangezet, wees erop dat ze niet gevonden wilde worden of de telefoon niet meer in haar bezit had. Sanderson voelde een knagende angst dat het laatste het geval was.

Haar biologische moeder, Shanelle Harvey, woonde in een vervallen flatgebouw in Maidstone. Sanderson had al heel wat onaangename plekken bezocht, maar Taplow Towers was echt het afvoerputje; het wemelde er van de alleenstaande moeders en kerels die een dagje verlof hadden. De moed zonk Sanderson nog verder in de schoenen toen ze de grote penis zag die op Shanelle Harveys voordeur was geschilderd.

Ze hoorde voetstappen, en toen ging de voordeur op een kiertje open, maar de ketting bleef stevig op zijn plek.

'Rechercheur Sanderson. Kan ik je even spreken?'

Shanelle Harvey keek naar de bezoeker, schraapte luidruchtig haar keel (het resultaat ervan kwam dicht bij Sandersons linkervoet terecht) en deed toen met tegenzin de deur open.

Binnen was het nog erger dan buiten. De hele woning stond vol kartonnen dozen, waarschijnlijk vol namaakartikelen. Er was maar weinig ruimte voor de normale aankleding van een gezinshuis. De enige siervoorwerpen die Sanderson zag, waren asbakken vol peuken van honderden ongemerkte sigaretten. Het stonk er naar verschaalde rook. Sanderson had graag een raam opengezet als ze erbij had kunnen komen.

'Ik heb er niets mee te maken.'

Shanelle ontkende meteen elke betrokkenheid bij de verdwijning van Ruby.

'Maar je ontkent niet dat je de laatste tijd contact met haar hebt gehad?'

'Misschien.'

Shanelle legde de behoedzaamheid van een professionele opportunist aan de dag en was vastbesloten nergens verantwoordelijkheid voor te nemen.

'We kunnen je telefoongegevens controleren, Shanelle, dus laten we niet om de hete brij heen draaien, oké?' ging Sanderson verder.

'Goed dan. De laatste twee jaar zie ik haar wel eens. Ze vond het hier leuk. Ik ben niet zo verwaand als dat andere stel.'

'Haar ouders?'

‘Als ze zich zo willen noemen. Ze zaten haar altijd op de huid, waren haar constant aan het vertellen wat ze moest doen en laten. Dat is geen leven.’

‘En dit wel?’ antwoordde Sanderson.

‘Ja, je kunt nu wel fijn op me neerkijken, maar ik liet haar tenminste met rust,’ bitste Shanelle. ‘In plaats van hierheen te komen en met een vingertje te wijzen. Waarom vraag je hém er niet naar?’

‘Wie?’

‘Haar “pappie”.’

‘Waarom zou meneer Sprackling er iets van weten?’

‘Driftig mannetje, die kerel. Wil graag zijn zin hebben. Houdt niet van ondeugende meisjes. Hij werd altijd heel… kwaad op Ruby.’

Sanderson zei niets.

‘Hij is een keer hier aan de deur geweest. En maar schelden en dreigen. Ik liet me niet intimideren, maar ik wil je wel vertellen dat ik in mijn broek scheet. Ik was alleen en had niets bij de hand om me te verweren…’

‘Hoe is dat afgelopen?’

‘De buurman kwam naar buiten en vroeg of we niet zo’n herrie wilden maken. Dat vond hij niet leuk. Hij wilde niet graag op een plek als deze worden gezien. Ik denk niet dat hij aan zijn vrouw had verteld waar hij naartoe ging.’

Dit zei ze vol leedvermaak, alsof ze er achteraf van genoot dat hij zich zo ongemakkelijk had gevoeld.

‘Dus waarom vraag je hém niet naar Ruby? Vraag hem maar eens wat hij wilde doen met het meisje dat zich tegen hem had gekeerd.’

Hoe Sanderson zich ook aan Shanelle ergerde, de vrouw maakte haar ook ongerust. De meeste verdwijningen waren het gevolg van huiselijke problemen en er was geen enkele reden om aan te nemen dat het hier anders zou zijn. Kon Jonathan Sprackling er de hand in hebben? Was het mogelijk dat hij haar strafte voor haar ontrouw en ongehoorzaamheid?

'Heb je Ruby de laatste week gezien?'

'Nee. De laatste keer was ongeveer een maand geleden.'

'Bleef ze wel eens slapen?'

'En wat dan nog?'

'Gezellig met zijn tweetjes.'

Voor het eerst aarzelde Shanelle. Sanderson zat er meteen bovenop.

'Wie was er nog meer?'

'Niemand...'

'Dwing me niet je te arresteren, Shanelle.'

'Gewoon een man.'

'Welke man?'

'Iemand die af en toe langskwam. Om wat te roken. Ik geloof dat hij er een keer was toen Ruby bleef slapen. Ze stond hem wel aan. Ik heb tegen hem gezegd dat ik zijn ballen eraf zou snijden als hij ook maar naar haar keek.'

'Naam?'

Nog een lichte aarzeling en toen: 'Dwayne of zo. Dat is alles wat ik ervan weet,' voegde ze eraan toe toen Sanderson blijk gaf van haar irritatie.

'Hoe vaak kwam hij langs?'

'Een of twee keer per maand.'

'Waar kan ik hem vinden?'

'Alsof mij dat wat kan schelen.'

'Ruzie gehad, zeker?'

'Ik heb die kloothommel het huis uit gegooid.'

'Waarom?'

'Omdat hij van me stal. Ik wist wel dat hij een profiteur was. Hij deed niets anders dan op zijn reet zitten, wiet roken en porno kijken, maar toen heeft hij tweehonderd pond van me achterovergedrukt. Hij zegt van niet, maar ik ben niet van gisteren. Dus heb ik hem eruit geschopt. Ik heb iedereen in de buurt verteld dat hij een pedo was en sinds die tijd heb ik hem niet meer gezien.'

Ze lachte om haar eigen gevatheid en inventiviteit.

'Heb je sinds die tijd nog contact met hem gehad?'

'Niet direct.'

'Hoe bedoel je?'

'Een baksteen door het raam en hondenpoep door de brievenbus. Is dat contact? De volgende keer dat hij dat doet, zal hij ervan lusten.'

Het was niet veel om op af te gaan, maar het was een begin. Ze kende gevallen van verbitterde exen die kinderen van hun voormalige geliefden ontvoerden en vasthielden. Het leek onwaarschijnlijk dat achter deze zaak een kleine crimineel zou kunnen zitten, maar Sanderson wist dat ze de mogelijkheid niet kon uitsluiten.

De klok tikte door.

15

Die vent stond hem niet aan. Helemaal niet.

De man was vloekend en zinderend van ongenoegen naar de deur gekomen. Hij zweette en leek elk oogcontact te willen vermijden, alsof bezoek op de een of andere manier besmettelijk was. Toen hij eindelijk opkeek, stonden zijn ogen vol argwaan, alsof de koerier hem kwam beroven in plaats van goederen afleveren die hij zelf had besteld.

De koerier stak hem het pakje toe en vroeg de man ervoor te tekenen. Terwijl de man dat deed, keek de koerier over zijn schouder omdat hij wilde zien in wat voor hol zo iemand woonde. Het leek wel of er een bom in het huis was ontploft. Kapotte meubels, kartonnen dozen, stoflakens, oude pizzadozen. Het hoge, victoriaanse huis was vroeger waarschijnlijk het stadshuis van een rijke heer geweest, maar nu was het een stinkend krot. De koerier schrok toen hij een rat tussen de pizzadozen vandaan zag komen.

Hij keek op, recht in de ogen van de man. Die doordringende, zeegroene ogen berispten hem zwijgend om zijn nieuwsgierigheid.

'Goedendag,' zei de man met een verwrongen glimlach. De anders altijd beleefde koerier gaf geen antwoord, maar draaide zich om en haastte zich weg. Achter hem ging de voordeur met een klap dicht.

In het huis luisterde de man tot hij het busje hoorde vertrekken en hij gluurde tussen de vuile gordijnen door om te controleren of de koerier echt weg was. Toen veegde hij wat oude kranten van het buffet en zette de doos neer. Hij scheurde het plakband van het deksel en graaide in de doos. Hij had zichzelf vervloekt voor zijn domheid, voor zijn nalatigheid, maar de kostbare inhoud van deze doos zou alles rechtzetten.

Zijn nieuwe vriendin zou hem er dankbaar voor zijn.

16

De pijn was afgrijselijk. Door haar oogkassen brandde de pijnscheut recht haar hersenen in. Haar zenuwen schreeuwden het protesterend uit, haar hoofd bonkte heftig. Ze begroef haar gezicht in de beddenlakens en bad dat het zou ophouden.

Ze lag in bed toen het gebeurde. Ze was niet geschrokken van de naderende voetstappen, zoals eerder. Na een lange en koude nacht had ze een enorme honger en behoefte aan gezelschap, zelfs dat van hem. Het luikje gleed open en dicht en Ruby had verwacht dat ze vervolgens de sleutel zou horen draaien in het slot – er was al een vreemd soort routine ontstaan.

In plaats daarvan werd ze plotseling verblind. Geheel onverwachts ging het grote licht in haar kleine cel aan. Ze had haar ogen dichtgeknepen, maar het was al te laat. Haar ogen, die gewend waren aan de duisternis, moesten opeens het licht van de drie zware natriumlampen aan het plafond verdragen.

Behoedzaam gingen haar ogen open, weer stijf dicht en toen weer langzaam open. Er dansten vreemde vormen en lichtjes voor terwijl haar verraste netvliezen alles weer een beetje scherp probeerden te krijgen.

Hij stond over haar heen gebogen.

'Blijf van me af.'

'Heb je goed geslapen?'

'Nee. Ik ben verdomme half doodgevroren, stomme idioot. Ik ga hier dood, is dat wat je wilt?'

'Ik zal je een extra deken geven.'

'Laat me alsjeblieft naar huis gaan.'

'Sta op.'

Hij blafte haar toe en zijn toon was opeens ongeduldig en onvriendelijk. Ruby besefte dat ze helemaal niets van die vent wist en dat ze geen idee had hoe hij dacht. Kon hij gewelddadig worden? Was hij voor rede vatbaar? Was hij gek?

'Doe je kleren uit.'

'Alsjeblieft...'

'Doe je kleren uit,' herhaalde hij met enige stemverheffing.

Hij keek niet naar haar. Vreemd genoeg trilden zijn handen. Ruby probeerde iets te zeggen, maar haar hart sloeg te snel, waardoor ze buiten adem raakte en paniekerig werd.

'Dat wil ik niet,' wist ze uiteindelijk uit te brengen.

'Doe het nu meteen, bij god, want anders...'

Toen hij een stap naar haar toe kwam, krabbelde Ruby van het bed.

'Ik doe het al. Ik doe het al.'

Hij wilde nog steeds niet naar haar kijken. Zacht snikkend deed Ruby het dunne katoenen pyjamajasje uit dat hij haar had gegeven in plaats van haar eigen nachtkleding. Het was een akelig ding met een nare geur, maar het voorkwam dat ze doodvroor. Nu haar huid werd blootgesteld aan de koude lucht, huiverde ze. Er ontsnapte haar nog een snik toen ze aarzelend de pyjamabroek uittrok en naast zich op het bed legde.

Ze voelde zich enorm kwetsbaar nu ze naakt voor een vreemde stond, haar magere lichaam verlicht door de felle lampen. Ze was net een geest met die bleke huid tegen haar donkere lokken en schaamhaar. Ze keek naar de vloer en weigerde op te kijken.

Ze merkte dat hij nu wel naar haar keek en haar schattend opnam. Loop naar de hel, dacht ze, maar die zinloze bravoure hielp niet echt. Ze was kwetsbaar en machteloos.

Hij deed een stap naar voren. Ruby bleef naar de vloer kijken. Nog een stap en hij stond vlak naast haar. Zijn hand kwam omhoog en hief haar kin op. Ze keek hem nu recht in het gezicht, ze stonden praktisch met de neuzen tegen elkaar. Weer ving ze die eigenaardige geur van hem op. Ze weigerde met haar ogen te knipperen of te glimlachen.

Zijn handen kwamen omhoog en Ruby's gezicht vertrok. Er drukte iets kouds tegen haar buik. Ze keek snel naar beneden. Het was het uiteinde van een meetlint. Hij mat haar op.

Ze probeerde heel stil te blijven staan, maar ze rilde van angst. Hij mat haar heupen, haar schouders en haar borstomvang. Toen het koude lint tegen haar tepels drukte, ontsnapte haar nog een traan en ze werd overweldigd door een gevoel van stijgende paniek.

Hij sloeg het lint om haar nek en trok het strak.

Toen was hij klaar en deed een stap naar achteren.

'Je kunt je aankleden.'

Ruby pakte haar pyjama en trok hem haastig en onhandig aan.

'Ik moet nu gaan, maar ik blijf niet lang weg,' zei hij terwijl hij toekeek hoe ze zich aankleedde. 'En omdat je zo goed hebt meegewerkt, heb ik een cadeautje voor je meegebracht.'

Hij haalde iets uit zijn zak en legde het op de tafel.

Een inhalator.

Ruby deed een stap naar voren, maar stopte weer.

'Deze is nu van jou. Zorg ervoor dat ik hem niet weer af hoef te pakken.'

Het werd gezegd met een glimlach, maar Ruby voelde diep vanbinnen iets verkillen. Op dat moment was haar duidelijk, hoewel dat van het begin af aan al zo had moeten zijn, dat deze vreemde kon beslissen of ze zou leven of sterven.

17

Hij was langer dan ze had verwacht. Aan de telefoon had hij aarzelend en wat kleintjes geklonken. Maar de werkelijkheid was heel anders. Daniel Briers was lang en knap, had een zelfbewuste tred en was gemakkelijk in de omgang. Donker haar met een beetje grijs aan de slapen omlijstte een open gezicht.

'Inspecteur Helen Grace. Dank u dat u zo snel hebt kunnen komen.'

'Ik wil dit gewoon zo snel mogelijk uit de wereld helpen. Er moet een vergissing zijn gemaakt met de serienummers. Pippa heeft vanmorgen weer een tweet verstuurd, dus het is niet erg waarschijnlijk dat...'

'Mag ik die eens zien?'

Ze liepen het treinstation uit naar Helens politiewagen. Daniel Briers gaf haar zijn telefoon. Helen las de tweet, een korte en nietszeggende opmerking over zondagse katers.

'Hebt u haar de laatste twee of drie jaar nog echt gesproken?' vroeg Helen toen ze de telefoon teruggaf.

Daniel fronste en zei: 'Nee, dat niet.'

Opeens leek hij minder zeker van zijn zaak, werd zijn optimisme aangetast door de vermoeidheid na een slapeloze nacht. 'Ik heb het vaak geprobeerd en talloze berichten ingesproken, maar... Ik denk dat ze er nog niet klaar voor was om met me te praten, dus moesten we het doen met af en toe een tweet of een berichtje. Ze leek het prima voor elkaar te hebben in Southampton en... ik was blij voor haar.'

Terwijl ze naar het mortuarium reden, vertelde Daniel haar over de oorzaak van de vervreemding. Helen had het van tevoren kunnen raden: een nieuwe vrouw.

Pippa's moeder was overleden aan borstkanker toen Pippa zes was, waarna het gezin een paar moeilijke jaren had gehad. Toen was Daniel hertrouwd en leek alles goed te komen. Maar Pippa en zijn nieuwe vrouw konden niet met elkaar opschieten. Kristy had twee kinderen meegebracht uit een eerder huwelijk en in haar ogen waren die behulpzaam en beleefd, terwijl Pippa vijandig en dwars was en Kristy niet wilde accepteren als haar nieuwe moeder. De situatie was verslechterd toen Pippa een tiener was en zodra ze oud genoeg was om van school te gaan en het ouderlijk huis te verlaten, deed ze dat.

'Ik heb geprobeerd haar op andere gedachten te brengen,' legde Daniel uit, 'maar ze wilde gewoon weg. Dus trok ze in bij een oude schoolvriendin die in Portsmouth studeerde en uiteindelijk verhuisde ze naar Southampton. Daar kreeg ze een baan en een flat en ze begon aan een nieuw leven. Mijn hart brak toen ze wegging, ik miste haar elke dag, maar ik hoopte dat we na verloop van tijd de schade konden herstellen. Dat ik haar ertoe kon brengen weer thuis te komen.'

Ze parkeerden bij het mortuarium en gingen naar binnen, waar Jim Grieves hen opwachtte. Zodra ze het gebouw in liepen, veranderde er iets in Daniel. Voor die tijd praatte hij honderduit, maar nu leek de steriele kilte van het gebouw vat op hem te krijgen. Hij zweeg geconcentreerd en bewoog zich stijfjes. Helen had dat al vaak gezien, de angst die alle burgers beving voordat ze voor het eerst een dode zouden zien.

Er werd weinig gezegd, het had geen zin het onvermijdelijke uit te stellen. Langzaam trok Jim Grieves het laken naar beneden en onthulde het gezicht van de jonge vrouw.

Het had onmiddellijk een afschuwelijk effect op Daniel Briers. Een ontzet en pijnlijk happen naar adem. Hij zag eruit alsof hij even was opgehouden met ademen en Helen legde haar hand op zijn arm om te controleren of het wel goed met hem ging. Hij keek haar aan met een gezicht waaruit alle kleur was weggetrokken en werd voor haar ogen zichtbaar ouder.

Toen hij eindelijk iets zei, was het slechts een gefluister, verstikt door tranen.

'Dat is Pips.'

18

Andrew Simpson ging met zijn vinger langs zijn das en keek naar de jonge vrouw die tegenover hem zat. Het kwam niet vaak voor dat hij tijdens zijn werkdag zulk aangenaam bezoek kreeg.

'Dus Ruby heeft twee dagen geleden per e-mail de huur opgezegd?' vroeg Sanderson. Simpson Rentals had een breed aanbod aan huurhuizen in Southampton, voor het merendeel studio's en tweekamerflats in belabberd verbouwde huizen. Ze waren goedkoop, maar liefdeloos, net als het kantoor van Andrew Simpson.

'Dat klopt. Een zeer korte e-mail, zacht gezegd.' Andrew Simpson draaide zijn laptop om zodat Sanderson de mail kon lezen. Terwijl hij dat deed, kwam er een sterke geur van oud zweet op haar af. Hij was een magere man met scherpe trekken en een heel zorgvuldige manier van doen, maar hij had iets vaals.

'Hierbij zeg ik de huur op. Ruby Sprackling.' Sanderson las de e-mail hardop voor.

'Was het heel onverwachts? Hebt u enig idee waarom ze is weggegaan?'

'Nee, het was een volslagen verrassing. Maar het was een warrige meid. Ze was altijd dingen kwijt en vergat constant op tijd de huur te betalen...'

'En hebt u enig idee waar ze naartoe kan zijn gegaan?'

'Nee. Ik zie niet veel van mijn huurders.'

Dat wilde Sanderson wel geloven. Uit het oog, uit het hart.

'Hebt u een sleutel van haar flat?'

Daar was het Sanderson om te doen. Als haar verdwijning onvrijwillig was, leek het logisch dat de dader toegang had gehad tot Ruby's flat. Er waren geen sporen van braak, in de vuilnisbak waren bewijzen van de uitgaansnacht gevonden en de deur was secuur afgesloten toen ze wegging. Alles was in orde, op de vergeten inhalator na. Als ze was ontvoerd, was ze stilletjes weggevoerd, zonder gewelddadige worsteling.

'Jawel, maar die heb ik op het moment niet hier.'

Sanderson wist dat er vier sleutels waren. Ruby had er een, evenals Shanelle Harvey en Alison Sprackling. De laatste twee exemplaren waren terecht. Ruby zou die van haar nog wel hebben, dus bleef er één sleutel over.

'Waar is hij?'

'Ik heb hem op donderdag aan de aannemer gegeven. We hebben in dat gebouw wat problemen gehad met lekkende buizen. Ik heb hem gevraagd er in het weekend naartoe te gaan en de beschadigde plekken over te schilderen.'

Twee dagen geleden. Tijd genoeg om een ontvoering voor te bereiden en uit te voeren.

'En wat is zijn naam?'

Andrew Simpson leek even onzeker en voor het eerst in dit gesprek aarzelde hij, alsof hij bang was voor de gevolgen, voor hij eindelijk antwoord gaf. 'Hij heet Nathan Price.'

19

Hij viel totaal uit de toon in de tattoosalon. Met zijn tassen van New Look en M&S zag hij eruit als alle andere verhitte vaders tijdens een winkelexpeditie op zaterdagmiddag. Alleen was het geen zaterdag en bevond hij zich niet in een winkelcentrum. Hij stond in Angie's tattoosalon, een verlopen zaakje in de schaduw van de Western Docks, dat gespecialiseerd was in goedkope bodyart en drugs.

De zaak was nog maar vijf minuten open toen hij binnenkwam. De rotzooi van de vorige avond lag nog overal verspreid – er waren zeelui, hoeren en een vrijgezellenfuif geweest – en de mopperende eigenaar leek er niet blij mee dat ze zo vroeg al weer klanten had. Ze sliep nog half en was nog grotendeels onder invloed. Met trillende hand gaf ze hem de kaart met mogelijkheden aan.

'Kies maar wat,' zei ze met een strak gezicht.

Hij bekeek haar van top tot teen voor hij antwoord gaf. 'Eigenlijk wil ik wat naalden kopen.'

Ze hield op met opruimen en draaide zich naar hem om.

'Moet je spullen hebben?'

'Ronde naalden voor de lijnen, platte naalden voor de schaduwen, een paar ronde stacks en natuurlijk inkt.'

'Welke kleuren?'

'Het hele palet, alstublieft.'

Angie bekeek hem eens goed. Er was nergens een tattoo te zien en hij leek er ook het type niet voor. Toen zocht ze de spullen bij elkaar. Hij hield haar nauwlettend in het oog, op zoek naar tekenen van nieuwsgierigheid of argwaan.

Maar hij had de winkel goed gekozen. Angie gaf alleen om geld.

Ze legde de artikelen op de toonbank, maar toen hij zijn hand ernaar uitstak, liet ze haar platte hand erop neerkomen om hem tegen te houden.

'Eerst geld. Geen creditcards, geen cheques.'

Hij overhandigde haar het geld en vertrok met zijn aankopen. Toen hij door de straatjes van deze vergeten stadsbuurt liep, stond hij zichzelf een mager glimlachje toe. Hij had alles wat hij nodig had en hoewel hij normaal gesproken niet van goedkope lol hield, moest hij toegeven dat het hem een kick had gegeven om te betalen met Ruby's eigen geld. Ze zou hem er niet dankbaar voor zijn – wie zou dat wel zijn met de pijn die in het verschiet lag? – maar hij was bereid om elk protest en elk verzet te negeren. Ze was tenslotte op aarde om hem gelukkig te maken. En om dat te bereiken, moest ze leren zich te onderwerpen.

20

Ze waren in een vreemde hel beland. Compleet met plastic bloemen, een beeldje van Jezus en doorgezakte banken. Veel mensen die de ergste ontdekking van hun leven hadden gedaan, vluchtten weg uit het mortuarium om de realiteit van de tragedie zo ver mogelijk achter zich te laten. Anderen, zoals Daniel Briers, hadden daar gewoonweg niet meer de kracht voor in hun benen. En daarom zat Helen nu naast hem in de familiekamer van het mortuarium.

'Ik begrijp er niets van.' Daniel Briers had sinds de identificatie van zijn dochter nog geen woord gezegd. Maar nu, een half uur later, probeerde hij met een volle kop koude thee in zijn handen het verschrikkelijke nieuws te verwerken.

'Ze heeft me berichtjes gestuurd en tweets geschreven,' ging hij verder. 'Ik heb er verdomme op geantwoord.'

'Reageerde ze wel eens meteen op berichten? Niet later dan de volgende dag of zo, bijvoorbeeld?'

Daniel keek naar haar, maar hij zei niets. Het was alsof hij de vraag niet begreep.

'Daniel, ik weet dat dit allemaal niet echt lijkt en dat je in shock bent, maar het is belangrijk dat je antwoord geeft op mijn vragen als je dat kunt.'

Hij bleef nog even naar haar kijken, terwijl zijn gedachten teruggingen naar het verleden.

‘Nee, dat is waar. Er zaten altijd grote periodes tussen de berichtjes. Ook tussen de tweets.’

Zijn gedachten gingen op de loop met de verschrikkelijke mogelijkheden die hierdoor werden opgeworpen.

‘Het was wel een beetje raar,’ ging hij verder. ‘Maar ze was met heel veel ruzie vertrokken en ik dacht dat dit haar manier was om controle te houden over de situatie, om ons te laten weten dat zij de touwtjes in handen had.’

Op dat punt brak hij eindelijk. De laatste woorden vielen als het ware uit zijn mond en werden op de voet gevolgd door enorme snikken, die zijn hele lichaam deden sidderen. Dit was verdriet in zijn meest elementaire vorm, een grote, imposante man die een oerkeet slaakte van verdriet om zijn verloren dochter. Helen was er al vele malen getuige van geweest en ze voelde altijd een diep medeleven met degenen die waren achtergebleven. Ze wist hoe het was om een geliefde te verliezen en zich verantwoordelijk te voelen. Maar dit keer voelde haar medeleven bijzonder scherp.

Niet alleen moest Daniel Briers het feit onder ogen zien dat zijn dochter was gestorven voordat ze zich hadden kunnen verzoenen, hij begon ook te beseffen dat alle recente communicatie tussen hen nep was geweest, het werk van een sluwe moordenaar. Iemand had zijn kleine meisje tot na het graf in leven gehouden.

21

'Doe aan.'

Ruby stond bij het bed, onder de gloed van de natriumlampen die opeens waren aangegaan. Het leek inmiddels een vaste gewoonte van haar ontvoerder om haar half te verblinden voordat hij de deur opendeed.

Ze keek weer naar het bed, waar hij een complete set kleren voor haar had neergelegd. Een slipje, een panty, een kort spijkerrokje, een laag uitgesneden top, ronde oorbellen. Een funky outfit voor de zaterdagavond of de kleding van een hoer, afhankelijk van hoe je het droeg.

'Nu.'

Ze schrok op toen hij zijn stem verhief. Dit keer hield ze haar zenuwen in bedwang, hoewel haar onderlip trilde toen ze de zwarte string oppakte. Ze ging hem niet het genoegen doen om weer te huilen. Snel kleedde ze zich uit en weer aan; ze wilde niet te lang bloot zijn. Maar haar moed begaf het toen ze de oorringen indeed. In tegenstelling tot de kleren waren die niet nieuw; ze zagen er oud en vlekkerig uit. Om de een of andere reden voelden ze doods aan.

'Laat eens zien.'

Ze draaide zich naar hem om. Aanvankelijk reageerde hij niet, maar toen kroop er een glimlach over zijn ongeschoren gezicht.

'Heel goed.'

Hij bleef even naar haar kijken en genoot van het moment. Al die tijd probeerde Ruby de gal weg te slikken die naar haar keel gekropen was.

'Het is zondag,' ging hij opgewekt verder, 'dus ik dacht dat we misschien samen konden eten. Ik weet dat je van een goed stuk rosbief houdt.'

Nu zag Ruby het dienblad op de tafel. Er stond iets te drinken op en twee borden met plastic deksels erover. Ruby had het liefst geweigerd, maar ze had zo'n ontzettende honger... Hij haalde de deksels weg en er bleek een kant-en-klaarmaaltijd op de borden te liggen. Het kon niet tippen aan een echte zondagse maaltijd, maar de jus rook lekker. Ruby ging zitten en viel op het eten aan, waarvan ze grote vorken vol in haar mond stopte.

'Rustig aan, straks krijg je nog buikpijn.'

Het leek hem te amuseren dat ze zo'n honger had. Ze ging iets langzamer eten, maar was niet van plan een feestmaal als dit aan zich voorbij te laten gaan.

'Het is goed dat je weer wat eetlust hebt, Summer. Je hebt altijd lekker kunnen eten.'

Ruby stopte even, maar at toen verder en probeerde de angst die in haar opkwam te bedwingen.

'Noem me niet zo.'

'Waarom niet? Zo heet je.'

'Zo heet ik n...'

'Hoe zou ik je anders moeten noemen?'

Ruby's vork kwam kletterend op de tafel terecht en de jus spatte in het rond. De tranen stroomden over haar gezicht en opeens was al haar kracht verdwenen.

'Doe dit alsjeblieft niet. Ik wil naar huis. Ik wil naar mijn familie...'

'Je bent thuis, Summer.'

‘Ik wil naar mijn moeder en vader. En naar Cassie en Conor...’

‘HOUD VERDOMME JE BEK!’

Terwijl hij dat brulde, sloeg hij haar hard op de wang en de ringen aan zijn vingers kwamen scherp in aanraking met haar jukbeen. Ze verloor haar evenwicht en viel achterover van haar stoel, maar voordat ze de grond raakte, had hij haar al weer omhooggetrokken en ruw op de stoel teruggeplant.

‘HOUD JE BEK EN EET – JE – LUNCH – OP.’

Zijn ogen brandden van woede terwijl hij tegen haar schreeuwde. Ruby verstijfde, volledig verlamd door de gedachte dat ze slechts een paar tellen verwijderd was van een gewelddadige dood.

‘Eet,’ zei hij nu rustiger. Hij hield met moeite zijn woede in bedwang.

Langzaam bracht Ruby de vork naar haar lippen. Maar het koude vlees voelde nu vreemd en onwelkom in haar mond. Ze hield het binnen, maar kauwde niet, niet in staat te doen wat haar gezegd werd.

‘Dat is beter,’ ging hij verder, en hij stopte een kleine, grijzige aardappel in zijn mond. ‘Laten we alsjeblieft proberen te genieten van de rest van de maaltijd.’

22

Ze aten zwijgend en speelden met het voedsel op de borden. De lamsbout, Maris Piper-aardappels en broccoli waren gekocht als feestmaal ter ere van Ruby's terugkeer naar huis. Maar nu ze er niet was, leek de zondagse lunch van het gezin meer een dodenwake. Jonathan had alles in de afvalemmer willen mikken en de hele zaak uit zijn hoofd willen zetten, maar dat had Alison geweigerd. Het was niets voor haar om duur eten te verspillen en bovendien kon ze Ruby nog niet afschrijven.

Dacht ze echt dat ze Ruby tevoorschijn kon toveren door de maaltijd klaar te maken? Die vraag kon ze niet beantwoorden, ze kon niet echt uitleggen wat ze aan het doen was, maar ze voelde zich verplicht om de huiselijke sfeer te bewaren. Terwijl ze het vlees bedroop met braadvet en de broccoli schoonmaakte, hield ze met één oog de voordeur in de gaten, omdat ze tegen alles in hoopte dat de sleutel in het slot zou worden gestoken en dat Ruby binnen zou komen, vol excuses en halfslachtige verontschuldigingen.

Gek hoe dat soort dingen liepen. Ze was wisselend met Ruby omgegaan en had haar het ene moment verwijten gemaakt voor haar onaangename gedrag en het volgende geprobeerd te begrijpen wat ze doormaakte. Nu wist Alison dat ze haar alles zou vergeven, dat ze nooit meer een verwijtend woord zou uiten als Ruby maar gewoon naar binnen zou lopen. Zou Jonathan hetzelfde doen? Dat vond Alison moeilijk te beoordelen. Hij was normaal gesproken één brok energie, maar sinds haar verdwijning was hij vreemd stil.

Was het mogelijk dat Ruby ervandoor was gegaan? Dat ze bij nader inzien toch niet thuis wilde komen? Zeker wel, na al dat gedoe en die ruzies van de laatste tijd. Alison vervloekte zichzelf omdat ze Ruby ooit had gesteund in haar zoektocht naar haar biologische moeder. Het had op dat moment juist geleken – iets wat liberale ouders zouden doen, toch? – maar kijk waartoe het geleid had.

Zij en Jonathan hadden zo hard gevochten voor hun gezin. Ze hadden altijd drie kinderen gewild, maar Alison kon ze niet krijgen. Toen ze daarachter kwamen, was Alison bang geweest dat Jonathan haar zou verlaten en een vruchtbaarder partner zou zoeken. Maar vreemd genoeg had het hen juist dichter bij elkaar gebracht. Hoe verschrikkelijk het adoptieproces ook was, zij en Jonathan waren vastbesloten geweest zich er niet onder te laten krijgen en in de loop der jaren hadden ze een liefhebbend, stabiel thuis weten te scheppen voor Ruby, Cassie en Connor. Tot Alison – of eigenlijk Shanelle – het gezin uit elkaar had gerukt.

Conor en Cassie waren bang, dat was wel duidelijk. Ze lazen het nieuws, ze keken tv, ze wisten hoe verhalen over vermiste meisjes soms eindigden. Alison had haar uiterste best gedaan om hen ervan te overtuigen dat het dit keer niet zo zou gaan, dat alles goed zou komen. Soms geloofde ze het zelf. Zolang ze nog niets wist, er geen zekerheid was, kon ze zich alleen maar vastklampen aan de hoop – en aan het domme bijgeloof van een moeder met een gebroken hart.

Daarom zaten ze nu met zijn vieren zwijgend in de eetkamer dingen te eten waar niemand trek in had en te denken aan het meisje dat ze allemaal misten.

23

Nathan Price was niet thuis. Daar was zijn vrouw heel stellig over. Over alle andere dingen bleef ze frustrerend vaag. Sanderson had Angela Price zo veel mogelijk onder druk gezet, maar had alleen te horen gekregen dat Price vaak weg was voor zijn werk en ook nu aan een klus bezig was, hoewel Angela niet wist waar hij was of wanneer hij terug zou zijn.

Price was freelance schilder, stukadoor en behanger en nam overal klussen aan. Hij had een paar vaste onderhoudscontracten met plaatselijke huisbazen. Die had Sanderson ondervraagd, maar ook dat had weinig opgeleverd. Dus was Angela haar beste kans op een aanwijzing.

Terwijl ze rondkeek in de kleine flat overviel Sanderson een vreemde neerslachtigheid. Het stonk er naar verslagenheid en wanhoop. Angela en Nathan hadden geen kinderen en voor zover Sanderson kon beoordelen, stelde hun relatie ook niet veel voor. Ze waren al een paar jaar samen, maar toch waren nergens foto's van het stel te zien en kon ze geen enkel teken bespeuren dat ze te maken had met een gelukkig, elkaar toegewijd echtpaar. Angela werkte niet en was afhankelijk van het inkomen van Nathan om haar uitkering aan te vullen. Ze leed aan overgewicht en een gebrek aan zelfvertrouwen en zat alleen maar te wachten tot haar ontrouwe man weer eens thuis zou komen. De triestheid straalde van haar af, alsof ze wist dat ze tweede keus was. Voor één keer was Sanderson blij dat ze alleenstaand was. Je kon beter alleen zijn dan iemands voetveeg.

Sanderson vertrok met lege handen en een onderhuidse frustratie. Wat was dit voor kerel, die zo weinig sporen naliet op de wereld? Deed hij dat met opzet? Als dat zo was, zou hij moeilijk te vinden zijn. En dat was slecht nieuws voor Sanderson.

En nog slechter nieuws voor Ruby.

24

Het Great Southern Hotel was niet het meest luxe hotel in de stad, maar het lag centraal – vlak bij Brunswick Place – en het was er rustig, wat nog belangrijker was. De zaterdagse feestvierders waren inmiddels vertrokken en het hele gebouw ademde de sfeer van een vredige zondag. Het was het eerste hotel dat bij Helen was opgekomen toen Daniel Briers erop had gestaan om in Southampton te blijven in plaats van naar huis terug te keren.

Daniel was nog steeds in shock, dus handelde Helen de formaliteiten af en checkte hem met zo min mogelijk gedoe in. Toen ze een paar tellen later op de veertiende verdieping uit de lift stapten en Daniels keurig ingerichte kamer in liepen, wist Helen dat ze eigenlijk een familierechercheur had moeten laten komen om deze basiszaken te regelen, maar iets maakte haar duidelijk dat ze Daniel vandaag niet alleen mocht laten. Deze sterke, optimistische man zag er opeens heel kwetsbaar uit. Nu ze zijn wereld kapot had gemaakt, voelde Helen zich verantwoordelijk voor zijn veiligheid en welzijn. Ze kon pas weg als ze zeker wist dat hij oké was.

Hij ging met zijn regenjas nog aan op het bed voor zich uit zitten staren, zich schijnbaar niet bewust van Helens aanwezigheid.

'Ik blijf,' zei hij opeens. 'Zo lang het duurt.'

'Natuurlijk. Je moet doen wat je gevoel je ingeeft,' antwoordde

Helen. 'Maar je moet wel in gedachten houden dat een onderzoek wekenlang, soms maandenlang kan duren...'

'Ik heb Pips één keer in de steek gelaten. Dat ga ik niet nog eens doen.'

Hij zei het zonder enig zelfmedelijden, maar met rustige vastberadenheid.

'Ik moet weten wat er met haar gebeurd is,' ging hij verder. 'Waar ik... de fout in ben gegaan.'

Nu trilde zijn stem een beetje, maar hij praatte door.

'Ze was mijn kleine meid, Helen. Ik wil hier blijven tot jullie...'

Zijn stem stierf weg omdat het verdriet hem de adem benam en hij de zin niet meer kon afmaken.

'En dat doen we ook,' antwoordde Helen snel. 'We pakken degene die Pippa dit heeft aangedaan. Daar geef ik je mijn woord op.'

Het was een domme belofte en Helen wist dat ze er spijt van zou krijgen, maar het was wat Daniel op dat moment nodig had. Het enige wat hem de kracht kon geven door te gaan. Hij keek met ogen vol dankbaarheid op naar Helen en opeens kwam er weer wat kleur in zijn wangen. Het was alsof haar woorden hem heel even weer tot leven hadden gebracht.

Hij stak zijn arm uit en pakte haar hand.

'Dank je, Helen.'

Ze bleven even zwijgend zitten. Toen controleerde Helen nog een keer of Daniel alles had wat hij nodig had en vertrok. Daniel moest mensen gaan bellen – de ergste gesprekken van zijn leven voeren – en voor Helen was er werk aan de winkel.

Toen ze bij het hotel vandaan liep, voelde Helen opeens een brandende vastberadenheid om recht te doen geschieden, niet alleen voor Pippa, maar ook voor Daniel.

25

'Nou, wat weten we over Pippa Briers?'

Helen stond tegenover het team, dat zich had verzameld in de recherchekamer in bureau Southampton Central.

'In 1990 geboren als dochter van Daniel en Samantha Briers,' vervolgde Helen. 'Haar moeder is overleden toen ze zes was. Kort daarna werd bij Pippa brachycardie vastgesteld, een te lage hartslag, en daarom heeft ze op haar tiende een pacemaker gekregen. Niet lang daarna is haar vader hertrouwd. Dat ging niet goed en Pippa verhuisde na een ruzie met haar stiefmoeder naar het zuiden en logeerde aanvankelijk bij haar vriendin Caroline Furnace in Portsmouth. Hebben we die al opgespoord?'

'Ik heb haar vanmorgen aan de telefoon gehad,' zei rechercheur Grounds. 'Caroline heeft af en toe een berichtje van Pippa gehad en las haar tweets, maar ze heeft Pippa al meer dan drie jaar niet gezien.'

Helen liet dat feit even doordringen voordat ze doorging.

'Daarna kwam ze in Southampton terecht, waar ze een baan had gekregen bij reisbureau Sun First in winkelcentrum West-Quay. Wat zeggen ze daar?'

'Ze heeft er bijna zes jaar gewerkt als reisadviseuse,' antwoordde rechercheur McAndrew. 'Rustig meisje, harde werker, populair. Prima beoordelingen en altijd aanwezig, maar op een gegeven moment kwam ze gewoon niet meer opdagen. Ze heeft ze een korte e-mail gestuurd met haar BlackBerry om door te geven dat ze er genoeg van had de vakanties van andere mensen te organiseren en zelf op reis wilde. Ze hebben nooit meer iets van haar gehoord. Ze vonden het nogal irritant omdat ze eigenlijk een maand opzegtermijn had, maar...'

'Wanneer was dat?'

'Drie jaar geleden.'

'Dat is rond de tijd van haar ontvoering. Waar woonde ze?'

'Ze verhuisde nogal vaak.' Rechercheur Stevens, een van de nieuwe mensen in het team, liet zich horen. 'Bitterne Park, Portswood, St. Denys. Vooral studio's, niets bijzonders. Laatst bekende adres was in Merry Oak. Dat controleren we nog.'

'Zo snel je kunt, alsjeblieft,' antwoordde Helen met precies de juiste mengeling van verwijt en aanmoediging. Ze moesten feiten hebben, aan mogelijkheden hadden ze niets.

'Vriendinnen? Vriendjes?'

'We hebben haar telefoongegevens en haar e-mailaccounts bekeken,' zei Lucas, de nieuwe vrouwelijke rechercheur in het team. 'Veel sociale contacten en internetdating. Bijna allemaal van korte duur, behalve één, een knipperlichtrelatie met een man met wie ze een jaar iets heeft gehad, maar die ze aan de kant heeft gezet toen hij getrouwd bleek.'

'Naam?'

'Nathan Price.'

26

Hij bleef geboeid toekijken toen ze boven de emmer hurkte. Ze vond het vreselijk om bekeken te worden terwijl ze plaste en had het dus zo lang mogelijk uitgesteld. Maar haar blaas stond op springen en hij maakte geen aanstalten te vertrekken, dus gaf ze uiteindelijk aan de aandrang toe, trok haar slipje naar beneden en leegde zo snel ze kon haar blaas in de oude bouwemmer. Het geluid van de straal op het plastic weerkaatste tegen de bakstenen van haar gevangenis.

Toen ze klaar was, trok ze haar slipje omhoog en ging snel terug naar het bed.

'Kom hier.' Hij had een hele tijd zwijgend naar haar zitten kijken, alsof hij moed verzamelde om iets te zeggen, dus ze schrok van het plotselinge bevel. Ze aarzelde en wierp hem een blik toe, bang voor wat hij zou willen.

'Kom hier,' herhaalde hij.

Ze liep langzaam naar hem toe.

'Ga zitten.'

Ze deed wat haar gezegd werd en ging naast hem aan de gehavende eettafel zitten.

'Rol je rechtermouw op. Hoger. Ik wil je schouder zien. Goed zo, zet nu je elleboog op de tafel. Zo ja. Pak met je rechterhand de rugleuning van mijn stoel vast en houd je arm stil.'

'Alsjeblieft...'

'Dit kan even prikken, maar er ontstaat geen blijvende schade.'

Nu pakte hij een leren etui tevoorschijn, dat hij op de tafel openvouwde. Naalden, inkt, ontwerpen: de instrumenten van een tatoeëerder.

'Alsjeblieft, doe het niet. Ik wil niet dat je dat doet.'

Ruby smeekte hem. Ze had altijd een enorme afkeer gehad van naalden – ze was een paar keer flauwgevallen toen ze een prik moest krijgen – en ze werd misselijk van de gedachte dat hij een naald in haar blote huid zou zetten. Als reactie zette hij zijn nagels in de onderkant van haar arm en kneep en draaide zo hard dat Ruby de tranen in de ogen sprongen.

'Verzet je niet tegen mij, Summer,' zei hij rustig terwijl hij de huid nog eens extra draaide.

Ruby gilde en huilde, maar het maakte niets uit. Hij weigerde haar los te laten. Door de tranen heen zag ze de felle vastberadenheid in zijn ogen en de lange naalden die voor haar op tafel lagen. Hoewel de gedachte aan wat er ging gebeuren haar vervulde met afschuw, wist ze dat het geen zin had zich te verzetten. Ze liet haar hoofd hangen en jammerde zachtjes.

'Dat is beter.'

Hij liet haar los en ging aan het werk. Voorzichtig maakte hij het blikje zwarte verf open. Hij schoof het stalen uiteinde op het apparaat, koos een naald, doopte hem in de donkere inkt en was klaar om te beginnen.

Ruby sloot haar ogen en zette zich schrap voor de onvermijdelijke pijn. Toen de naald door haar huid drong, slikte ze een kreet in. Hij bewoog het apparaat over haar huid en de pijn werd meteen erger. Het voelde alsof een kat zijn nagels over haar schouder haalde. Hij aarzelde niet, ook al had ze duidelijk pijn, en bleef geconcentreerd aan het werk terwijl hij zorgvuldig de omtrek van het ontwerp tekende. Na tien minuten geduldig werken pauzeerde hij even, glimlachte kort naar Ruby en ging over op blauwe inkt. De adempauze was maar heel kort voor hij weer aan het werk ging en dezelfde scherpe pijn door Ruby heen schoot.

Ruby sloot haar ogen in de hoop dat het sneller voorbij zou zijn als ze probeerde zich ergens anders op te richten. Ze had het ergste gehad – ze had erin toegestemd dat ze een versiering kreeg – en nu kon ze niets anders doen dan wachten tot die klaar was.

'Je mag kijken.'

Toen ze haar ogen opendeed, zag ze dat hij een kleine spiegel voor haar ophield, zodat ze zijn werk kon bewonderen. Heel even keek ze recht in zijn ogen en weigerde ze in de spiegel te kijken. Maar zijn intense blik was te fel en ze liet haar blik verslagen naar de spiegel zakken. Ze wist niet wat ze had verwacht, maar het resultaat was toch een verrassing.

Haar bleke huid zag er pijnlijk uit; op haar schouder zat een grote, ronde, geïrriteerde vlek. En midden in die vlek, onschuldig en vreemd misplaatst in met zijn onaangename omgeving, bevond zich een klein blauw vogeltje.

27

Sanderson zat voor het bureau in Helens kantoor, waarop dossiers lagen uitgespreid. De deur was stevig dicht en de jaloezieën waren naar beneden – dit gesprek was niet voor vreemde oren bestemd. In sommige opzichten was Helens verlangen naar privacy zinloos; verscheidene leden van het team wisten dat de naam van Nathan Price was gevallen in de zaak-Ruby Sprackling en hadden ongetwijfeld zelf het verband gelegd, maar Helen wilde niet dat ze gingen gissen naar een mogelijke link tussen de twee onderzoeken tot ze er zeker van waren dat die inderdaad bestond. De dichte jaloezieën en de gesloten deur maakten dat maar al te duidelijk.

'Ik heb precieze tijden nodig,' zei Helen terwijl Sanderson de telefoongegevens van Ruby Sprackling doornam.

'Ruby heeft haar eerste afscheidstweet gisteren rond één uur in de middag gepost,' antwoordde Sanderson.

'Waarvandaan?'

'We zijn nog bezig de exacte locatie te bepalen, maar die is ergens aan de oostelijke rand van het New Forest.'

Helen hield haar gezicht in de plooi, ondanks de angst die in haar opwelde.

'En de tweede?'

'Die is vanmorgen verstuurd, rond tien uur, in het centrum van Southampton.'

Bingo. Het klopte precies met de tijden en locaties waarop Pippa Briers haar laatste berichten had verstuurd. Het feit dat de berichten relatief beknopt en onpersoonlijk waren, was zorgwekkend, net als het feit dat de signalen van beide telefoons maar kort waren opgevangen en toen weer waren verdwenen, waarschijnlijk omdat de toestellen waren uitgezet. Het leek er sterk op dat iemand de digitale aanwezigheid van de meisjes in stand hield. De moordenaar wist kennelijk niet dat Pippa's lichaam was gevonden en geïdentificeerd. Helen was blij dat de ontdekking nog niet aan de pers was vrijgegeven, omdat nu vaststond dat haar tweets en berichtjes vals waren.

'Ik wil nog geen ruchtbaarheid geven aan dit verband,' ging Helen verder nadat ze Sanderson op de hoogte had gesteld van haar gedachtegang. 'Maar Nathan Price is nu de eerste verdachte in beide zaken en ik wil dat hij gevonden wordt. Geef zijn foto door aan de geüniformeerde dienst, stuur mensen naar zijn huis, zorg dat de verkeerspolitie het kenteken van zijn busje krijgt en stuur Stevens naar de flat van Pippa Briers in Merry Oak. Misschien zijn er nog bewoners in het gebouw die zich Pippa en Nathan herinneren. We moeten zo snel mogelijk zo veel mogelijk informatie zien te krijgen.'

Sanderson knikte en haastte zich weg om Helens instructies op te volgen. Helen keek haar met gemengde gevoelens na. Ze maakten vorderingen en Helen zag dat Sandersons bevelen het team nieuwe energie gaven. Als ze snel en doeltreffend actie ondernamen, konden deze laatste ontwikkelingen leiden tot de veilige terugkeer van Ruby Sprackling. Aan de andere kant had deze doorbraak Helens ergste vermoedens bevestigd. Ze hadden te maken met een seriemisdadiger. Een bedreven en ervaren crimineel. Helen had in haar korte carrière al twee seriemoordenaars gepakt. Zou het de derde keer ook lukken?

28

'Het lichaam is gevonden op zaterdagmorgen en is geïdentificeerd als dat van Pippa Briers uit Reading, een vrouw van halverwege de twintig. De nabestaanden zijn op de hoogte gesteld.'

De woorden van hoofdinspecteur Ceri Harwood klonken kordaat en gezaghebbend. Helen, die naast haar zat, moest toegeven dat Harwood geknipt was voor dit soort dingen. De pers zat voor haar alsof het waarderend publiek was en ze kwam altijd rustig en beheerst over. Helen vond het zelf vaak moeilijk om bij dergelijke gelegenheden haar ongeduld te bedwingen. Ze wist dat de pers een waardevolle bijdrage kon leveren aan een onderzoek, maar ze vond het vreselijk om vragen te moeten beantwoorden terwijl ze actief sporen zou kunnen nagaan.

'Hoe is ze gestorven?' vroeg Emilia Garanita.

Zoals altijd was de misdaadverslaggeefster van de *Southampton Evening News* als eerste paraat met een vraag. Ze had een angstaanjagend vermogen om haar collega's van de pers op sleeptouw te nemen. Haar vraag was rechtstreeks aan Helen gericht, maar voordat die antwoord kon geven, kwam Harwood tussenbeide.

'Het postmortale onderzoek is nog niet afgerond. Zodra we meer informatie hebben, zullen we die vrijgeven.'

'Is het strand nog wel een veilige plek? Moeten de mensen zich zorgen maken?' vervolgde Emilia aarzelend. Helen zag hoe ze zocht naar een verhaal, naar sensatie. Maar Harwood gaf ook dit keer een openhartig antwoord.

'Het strand is volkomen veilig. Ik moet benadrukken dat het lichaam er al een aantal jaren geleden lijkt te zijn begraven – dit is geen recente misdaad. Het strand is weer opengesteld en iedereen kan er normaal vertoeven.'

'Hebt u al aanknopingspunten, inspecteur?' Tony Purvis van de *Portsmouth Herald* was Emilia net voor.

'We volgen verscheidene onderzoekslijnen,' antwoordde Helen, 'en we zouden iedereen die Pippa Briers kende of die met haar werkte bij reisbureau Sun First willen vragen contact op te nemen. Elk detail over haar leven in Southampton, hoe klein ook, kan ons verder helpen. Ze had verscheidene piercings en een tattoo, waarvan een afbeelding in de uitgereikte documentatie staat en waarvan we geloven dat die tijdens haar verblijf in Southampton is gezet. Als iemand hem herkent of weet waar hij is gezet, willen we die persoon graag vragen dat te melden.'

'Zijn er al verdachten? Mensen met wie u graag wilt praten?' vervolgde Tony.

'Nog niet,' zei Helen beslist. 'Maar we zullen het u natuurlijk laten weten als daar verandering in komt.'

Helen had lang en hard nagedacht over de vraag of ze de naam van Nathan Price moest vrijgeven. Maar Harwood had aangedrongen op behoedzaamheid en voor deze keer was Helen het met haar eens. Als ze zijn naam noemden, zou hij misschien onderduiken, en dat was het laatste wat ze wilden.

De persconferentie was niet lang daarna afgelopen. Toen Helen wilde vertrekken, voelde ze een vertrouwd tikje op haar schouder. Ze draaide zich om en stond tegenover Emilia Garanita. Ze waren oude vijanden, maar Emilia deed de laatste tijd haar best Helen openlijk te steunen. Tijdens het onderzoek naar de Ella Matthews moorden was Emilia haar boekje ver te buiten gegaan en was ze in het geheim Helens gangen nagegaan tijdens de jacht op de moordenaar, en Emilia ging nog steeds diep door het stof.

'Nog interessante weetjes voor de *News*? We zouden dolgraag willen helpen waar dat mogelijk is.'

Helen glimlachte bij zichzelf. Emilia vond het kennelijk heel moeilijk om zich vriendelijk op te stellen. Van nature was ze meer geneigd tot de frontale aanval.

'Nog niet, Emilia. Maar ik heb je telefoonnummer.'

Emilia keek haar na. Ze had maar heel weinig informatie van Helen gekregen sinds ze een jaar geleden een wapenstilstand hadden gesloten, en ze begon er genoeg van te krijgen om aardig tegen haar te zijn. Ze werkte zich een slag in de rondte om weer vat op Helen te krijgen, maar het was maar al te duidelijk dat ze nog steeds werd buitengesloten. Geïrriteerd pakte ze haar spullen bij elkaar en liep achter de andere journalisten aan naar de uitgang. Ze had gehoopt dat deze zaak de mogelijkheid zou bieden weer voet aan de grond te krijgen bij de politie, de kans om haar carrière weer op het juiste spoor te krijgen, maar het leek nu al weer gedoemd op niets uit te lopen.

29

Dit keer brak ze zijn nek. Ze ging rechtstreeks naar binnen en brak zijn stomme nek. Wat een sukkel was ze geweest. Om hem te dekken, voor hem te liegen, terwijl hij al die tijd tegen haar aan het liegen was. Over waar hij was geweest, wat hij aan het doen was, bij wie hij geweest was...

Angela Price kookte van woede, maar toch aarzelde ze. Een vriendin had haar verteld dat ze Nathan in het centrum van Southampton had gezien terwijl hij Angela met zo veel woorden had verteld dat hij de hele week in Bournemouth aan het werk moest. Hij voerde waarschijnlijk van alles in zijn schild – drinken, achter de meiden aan zitten, zoals altijd de ontrouwe klootzak uithangen. Waarom pikte ze dat nog?

Ze was langs zijn vaste pleisterplaatsen geweest – de cafés, biljartzalen en bars waar veel bouwvakkers kwamen – en had hem uiteindelijk gevonden in de Diamond Sports Bar. Daar zat hij, nog geen honderd meter van haar vandaan. Hij keek geboeid naar het tv-journaal en was zich totaal niet bewust van haar aanwezigheid. Haar hand lag op de deurknop, ze kon nu naar binnen lopen en hem ter verantwoording roepen. Hem te schande zetten in het bijzijn van zijn vrienden, hem uitschelden voor alles wat mooi en lelijk was, de wereld laten weten hoe hij echt in elkaar stak...

'Aan de kant, meid.'

Een dorstige klant drong langs haar heen, geïrriteerd om haar getreuzel voor de deur. Wie hield ze hier nu eigenlijk voor de gek? Ze ging niet naar binnen. Ze zag er niet uit met haar slappe haar, zonder make-up en met wallen onder haar ogen, en zou alleen zichzelf voor gek zetten. De hele bar stond vol kerels en ze zouden alleen maar lachen om haar zielige vertoning. Zij zou degene zijn die voor paal stond, niet hij.

De tranen brandden in haar ogen toen ze wegliep. Wat een waardeloze trut was ze toch. Ze zou nooit meer zijn dan een voetveeg, iets wat Nathan naar believen kon oppakken en opzij gooien...

Ze ging langzamer lopen toen er een gedachte bij haar opkwam. Er was een manier om het die trouweloze schoft betaald te zetten, om hem voorgoed onder te schoffelen.

Ze raapte al haar moed bij elkaar, haalde haar gehavende Nokia tevoorschijn en belde na een korte aarzeling het alarmnummer.

30

'Handen thuis, meid.' Het werd gezegd met een glimlach, maar de agressie lag vlak onder het oppervlak. 'Ik weet dat je ze graag in mijn broek wilt steken, maar ik ben een getrouwd man, dus blijf verdomme met je poten van me af.'

Sanderson verwaardigde zich niet antwoord te geven op Nathan Price' uitbarsting. Hij liep al sinds zijn arrestatie te vloeken en te tieren, en bovendien zag ze hem er wel voor aan dat hij het op een lopen zou zetten. Een hand aan zijn handboeien, de andere aan zijn kraag; dat was de beste manier om hem onder controle te houden. Eerlijk gezegd was dit een van de kleine geneugten van het werk, om gewelddadige, onaangename kerels op hun nummer te zetten. Ze duwde hem ruw naar binnen en liet hem pas los toen ze bij de arrestantenbewaker waren.

'Ik heb een mooi exemplaar voor je, Harry,' zei Sanderson toen ze Price voor de balie neerzette. Het duurde niet lang voor de formaliteiten waren afgehandeld en ze tot het arrestantengedeelte werden toegelaten. Toen ze de verhoorkamer naderden, kwam brigadier Lloyd Fortune aanlopen.

'Jeetje, kerel, waar hebben ze jou voor gepakt?' vroeg Nathan met gespeeld medeleven.

Lloyd sloeg geen acht op de racistische opmerking en wendde zich tot Sanderson. 'Ik neem die charmeur wel van je over.'

Even zei Sanderson niets. Price was haar verdachte en zij had hem opgepakt.

'Hoeft niet, hoor. Ik kan hem wel aan.'

Sanderson had natuurlijk meteen afstand moeten nemen, maar iets – trots? woede? – weerhield haar ervan.

'Inspecteur Grace heeft voorgesteld dat zij en ik hem voor onze rekening nemen.'

Was dat waar? Werd ze opzijgeschoven? Hoe dan ook, ze kon er niet tegenin gaan waar Nathan Price bij was, die geen woord miste en zichtbaar genoot van de spanning tussen de twee politiebeambten.

'Kibbelende liefjes?' opperde hij hulpvaardig. 'Dus je houdt wel van een beetje zwart?'

'Let op je woorden,' blafte Lloyd terug, en hij sleurde de grijnzende verdachte mee naar de verhoorkamer.

Sanderson keek hen na. Vooroordelen genoeg hier, maar niet alleen van de kant van Price. Sanderson had meer ervaring en een betere opleiding, en ze had veel meer onderzoeksuren en veroordelingen op de teller staan, maar toch was Lloyd Fortune in haar plaats bevorderd. Hij werkte nog maar ruim een jaar in Southampton en zij vier, en hij was haar toch al voorbijgestreefd. Ze wist waarom, hoewel ze dat natuurlijk nooit in het openbaar kon zeggen. Het had alles te maken met politieke correctheid en dat maakte haar witheet van woede. Lloyd was erop gebrand zijn promotie te rechtvaardigen en een belangrijke veroordeling op zijn naam te schrijven, en daar zou Sanderson de dupe van worden. Dat begreep ze en ze had in zijn plaats misschien hetzelfde gedaan. Maar zat Helen ook in het complot? Die hield zich normaal gesproken niet met dat soort dingen bezig, maar was de situatie misschien veranderd?

Toen ze terugliep naar haar bureau, voelde Sanderson hoe de balans verschoof en dat stond haar helemaal niet aan.

31

'Vertel me over je relatie met Pippa Briers.'

Helen zat tegenover Nathan Price en werd geflankeerd door Lloyd Fortune. Nu hij een inspecteur tegenover zich had zitten, had Price iets aan brutaliteit ingeboet – hij werd zich eindelijk bewust van de ernst van de situatie. Helen was erop gebrand dit voordeel te benutten.

'Wat wil je weten?'

Een vraag beantwoorden met een vraag. Price was nog nooit iets ten laste gelegd, maar Helen twijfelde er niet aan dat hij eerder gearresteerd was.

'Hoe lang heb je iets met haar gehad?'

'Negen, tien maanden.'

'Woonden jullie samen?'

'Af en aan. Ik had een vrouw thuis, dus je begrijpt...'

Geen spoor van schaamte. Hij genoot eerder van zijn status als goedkope verleider.

'En konden jullie het goed met elkaar vinden?'

'Prima. Ze hield van drinken en dansen. Een leuke meid.'

'Hadden jullie wel eens ruzie?'

'Soms. Als ze ging zeuren.'

'Over het feit bijvoorbeeld dat je in het geniep een vrouw had.'

Nathan haalde zijn schouders op – hij ging het niet ontkennen.

'Heb ik gelijk als ik denk dat Pippa een eind maakte aan de relatie toen ze erachter kwam dat je een ander had?'

'Twéé anderen. Ik weet niet wat het is met de meisjes in deze stad.'

'En hoe reageerde je toen ze je aan de kant zette?'

Nu ontwaarde Helen een minieme reactie in Price, een vleugje woede bij de suggestie dat hij aan de kant was gezet, dat hij snel onderdrukte.

'Wat doe je eraan?' antwoordde hij nonchalant, maar Helen trapte er niet in.

'Je was razend, nietwaar?'

'Nee, ik...'

'Je vond het niet leuk om te worden afgedankt en je ging over de rooie. Ik heb hier een getuigenverklaring van een van Pippa's collega's bij Sun First. Zij zegt dat je daar naar binnen bent gestormd en een enorme heibel hebt geschopt.'

'Gelul.'

'Zo te horen moest je door de beveiliging de deur uit worden gezet. We hebben ook een verklaring van iemand die al heel lang in Bedford Heights in Merry Oak woont en die bevestigt dat je daar verscheidene malen op Pippa's deur hebt staan bonken en eiste binnengelaten te worden.'

'Ze had andere sloten genomen en mijn sleutel paste niet meer. Het had niet veel te betekenen.'

'Waarom had ze andere sloten genomen, Nathan?'

Voor de eerste keer had Nathan geen antwoord klaar.

'Omdat ze bang voor je was? Ze heeft aan collega's verteld dat ze bang voor je was. Ze zei dat je haar stalkte.'

'Absoluut niet.'

'Je wilde haar niet laten gaan, hè Nathan? Ik denk dat je echt gek op haar was. Waar heb je haar naartoe gebracht?'

Een lange stilte terwijl Nathan Helen aanstaarde. Toen sloeg hij zijn ogen neer.

‘Ik wil een advocaat.’

‘Er is een raadsvrouw onderweg. Ze zou hier over een paar minuten moeten zijn. Maar ik wil graag verder gaan met deze algemene vragen, tenzij jij om bepaalde redenen liever wilt dat ik ermee stop.’

Nog een lange stilte, dan een afwijzend schouderophalen.

‘Vertel ons eens over Ruby Sprackling.’ Lloyd nam het stokje over.

‘Die ken ik niet.’

‘Knappe meid. Heeft wel iets weg van Pippa. Je repareert de schade na een lekkage in haar flat.’

‘O ja, nu weet ik wie je bedoelt.’

‘Je hebt nog steeds de sleutel van haar flat, toch?’

‘Tot jullie me die hebben afgenomen had ik die, ja.’

‘En waar is Ruby nu, Nathan?’

Weer een korte stilte, gevolgd door: ‘Geen idee.’

‘Wanneer heb je haar voor het laatst gezien?’ Helen ging snel door.

‘Een paar dagen geleden. Ze ging boodschappen doen of zoiets...’

‘Ze is vrijdagavond verdwenen en sinds die tijd heeft niemand haar meer gezien. Heb jij haar vrijdagavond gezien, Nathan?’

‘Nee, toen was ik naar een klus in Bournemouth.’

‘Dus je was niet in de Revolution? Op vrijdagavond?’ vroeg Helen.

Eindelijk een glimp van angst in Nathans ogen. Helen schoof een foto over de tafel naar hem toe.

‘Dit zijn camerabeelden waarin je in de rij voor de Revolution staat, een club bij Bedford Square. Kijk naar de datum en de tijd. Vrijdagavond. Ruby was daar die avond ook.’

‘Rot op.’

‘We zien je naar binnen gaan, maar we zien je niet naar buiten komen. Zo'n club moet nooduitgangen hebben waardoor je naar buiten kunt glippen. Heb je dat gedaan? Voordat je Ruby volgde toen ze naar huis ging.'

'Ik heb haar helemaal niet gezien.'

'Je busje stond bij Ruby in de straat geparkeerd. De verkeerscamera's hebben vastgelegd dat je net na zes uur in de avond de straat in reed. Dezelfde camera heeft je bus om vier uur in de nacht weer weg zien rijden. Maar de club sluit om twee uur. Wat heb je in de tussenliggende twee uur gedaan, Nathan?'

'Ik wil een advocaat.' Nu klonk hij boos.

'Waarom wil je niet met ons praten, Nathan? Wat heb je gedaan?'

Nathan keek naar de vloer en zei niets.

'Dit is je kans om schoon schip te maken. Als je nu nog liegt of ontkent, zal dat een heel slechte indruk maken op de rechter,' ging Helen verder. 'Voor Pippa kunnen we niets meer doen, maar als je zegt waar Ruby is, kan ik je misschien helpen. Alsjeblieft, Nathan, vertel me waar je haar naartoe hebt gebracht.'

Een lange stilte. Helen keek even naar Lloyd en toen weer naar Nathan. De verdachte hief langzaam zijn hoofd. Alle brutaliteit was verdwenen en hij zag eruit als een dier dat in een hoek is gedreven.

Maar toen hij zijn mond opendeed, zei hij alleen: 'Geen commentaar.'

32

De scherpe pijn was verdwenen en ze voelde alleen nog maar een doffe branderigheid. Ruby lag op het bed met een hand tegen haar toegetakelde schouder en wenste dat dit allemaal niet gebeurd was. Toen hij klaar was geweest met de tatoeage, had hij heel emotioneel geleken. Er hadden tranen in zijn ooghoeken gestaan toen hij zich naar haar toe boog en haar zachtjes op haar hoofd zoende. Niet lang daarna was hij weggegaan, alsof hij bang was dat hij zijn zelfbeheersing zou verliezen.

Ruby was in de greep van een diepe wanhoop en haar stemming was inktzwart. De eerdere hoop dat ze op hem in kon praten of hem kon overhalen was de kop ingedrukt. Ze had urenlang gehuild en de pijn van de pas gezette tattoo was versterkt door het gevoel van hopeloosheid. Ze besefte dat ze zijn speeltje was. Ze was een pop in dit poppenhuis, waar alles wat er echt uitzag nep was.

Ze had inmiddels elke vierkante centimeter van haar omgeving geïnspecteerd. Er was niet veel anders te doen in de lange uren dat ze alleen was en ze had uitvoerig gezocht naar iets wat ze als wapen kon gebruiken als de nood aan de man kwam. Hoewel ze het niet wilde toegeven, had ze de intense emotie gezien die hem aangreep als hij naar haar keek en had ze gevoeld hoe zijn blikken over haar lichaam gingen. Hoe kon ze hem van zich afhouden als hij zich aan haar wilde vergrijpen?

Op de wankele buffetkast stond een ketel, maar die was van plastic en veel te onhandig om iets mee uit te richten. Er waren nog andere vreemde voorwerpen in de kamer: ingelijste foto's aan de muren, een kalender van 2013 en haken in de muren, waaraan je een jas of hoed kon ophangen, maar niets waar ze iets aan had. Ze had geprobeerd de haken uit de muur te trekken, maar ze zaten stevig verankerd in het beton en ze had er geen beweging in kunnen krijgen. En waarom zaten die haken daar eigenlijk? Ze kreeg hier heus geen bezoek. Dus wat deden ze daar? Waarom deed iemand zo veel moeite om een kamer in te richten die alleen voor de show was? Ruby begroef haar gezicht in de lakens en probeerde een opkomende misselijkheid te bedwingen.

Probeer rustig te blijven. Geef het niet op. Ruby dwong zichzelf weer te denken aan fijne dingen. Ze was hier pas een paar dagen, maar ze was nu al bang dat ze gek zou worden in dit hol. Totale wanhoop zou leiden tot krankzinnigheid, daar was Ruby zeker van, dus dacht ze eens te meer aan haar familie. Het was zondag. Wat zouden ze aan het doen zijn? De afwas na de zondagse lunch zou uiteindelijk door Conor en Cassie zijn gedaan – onder protest, zoals altijd – en ma en pa zouden Max zijn gaan uitlaten...

Het besef kwam als een mokerslag aan, plotseling en genadeloos. Haar moeder. Over twee dagen was haar moeder jarig. Ze zou de verjaardag van haar moeder missen...

Wat zou ze dit jaar moeten doormaken? Ruby stelde zich de verstikkende angst en ellende voor, de totale afwezigheid van cadeautjes en kaarten, de verlammende verschrikking van een verjaardag zonder dochter die haar zou omhelzen. De ontzetting benam haar de adem. Dit was écht. Dit gebeurde echt. Ze was weggerukt uit een familie die veel meer van haar hield dan ze verdiende en ze zou haar familieleden waarschijnlijk nooit meer zien.

Ruby slikte haar tranen weg en probeerde zich de vertrouwde gezichten voor ogen te brengen. Die momenten van huiselijk geluk opnieuw te beleven, ook al leken ze iets uit een ander leven. Het was een wanhopige poging – haar familie bestond alleen in deze zinloze fantasieën – maar dit was nu haar lot. Als ze zich terugtrok in haar herinneringen voelde Ruby zich helemaal leeg, maar ook vreemd getroost. Dit werd haar cocon.

33

'Mijn cliënt heeft u alles verteld wat hij weet...'

'Uw cliënt heeft ons helemaal niets verteld,' blafte Helen, die zich vanaf het allereerste moment had geërgerd aan de starre opstelling van de aan Price toegewezen advocaat. 'En sta me toe jullie allebei een goede raad te geven. "Geen commentaar" is geen goede verdediging. Het maakt je eerder verdacht.'

Helen benadrukte het laatste woord.

'Weet je wat je kunt krijgen voor ontvoering en moord, Nathan?' ging ze verder, vastberaden om de druk op de ketel te houden. 'Minimaal vijftien tot twintig jaar. Hoe klinkt dat je in de oren?'

'Ik denk dat we even moeten pauzeren,' luidde het voorspelbare antwoord van de advocaat.

'We hebben nog wel even tijd,' kwam Lloyd afwijzend tussenbeide. 'En wat belangrijker is, we hebben ook nog vragen. Dezelfde vragen. Wat is er in die twee uur gebeurd, Nathan? Heb je je toegang verschaft tot Ruby's flat? Heb je haar overweldigd? Of had je in de club al iets in haar drankje gedaan?'

Nog steeds geen antwoord.

'Uw cliënt moet weten,' ging Lloyd verder, 'dat we zijn bus in beslag hebben genomen. Daar hebben we interessante dingen in gevonden. De gebruikelijke potten, gereedschappen en bouwspullen, uiteraard, maar ook beddengoed en een paar dekens. Waar zijn die dekens voor?'

'Ik slaap soms in de bus als ik een klus heb. Dan heb ik dekens nodig,' antwoordde Nathan.

'Vier stuks? Midden in de zomer? Er zaten haren op het beddengoed, zwarte haren. Zo te zien ben jij van nature blond, Nathan, dus waarom zitten er zwarte haren op?'

Een lange stilte. Nathans advocaat keek even naar hem en wachtte kennelijk op zijn volgende zet.

'Ik heb niets te zeggen,' antwoordde hij uiteindelijk.

'Dan stel ik voor dat u mijn cliënt in staat van beschuldiging stelt of laat gaan,' kwam zijn advocaat snel.

'We zijn nog maar net begonnen,' antwoordde Lloyd, maar zijn professionele beleefdheid viel even weg.

'Jullie hebben geen enkel bewijs. Dat weten jullie zelf, dat weten wij...'

'Laten we eerst maar eens zien wat de technische recherche tegenkomt in de bus, nietwaar?' zei Helen abrupt. 'Het zou dom zijn om op de zaken vooruit te lopen. Volgens mij kunnen we uw cliënt nog... bijna veertig uur vasthouden. Meer dan genoeg tijd voor een nachtje in de cel, zou ik zeggen, nietwaar, Nathan?'

Niet voor de eerste keer die dag genoot Helen ervan om de glimlach van het gezicht van Nathan Price te doen verdwijnen.

34

Langzaam viel de nacht over Southampton. De kenmerkende gebouwen, die bij dag onbekend en alledaags hadden geleken, kregen nu iets sinisters. Daniel Briers keek uit over de stad vanaf zijn uitzichtpost op de veertiende verdieping. Voor sommigen zouden de twinkelende lichtjes tegen de nachtelijke hemel opwindend hebben geleken, vol belofte. Voor hem vormden ze slechts een schemerwereld. Hij stelde zich voor dat daarbuiten allerlei verdorven mensen rondliepen – moordenaars, verkrachters, dieven – die gebruikmaakten van de nacht en onder dekking van de duisternis onbeschrijflijke misdaden pleegden.

Pippa was door deze stad opgeslokt. Hoewel hij hier nu moest blijven om te zorgen dat er recht geschiedde, had hij gelijk al een hartgrondige hekel aan Southampton.

Sinds Helen was weggegaan had de dag zich voorbijgesleept. Hij had meteen de noodzakelijke telefoontjes afgehandeld, maar had het kort gehouden. Hij kon er niet op vertrouwen dat hij tijdens een lang gesprek zijn zelfbeheersing zou kunnen bewaren. Er was nog geen sprake van dat hij al kon proberen de gebeurtenissen met anderen te analyseren. Hij maakte slechts melding van het verschrikkelijke nieuws en excuseerde zich dan. Zodra hij klaar was met bellen, zette hij zijn telefoon uit, nam een glas whisky en probeerde wat te rusten.

Na een slapeloze nacht en de verschrikkelijke dag was hij uitgeput, maar hij vond geen rust. In zijn hoofd draaide een caleidoscoop van beelden en herinneringen rond – Pippa's geboorte, haar bittere verdriet om het overlijden van haar moeder, de 'papa van het jaar'-kaarten die ze voor hem maakte toen ze klein was, haar trots op gewonnen schoolprijzen, de latere ruzies en verwijten, waarvan hij nu besefte dat ze grotendeels zijn fout waren. Een eindeloze draaimolen van gedachten en gevoelens, een paar slechte, maar de meeste heel erg goed. Zijn Pippa leefde noodgedwongen verder in zijn herinneringen.

Was het verstandig om hier te blijven? Kristy, zijn vrouw, was daar kennelijk niet zo zeker van – 'Zou je hier niet beter af zijn, bij mij en de jongens?' – maar ze had de beslissing aan hem gelaten. Het was voor haar ook moeilijk, dacht Daniel nu. Kristy was diep geschokt door de dood van Pippa, zoals iedereen, maar ze had Pippa niet echt gemogen. Kristy vond haar egocentrisch en veeleisend. Uiteraard werd haar verdriet beïnvloed door die gevoelens, wat ze ook mocht beweren.

Zelfs nu nog was Pippa een bron van spanning tussen hen – iemand om wie Kristy niet veel gaf, maar die Daniel niet kon opgeven. De band tussen ouder en kind kan nooit verbroken worden, hoe slecht hun relatie ook is. Die band is er gewoon. Zelfs in de dood verandert dat niet, en daarom moest Daniel blijven. Hij zou hier veel afschuwelijke dingen onder ogen moeten zien – hij was nog niet naar het strand geweest waar ze haar hadden gevonden – en hij hoopte dat hij er de kracht voor zou hebben, zo niet voor hemzelf, dan toch voor Pippa.

Nu hij over het sombere Southampton uitkeek, zakte de moed hem in de schoenen. Deze plek was zo vreemd en zo bedreigend. En alles werd overschaduwd door de wetenschap dat daar ergens, verborgen in de duisternis, de persoon rondliep die zijn enige kind had ontvoerd, vermoord en begraven.

35

Het was een chaos. Ze had niet anders verwacht. Zodra Emilia Garanita binnenkwam, liep ze tegen een muur van geluid aan, een kakofonie van geroep, verwijten, gelach en nog veel meer. Doodmoe liet ze haar sleutels op het tafeltje in de gang vallen en ging op weg naar de bron van de anarchie.

Haar vader zat het laatste deel van een langdurige gevangenisstraf uit en haar moeder was er bijna tien jaar geleden vandoor gegaan, en dat betekende dat Emilia, de oudste van de zes kinderen, al veel langer dan ze zou willen in loco parentis was. Ze was zelf nog jong, nog geen dertig, maar ze voelde zich veel ouder, zeker vandaag. De persconferentie bij Southampton Central had niets concreets opgeleverd en het feit dat Helen Grace haar had afgepoeierd, had haar de hele dag dwarsgezeten. Je had van die dagen – vruchteloos, irritant en deprimerend.

In de keuken kwam ze midden in een litanie van beschuldigingen en tegenbeschuldigingen terecht. De jongste van haar vijf broertjes en zusjes was nog maar twaalf en de op één na oudste was nog geen vijfentwintig, dus er was geen gebrek aan onzekere, maar overmaatse ego's, die voortdurend ruzies en consternatie opleverden. Zoals altijd deed Emilia's aanwezigheid de gemoederen bedaren en langzaam werden de grieven van die dag opzijgezet. Toen het gezin aan tafel ging, waar een stoofpot van varkensvlees en chorizo op verscheen, een aandenken aan hun Portugese achtergrond, begon Emilia's humeur een beetje op te klaren. Hoe onuitstaanbaar haar familieleden ook waren, ze hielden van Emilia en accepteerden haar zoals ze was, met al haar gebreken. Sommige mensen hadden problemen met haar karakter, andere verachtten haar om het werk dat ze deed en iedereen reageerde op haar gezicht, dat lelijke littekens vertoonde, het gevolg van het zuur dat de dealende werkgevers van haar vader haar in het gezicht hadden gegooid. Ze had geleerd dat te negeren en had er later haar voordeel mee gedaan en mensen met opzet op de proef gesteld met haar verminking om te zien hoe ze zouden reageren. Maar hoe hard ze ook overkwam, de fronsende gezichten die haar gezicht opriep, deden nog steeds pijn. Maar hier niet, niet thuis, waar ze net als alle anderen werd uitgescholden, geplaagd en gekoesterd.

Een voor een verdwenen de jongere kinderen naar bed. De zus onder haar, Luciana, keek samen met haar *Game of Thrones* en vond het toen ook welletjes. En toen was Emilia alleen met haar gedachten.

Haar carrière – haar leven – stond op een zijspoor. Het was haar niet bepaald in dank afgenomen dat ze het sensationele verhaal over Ella Matthews aan de *Mail* had verkocht in plaats van aan haar werkgevers en ze was haar baan bij de *Southampton Evening News* bijna kwijtgeraakt. De beloofde baan bij de *Mail* was er nooit gekomen, zodat Emilia zich ertoe had moeten verlagen te smeken om het behoud van haar oude baan, een baan waarvan ze nog steeds vond dat ze er te goed voor was. Ze had altijd gehoopt dat het schrijven over regionale misdaden een opstapje zou zijn naar belangrijker dingen en zelfs haar grootste vijanden konden niet ontkennen dat ze goed was in haar werk. Maar ze zat nog steeds vast in Southampton en de kans om promotie te krijgen was veel kleiner geworden.

Ze moest een primeur hebben. Iets groots wat haar weer op de voorgrond zou brengen. Het lijk op het strand had aanvankelijk opwindend geklonken, maar waarschijnlijk zou het wel weer om een deprimerende drugsmoord blijken te gaan. En Helen Grace, de enige politiebeambte in de stad die gegarandeerd nieuws zou opleveren, wilde haar helemaal niets vertellen. Toen ze het laatste slokje wijn opdronk, was Emilia er zeker van dat de uitweg uit deze impasse bij Helen Grace lag.

Ze moest weer bij haar in de gratie zien te komen, hoe dan ook.

36

Charlie haalde diep adem en ging de pub in. Ze was al vaak in de Crown and Two Chairmen geweest – de kroeg was een tweede thuis voor de meeste politiemensen van Southampton Central – maar vanavond was ze nerveus. Toen ze zich een weg baande naar de groep bekende gezichten in de hoek voelde ze dat de warmte in de pub en haar onbehagen een duidelijke roze blos op haar wangen toverden.

Charlie werd begroet met warmte en genegenheid en iedereen vestigde de aandacht op haar enorme buik door erover te roepen en eraan te voelen. Charlie glimlachte en beantwoordde goedgemutst de vragen, maar in werkelijkheid voelde ze zich ongemakkelijk en lachwekkend. De baby was die avond bijzonder actief door tegen haar buikwand te roffelen en pijnlijk hard tegen haar schaambeen te drukken. Het was allemaal heel oncomfortabel en Charlie voelde zich onaantrekkelijk en mistroostig. Ze had gehoopt dat een avondje uit haar zou opvrolijken, maar ze was al doodmoe toen ze binnenkwam en nu moest ze ook nog praten met mensen die ze amper kende. Helen glimlachte naar haar, maar werd bij haar weggehouden door de niet aflatende aandacht van hoofdinspecteur Harwood, die haar kennelijk ondervroeg over operationele zaken. De reden voor dit vrolijke samenzijn was rechercheur Grounds, die zijn hele werkzame leven bij het korps had gewerkt en binnenkort met pensioen zou gaan. Hij was het soort betrouwbare, ouderwetse politieman die je wel aardig moest vinden, een soort vader voor het team, die absoluut niet met zijn tijd meeging, maar altijd de beste bedoelingen had. Er werd verteld dat ze hem na vijfentwintig goede dienstjaren beloonden met zijn pensioen, maar dat zag Charlie anders. Grounds werd opzijgezet om plaats te maken voor nieuw bloed.

Charlie wist dat Harwood daarachter zat. De laatste twee jaar waren Helens bondgenoten stuk voor stuk verdwenen of op een zijspoor gezet. Mark uiteraard (de gedachte aan hem zette Charlie snel van zich af), Tony Bridges, Charlie zelf en nu dan Bob Grounds. Ze waren vervangen door gloednieuwe politiemensen die snel carrière wilden maken, het soort mensen aan wie Harwood de voorkeur gaf: Lloyd Fortune, rechercheur 'zeg maar Ed' Stevens en de vrouw met wie Charlie nu stond te praten, rechercheur Sarah Lucas.

Naast de ambitieuze, tot in de puntjes verzorgde Lucas voelde Charlie zich ongemakkelijker dan ooit. Ze was jong en slank, had gestudeerd en ging iets bereiken. Ze was pas laat bij de politie gaan werken, nadat ze criminele psychologie had gestudeerd aan Durham, en hoorde bij het nieuwe slag snel opklimmende misdaadbestrijders. Harwood kende Lucas van haar vorige standplaats en had veel moeite gedaan om haar te laten overplaatsen naar Southampton Central. Het gerucht ging dat ze de gedoodverfde opvolger van Harwood was. Dat kon Charlie heel goed geloven: net als haar superieur had ze geen merkbaar gevoel voor humor en ze was ook niet veel oprechter.

'Je ziet er fantastisch uit, Charlie.' Lucas had al drie leugens verteld in evenzoveel minuten.

'Ik voel me anders afschuwelijk,' zei Charlie afwijzend, maar met een dappere glimlach.

'Hoe lang moet je nog?'

‘Het kan elke dag gebeuren.’

‘Dat verbaast me niet.’ Het neutrale antwoord van Lucas ging gepaard met een blik op Charlies buik.

Zo sleepte het gesprek zich voort tot Charlie zich beriep op een zwakke blaas en wist te ontsnappen. Tot haar consternatie werd ze bij haar terugkeer aangesproken door Harwood, die zich verplicht voelde om met haar over koetjes en kalfjes te praten. Ze keuvelden over bevallingen, baby’s en opvoeding en Harwood zat vol nuttige tips, die ze ongetwijfeld had opgepikt van haar oppas. Het leek allemaal vriendelijk genoeg, maar het was louter toneelspel. Charlie was een jaar geleden in botsing gekomen met Harwood en was nog niet vergeven. Zou ze ooit weer bij het groepje lievelingen kunnen horen? Charlie betwijfelde het ernstig.

Rechercheur Sanderson nam afscheid en toen Charlie over Harwoods schouder naar de uitdunnende groep feestvierders keek, zag ze maar weinig bevriende gezichten. Helen was uiteraard de grote uitzondering, maar haar voormalige baas bleek niet langer aanwezig. Terwijl Harwood maar door bleef praten, onderdrukte Charlie een glimlach. Helen haatte dit soort bijeenkomsten nog meer dan zij en Charlie was blij dat zij tenminste had kunnen ontsnappen aan de geforceerde vrolijkheid en het overmatige drankgebruik. Net iets voor haar om er ongezien vandoor te gaan, dacht Charlie bij zichzelf.

Altijd een raadsel.

37

Terwijl ze door de nacht raasde, begon Helen langzaam te ontspannen. Harwood was vanavond bijzonder vasthoudend geweest met haar vragen over de zaak-Pippa Briers. Harwood had geruchten gehoord over een verband met de zoektocht naar Ruby Sprackling en verdacht Helen er kennelijk van dat ze informatie achterhield. Daar had Harwood gelijk in, maar Helen had haar uiterste best gedaan om haar chef ervan te overtuigen dat er nog geen echt verband was vastgesteld en dat er geen reden was voor ongerustheid. Sinds ze waren gaan samenwerken, had Harwood zich in het hoofd gehaald dat Helen met opzet zocht naar dergelijke verbanden, alsof ze geobsedeerd werd door seriemisdadigers en ze op de een of andere manier in het leven wilde roepen als ze niet echt bestonden. Het zei veel over Harwoods onzekerheid dat ze geloofde dat Helen seriemoordenaars zou verzinnen om haar toch al indrukwekkende reputatie extra glans te geven.

'Je mag van geluk spreken dat je bent ontsnapt, Harry,' zei Helen luchtig toen ze het bureau weer binnenliep. 'Als je leden van mijn team vannacht de lantaarnpalen ziet omhelzen, doe me dan een lol en gooi ze in de cel, wil je.'

'Met alle soorten van genoegen,' antwoordde Harry met een grijns.

Een paar minuten later stond Helen weer in de recherchekamer op de zevende verdieping. Ze bleef even naar het bord staan kijken. Pippa's jonge gezicht keek terug; een leven vol beloften die nooit meer in vervulling zouden gaan. Helen vroeg zich onwillekeurig af wat Daniel aan het doen was. Hij ging door een hel van verdriet en bittere zelfverwijten en het zou ongelooflijk moeilijk voor hem worden om weer een enigszins normaal leven te leiden. Hij zou maanden of zelfs jaren geplaagd worden door duistere gedachten en de voortdurende vraag 'wat als'. Op dit moment werd Pippa's vader gekweld door het geheim van haar laatste maanden. Terwijl ze naar het bord stond te staren, zwoer Helen dat ze zou achterhalen hoe de laatste dagen van de arme vrouw waren verlopen en ervoor zou zorgen dat er recht geschiedde.

Ze pakte haar tas uit haar kantoor en wilde de lege recherchekamer uit lopen toen ze bleef staan. Het was echt dom, erger nog, het was zinloos, maar iets dwong haar achter een computer te gaan zitten en in te loggen in het systeem. Dit keer gebruikte ze de codes van rechercheur Lucas, wat eigenlijk echt niet kon, maar daar was niets aan te doen. Ze typte de naam 'Robert Stonehill' in en klikte op 'Zoek'. Waarom deed ze zichzelf dit aan? Ze gaf zichzelf de schuld van het feit dat het leven van de onschuldige jongeman was verwoest, maar wat bereikte ze met deze eindeloze zoektocht? Het was een vruchteloze poging, die altijd uitliep op bittere teleurstelling.

Maar die avond niet. Opeens verschenen er tijden, data en nog belangrijker, een dossiernummer op het scherm.

Ze had hem gevonden. Robert Stonehill. De neef van wie ze had gehouden en die ze was kwijtgeraakt was terug.

38

Hij stak de sleutel in het slot en draaide hem zachtjes om. Het was al laat en hij had te veel gedronken. Hij wilde zijn vader niet wakker maken met luid gestommel. Toen hij naar binnen stapte, spitste Lloyd Fortune zijn oren. Hij had verwacht en half gehoopt dat het stil zou zijn, maar ondanks het late uur stond de tv in de woonkamer nog aan.

'Goedenavond, pa. Wat is er op tv?' zei Lloyd opgewekt toen hij naast zijn vader op de bank ging zitten.

'De gebruikelijke sukkels,' antwoordde zijn vader met een gebaar naar de zwetsende kopstukken in het politieke praatprogramma.

'Thee?' vroeg Lloyd toen.

'Ja, graag. Je kunt zelf ook wel een kopje gebruiken,' zei zijn vader effen.

Lloyd ging naar de keuken en het vrolijke gevoel van zijn avond uit begon al te vervagen. Hij hield net zo veel van zijn vader als elke andere zoon zou kunnen of moeten doen, maar de man maakte het hem niet gemakkelijk en hij streek Lloyd vaak tegen de haren in door zijn impliciete kritiek. En dan was hij nog het succesverhaal binnen de familie, kon je nagaan. Zijn broer en zus waren werkschuwe uitkeringstrekkers die totaal niet van plan waren net zo hard en ijverig te werken als hun vader had gedaan. Lloyd wist dat ze moeite hadden met het feit dat hun vader bijna nooit thuis was geweest toen ze jong waren, want dat gooiden ze hem tijdens de heftige familieruzies maar al te vaak naar het hoofd. Lloyd begreep hun grieven wel, maar steunde hen er niet in. Ze waren straatarm geweest toen zijn vader het gezin van Jamaica hiernaartoe had laten komen. Hij had keihard moeten werken om iedereen van voedsel en kleding te voorzien.

En het was zwaar werk geweest – diensten van twaalf uur als stuwadoor in de Western Docks – waarvan de gevolgen zich nu deden gelden. Lloyds vader had in de loop der tijd de meeste lichaamsdelen verrekt, gescheurd of gebroken. Lloyd herinnerde zich in het bijzonder een akelige val die had geresulteerd in een gebroken rug, waarna zijn vader wekenlang uitgeschakeld was geweest. In die tijd had zijn moeder zo'n beetje non-stop gehuild, want het gezin had aan de rand van de afgrond gestaan. Maar uiteindelijk was zijn vader opgestaan van het ziekbed en weer aan het werk gegaan. En dat was hij blijven doen tot hij enige tijd later was ontslagen.

Dus weigerde Lloyd kritiek op hem te hebben, ook al was hij een moeilijke man om mee samen te wonen, zeker nu hun moeder was overleden. Over zijn broer en zus had hij een meer uitgesproken mening, want het feit dat die weigerden zich aan de moraal van de hardwerkende voorgaande generatie te houden, betekende dat Lloyd als enige de vervagende hoop en ambities van zijn vader kon vervullen. Zijn vader, Caleb, was buitengewoon hard voor Lloyd en had hem altijd achter de broek gezeten om de beste cijfers te halen bij examens, bij zijn politieopleiding als beste uit de bus te komen en op te klimmen van agent naar rechercheur en van daaruit naar brigadier. Dat kon hem nooit snel genoeg gaan. Hij leek nooit tevreden. Ondanks de goede resultaten merkte Lloyd dat hij nog steeds niet de goedkeuring van zijn vader kon wegdragen. Hij was verder gekomen dan de meeste van zijn leeftijdgenoten, maar het was niet goed genoeg.

Lloyd overhandigde zijn vader een kop thee en ging naar de politici zitten kijken, die insinuaties en ontwijkingen uitwisselden.

'Moet je hem zien. Hij liegt dat hij barst en doet niet eens moeite dat te verbergen.'

Zijn vader had niets op met politici, maar toch keek hij naar deze programma's. Caleb was een man die het leven ernstig opnam, die de hoogste eisen stelde en altijd op zoek leek naar iemand die daaraan niet voldeed. Vooral zijn eigen zoon, dacht Lloyd bij zichzelf terwijl hij zijn thee opdronk. Vooral zijn eerstgeboren zoon.

39

Helen keek neer op het dossier en haar hart brak. Ze had geen oog dichtgedaan en de hele morgen gespannen gewacht tot het aangevraagde dossier van Robert werd gefaxt. Maar toen ze het eenmaal in handen had, bleek ze er niets mee op te schieten en werd haar kwetsbare hoop de bodem ingeslagen.

Er was een vechtpartij geweest in het centrum van Northampton, waarna Robert was gearresteerd en vastgehouden. Een ruzie bij een pub tussen Robert en een andere persoon, met een onbeduidende oorzaak. De verwondingen waren relatief oppervlakkig – godzijdank – maar dat was zo'n beetje alles wat Helen uit het rapport kon opmaken. De twee pagina's waren zwaar geredigeerd en grote stukken waren zwartgemaakt, zodat er maar weinig details over het incident waren overgebleven. Ze had geen idee of er een aanklacht was ingediend en waar Robert woonde of wat er met hem was gebeurd. Het rapport was zo veelbelovend geweest, maar omdat de waardevolle inhoud onleesbaar was gemaakt, leverde het alleen maar bittere frustratie op.

'Ik weet dat het een ongebruikelijk verzoek is, maar in deze omstandigheden is het wel gerechtvaardigd.' Helens stem klonk effen en beheerst toen ze met Ceri Harwood praatte.

'Maar waarom, Helen? Wat wil je ermee bereiken?'

Helen had het liefst willen zeggen: 'Dat lijkt me verdomme toch wel duidelijk,' maar ze verbeet haar minachting.

'Hij is nu al een jaar niet op de radar verschenen. Geen contact met zijn ouders, geen uitkering aangevraagd, geen e-mails, niets. Ik wil graag weten of alles goed met hem is en waar hij woont, zowel voor hun gemoedsrust als voor de mijne.'

'Dat begrijp ik best, Helen, natuurlijk begrijp ik dat. Maar je kent de regels. Het dossier is geheim.'

'Waarom?'

'Ik weet niet waarom, dat is de zaak van de politie van Northamptonshire, niet die van ons, maar zelfs al wist ik het, dan kon ik het je nog niet zeggen. Dat hoef ik jou toch niet te vertellen.'

'Ik ken het protocol voor undercoverwerk,' antwoordde Helen, die haar stem met moeite in bedwang hield. 'Maar ik zou ertegen in willen brengen dat dit een bijzonder geval is. Hij is een jongeman en heeft niemand op wie hij kan terugvallen...'

'Dat weet je niet.'

'Hij heeft geen contacten in Northamptonshire, geen verwanten tot wie hij zich kan wenden...'

'Zo te horen zit hij daar al bijna een jaar. Tijd genoeg om vrienden te maken, zich te settelen...'

'O, hou toch op.' Helen verloor eindelijk haar zelfbeheersing. 'Toen hij hier vertrok, was hij kapot. Hij was er net achter gekomen dat zijn moeder een seriemoordenaar was. Het leven van zijn adoptieouders was op zijn kop gezet en hij zat vol woede, verdriet en wrok... Hij was niet in de stemming om "vrienden te maken".'

Het sarcasme droop van die laatste woorden en Helen kreeg daar onmiddellijk spijt van toen ze het gezicht van Harwood zag verharden. Harwood was op dit moment haar enige hoop, ze moest zorgen dat ze haar steun kreeg.

'Ik wil niet agressief of respectloos lijken, maar je moet begrijpen dat ik hem moet vinden. Het was mijn schuld dat hij moest vertrekken...' ging Helen snel door.

'Jij hebt de feiten niet openbaar gemaakt, dat heeft Emilia Garanita gedaan,' antwoordde Harwood koeltjes.

'Om mij te grazen te nemen. Ik voel me verantwoordelijk, en daarom vraag ik je om hulp. Sinds hij is verdwenen, verwacht ik elke dag het ergste. Hij heeft niets meer om voor te leven, niemand die om hem geeft, geen reden om door te gaan. Ik weet dat het een hoop heisa zal opleveren, dat het tegen het protocol in gaat, maar jij kunt dit voor elkaar krijgen. Help me dus. Alsjeblieft.'

Helen had zich nog nooit zo open of kwetsbaar opgesteld tegenover haar superieur. Harwood keek naar haar, stond op en kwam om het bureau heen. Ze legde een troostende arm om Helens schouders en die wist meteen dat ze haar zin niet zou krijgen.

'Ik begrijp dat je verdriet hebt en ik leef met je mee. Maar ik kan niet uit medeleven een lopende operatie in gevaar brengen. Het spijt me, Helen, maar ik moet nee zeggen.'

Helen liep boos weg van Harwoods kantoor. Ze had heel sterk de indruk dat Harwood ervan had genoten haar met een kluitje in het riet te sturen, ondanks het zogenaamde medeleven dat ze tevoorschijn had getoverd om Helen te sussen. Helen bleef zitten met zo veel onbeantwoorde vragen. Waar was Robert bij betrokken geraakt? Assisteerde hij de politie? Ze hadden de moeite genomen alle details over zijn woonplaats, baan en vrienden te verwijderen, en dat wees er sterk op dat ze hem wilden beschermen. Maar waarom? Was hij nuttig voor ze? Zo ja, hoe was hij bij hen terechtgekomen, als getuige of als informant? De verschillende mogelijkheden wervelden door Helens hoofd en de ene was nog verontrustender dan de andere.

Helen beende de recherchekamer in en liep meteen tegen rechercheur Sanderson aan, die duidelijk had zitten wachten tot haar baas zou arriveren. Haar nieuws bracht bepaald geen verbetering in Helens humeur.

'Het DNA in het busje van Nathan Price is niet dat van Ruby Sprackling. En de technische recherche kan geen spoor van zijn DNA vinden in Ruby's flat, dus...'

Op ongewoon zachtaardige wijze vertelde Sanderson Helen dat ze niets hadden. Was Price onschuldig of alleen maar heel slim? Het maakte geen verschil – ze zouden hem moeten laten gaan.

40

Hij reed rustig, maar met één oog op de achteruitkijkspiegel. Hij had het niet geloofd toen ze zeiden dat hij vrij was om te gaan en zijn argwaan was gegrond gebleken. Hij was nog niet van ze af.

Nathan Price zag dat hij gevolgd werd toen hij door Shirley High Road reed; op discrete afstand reed een donkere Vauxhall sedan. Omdat hij aanvankelijk niet zeker wist of het geen paranoïde verbeelding was, reed hij Winchester Road in. Dat was niet de richting die hij op moest, maar hij bereikte er wel zijn doel mee. De weg lag leeg voor hem en hij trapte flink op het gaspedaal. Zijn snelheid sprong omhoog naar tachtig kilometer per uur. Hij zat nu een heel eind boven de toegestane maximumsnelheid en het amuseerde hem om te zien dat de Vauxhall sneller ging rijden om hem bij te houden.

Zijn instinct nam het over en hij draaide scherp Dale Road in, in de richting van het ziekenhuis. De weg stond zoals altijd vol geparkeerde wagens, maar Nathan zag een eindje verderop een plekje en manoeuvreerde het busje er handig in. Omdat er in de buurt geen andere vrije plaatsen waren, gleed de Vauxhall voorbij en stopte uiteindelijk aan het eind van de weg. Hun zicht op Nathans auto werd nu geblokkeerd door het busje dat voor hem stond. Nathan twijfelde er niet aan dat ze meteen uit hun auto zouden springen en terug zouden lopen. Maar hij had tijd genoeg als hij snel was.

Hij zette de motor uit en sprong in de laadruimte van het busje, waarbij hij ervoor zorgde niet te struikelen over de bouwmaterialen die daar lagen. Voorzichtig deed hij het achterportier op een kiertje open, glipte naar buiten en liep gebukt langs de geparkeerde auto's over de weg. Aan het eind zocht hij dekking achter een groene Fiat en bleef staan. Dit laatste stukje was het belangrijkste, hij kon het nu nog verknallen als hij te veel haast maakte. Hij telde tot tien en keek snel om de Fiat heen naar zijn auto. En ja hoor, een politieman in burger stond door de voorruit te turen, op zoek naar zijn prooi.

'Sukkel,' mompelde Nathan in zichzelf toen de agent terugrende naar zijn collega.

Zodra de man hem de rug toekeerde, nam Nathan zijn kans waar en schoot vanuit zijn schuilplek de hoek om. Nu rende hij snel weer door Winchester Road en ging scherp linksaf St. James' Park in. Daar trok hij zijn capuchon over zijn hoofd en vertraagde tot een snelle wandelpas, gestaag en doelbewust. Even later liep hij Church Street in en had hij zijn achtervolgers afgeschud.

Terwijl hij naar huis liep, voelde hij geen enkele triomf. Hij had geluk gehad dat hij kon ontsnappen en van nu af aan zou hij heel erg voorzichtig moeten zijn. Eén fout, één kleine vergissing en het hele kaartenhuis donderde in elkaar.

41

De zon scheen zo fel op het water dat Ruby haar ogen met haar handen moest beschermen tegen de gloed. Die was verblindend, maar het uitzicht was weergaloos mooi.

Steephill Cove vormde een volmaakt hoefijzer en de baai zag er die dag schitterend uit in de felle lentezon. Ruby en haar familie kwamen al op het Isle of Wight vanaf dat ze heel klein was en dit was hun favoriete plekje op het eiland. Ruby kende het tot in elk detail, tot aan haar favoriete rotspoelen en rotsblokken om op te klimmen.

Mama, papa, Cassie, Conor en hun bordercollie Max renden over het strand, speelden met de frisbee en spetterden in de branding voordat ze gingen picknicken. Ze pakten dat altijd grondig aan en hoewel het een heel karwei was om de manden de steile trap naar het strand af te slepen, was het altijd de moeite waard. De kinderen mochten een slokje van de mousserende wijn nemen – papa schoot de kurk altijd in zee, tot consternatie van mama – om de hartige taarten, chips, broodjes en de zelfgebakken cakes en biscuitjes weg te spoelen die mama de avond tevoren had ingepakt. Naderhand waren ze natuurlijk altijd een beetje misselijk, maar toch voelde het fijn.

Ruby trok haar kleren uit en rende in haar bikini de branding in. Het schuimende water spetterde tegen haar aan toen ze over de golven sprong. Ze dook erin en begon als een razende te zwemmen, waarbij haar armen sierlijk door het water kliefden, en het duurde niet lang voor ze een heel eind in zee was en haar familieleden nog maar verre figuurtjes op het strand waren.

Met ingehouden adem dook Ruby onder water. Ze ging steeds verder naar beneden en werkte zich met felle schoppen van het kolkende oppervlak naar de diepte. Het maakte deel uit van een spelletje dat ze had verzonnen om haar moeder op de kast te jagen. Ze zwom een heel eind weg en verdween dan zo lang ze kon onder water. Haar moeder, die niet zo goed kon zwemmen en een hekel had aan de zee, reageerde altijd door langs de vloedlijn te ijsberen en naar haar te roepen. Haar vader, die gewend was aan haar trucjes, reageerde nooit, wat Ruby wel een beetje ergerde, maar op haar moeder kon ze altijd vertrouwen.

Als ze eindelijk weer boven water kwam, wuifde ze opgewekt naar haar, alsof ze haar moeder niet kon horen, en dan dook ze weer onder. Dat hield ze vol tot ze medelijden met haar kreeg. Als ze terugzwom naar de kant, kon ze altijd rekenen op een knuffel en een liefhebbend verwijt.

Ze raakte buiten adem en haar longen hunkerden naar frisse lucht, dus draaide ze zich om en schopte zich naar het oppervlak. Ze had niet veel bereikt in het leven, maar ze had altijd goed kunnen zwemmen en Ruby voelde opgetogen hoe ze naar boven schoot en hoe haar slanke gestalte door het water sneed.

Toen ze bovenkwam, trok ze haar zwembril af en watertrapte terwijl ze haar longen volzoog. Ja hoor, daar hoorde ze het klagende geroep van haar moeder. Ze glimlachte bij zichzelf en bereidde zich erop voor weer onder te duiken. De kreten van haar moeder klonken nu luider en ze besloot ze te negeren, maar opeens voelde ze de hand van haar moeder op haar schouder, die haar naar de kant trok. Hoe was ze bij haar gekomen? Ze bevond zich heel ver van…

'Summer.'

De droom viel uiteen.

'Summer.'

Het was niet haar moeder die haar naar de kant trok, maar haar ontvoerder die haar wakker schudde.

Hij was terug.

42

'En wat doen we nu?'

Zoals gebruikelijk kwam Harwood meteen ter zake. Helen had haar ervan op de hoogte gesteld dat Nathan aan het surveillanceteam was ontkomen en had de verwachte reactie gekregen.

'Wachten en blijven kijken,' antwoordde Helen effen. 'We houden het busje in de gaten en zien het meteen als hij terugkomt, en ik heb teams naar zijn huis gestuurd en naar het adres waarop hij momenteel aan het werk is...'

'En zijn we er zeker van dat hij het waard is om al die middelen in te zetten? Ik twijfel er niet aan dat hij een akelig mannetje is, maar hij heeft geen noemenswaardig strafblad...'

'Hij is de enige verdachte die we hebben. Hij heeft een voorgeschiedenis van geweld en een ongezonde aandacht voor jonge vrouwen, en hij had toegang tot de flats van beide slachtoffers. Ik denk dat we resultaten zullen boeken als we hem in de gaten houden.'

Tot op dat moment had Helen niet veel nadruk gelegd op een mogelijk verband tussen Ruby Sprackling en Pippa Briers, maar nu Nathan Price van de radar was verdwenen, was ze gedwongen haar kaarten op tafel te leggen om extra middelen van Harwood los te krijgen.

'Het is mogelijk,' antwoordde Harwood zonder enig enthousiasme. 'Twee dagen, meer niet, en ik wil op de hoogte worden gehouden, oké?'

'Natuurlijk,' zei Helen, die weigerde te reageren op de onuitgesproken kritiek.

'Was er nog iets anders?'

Harwood wilde kennelijk graag verder met haar papierwerk, maar zag tot haar enigszins geïrriteerde verrassing dat Helen geen aanstalten maakte om weg te gaan. Helen beoordeelde de situatie – die verre van ideaal was – maar vatte de koe toch maar bij de hoorns.

'Ik zou graag met een zoekteam teruggaan naar Carsholt.'

'Waarvoor in godsnaam? Het strand is net weer geopend voor het publiek en de schoolvakantie komt eraan. Wat schieten we er in vredesnaam mee op om daar een heel zoekteam naartoe te sturen?'

'Ik maak me zorgen over de tijd tussen de verdwijning van Ruby en die van Pippa,' ging Helen snel verder. 'Er zit een periode van een jaar of vier tussen en dat voelt gewoon niet goed.'

'Wat voelt niet goed?' vroeg Harwood.

'De meisjes lijken qua uiterlijk op elkaar, ze zijn kwetsbaar en eenzaam en ze zijn allebei spoorloos verdwenen. Bovendien zijn ze allebei "in leven gehouden" door het gebruik van sms, Twitter en dat soort dingen. Het ziet ernaar uit dat ze door dezelfde dader zijn ontvoerd en als dat zo is, kunnen we zeggen dat die vent zeer goed voorbereid, vastberaden en vooral zeer gedreven is. Hij is op zoek naar iets wat alleen die meisjes hem kunnen geven en is bereid om heel veel moeite te doen en grote risico's te nemen om zijn doel te bereiken. Het komt ongelooflijk weinig voor dat volwassenen door vreemden uit hun huis worden ontvoerd.'

'En dus?'

'Moeten we dus geloven dat hij Pippa heeft ontvoerd en vermoord en vervolgens drie of vier jaar heeft gewacht voordat hij het nog eens probeerde? De voorbereiding die aan zo'n ontvoering voorafgaat, wijst mijns inziens op een dwangmatigheid die niet zomaar komt en gaat. Alle onderzoeken tonen aan dat dit soort misdadigers...'

'Je hoeft voor mij niet te herhalen wat je bij je cursussen hebt geleerd. Ik weet dat je goed onderlegd bent op dit gebied,' antwoordde Harwood koeltjes.

'Ik ben bang dat hij nog meer meisjes heeft belaagd...'

'En heb je daar enig bewijs voor?'

'Nog niet. Maar...'

'Dan laten we het hierbij. Ik wil het publiek niet alarmeren en we houden dit stil tot we beter weten waar we mee te maken hebben.'

Helen zei niets.

'Het is wel een dag waarop ik overal nee tegen moet zeggen, nietwaar?' voegde Harwood er luchtig aan toe. 'Maar je weet hoe ons budget eruitziet.'

Niet lang daarna vertrok Helen zo waardig mogelijk. Werd ze echt gestraft voor haar eerdere uitbarsting? Voor dingen die ze in het verleden had gedaan? Hoe dan ook, Helen had het akelige gevoel dat ze een heel slecht besluit hadden genomen en dat het feit dat ze niet tot actie overgingen nog meer levens zou kosten.

43

Ze staarden elkaar zonder een woord te zeggen aan. Ruby was nog steeds woedend omdat ze uit de warme cocon van haar droom was gesleurd en de neerbuigende vriendelijkheid van haar ontvoerder maakte dat alleen maar erger.

'Het spijt me dat ik je zo lang alleen heb gelaten.'

Hij wachtte op een antwoord, maar dat ging zij hem niet geven. Welk recht had hij om haar wakker te maken? Om haar hier vast te houden? Hij was een gestoorde klootzak, die niet meer verdiende dan haar minachting.

'Summer?'

Ze bleef naar hem staren.

'Voel je je wel goed? Je ziet bleek.'

'Met mij gaat het príma, en met jou?' Haar toon was vlijmscherp en het amuseerde haar om te zien dat ze hem gekwetst had.

'Ik probeer aardig voor je te zijn, Summer.'

'Loop naar de hel.'

Ze had boos willen klinken, maar haar stem haperde een beetje. Ze vervloekte zichzelf vanwege haar zwakte.

'Nou, ga je nog wat zeggen?' ging ze verder terwijl ze hem recht in de ogen keek.

Hij bleef een hele tijd terug zitten kijken, maar antwoordde niet. Toen schudde hij even zijn hoofd, stond op en liep weer naar de deur.

'Ga niet weg.'

Ruby stond onwillekeurig op. Opeens kon ze de gedachte om weer alleen te zijn niet verdragen.

Hij bleef bij de deur staan en keek om.

'Je hebt het aan jezelf te wijten, Summer.'

Zonder nog een woord aan haar te vuil te maken, ging hij weg en sloeg de deur achter zich dicht. De eerste grendel werd stevig dichtgeschoven. Toen de volgende. Het geluid ging recht door Ruby heen.

'Alsjeblieft, ik meende het niet. Blijf alsjeblieft.'

Ruby hoorde hem weglopen. En toen het doffe geluid van een andere deur die dichtging, niet heel ver weg.

'Alsjeblieft,' kreunde ze.

Maar niemand kon haar horen. En toen Ruby weer op het bed lag, wist ze dat zij in de hel verbleef, niet hij. Als hij er was, was ze bang en onzeker, en als hij er niet was, was ze verloren. Of ze het nu leuk vond of niet, ze kon niet meer om het feit heen dat hij nu haar wereld was.

44

Charlie trommelde met haar vingers op de tafel en keek telkens nerveus naar de deur. Steve kwam hier vaak langs op weg naar zijn werk. Als hij haar toevallig met Helen in een café zag zitten terwijl zij hem expliciet had verteld dat ze een afspraak had met haar moeder, had ze iets uit te leggen.

In Steves ogen hadden ze hun leven na de opgelopen trauma's weer op de rails. Ze hadden de juiste beslissingen genomen, die hadden de juiste resultaten opgeleverd en nu konden ze uitzien naar een lang en gelukkig leven. Kwam het door de angst – voor de geboorte, voor wat daarna zou volgen – dat Charlie zo onzeker was? Of kwam het omdat ze iemand was die wilde werken, die een roeping had die niet gemakkelijk opzij kon worden geschoven?

Ze was verbaasd – en opgewonden – geweest toen ze Helens berichtje had gelezen. Er stond heel eenvoudig: 'Kunnen we vanmorgen ergens afspreken? Snel en discreet, zo mogelijk.'

Ze merkte dat ze met verrassend gemak loog tegen Steve voordat ze haar jas aantrok en de deur uit ging. Miste ze het politiewerk echt zo erg dat ze bij het eerste het beste berichtje alles uit haar handen liet vallen en haar man voorloog? Opeens voelde Charlie zich schuldig, maar voordat dat gevoel echt vat op haar kon krijgen, zag ze Helen haastig op zich afkomen.

'Het spijt me dat ik zo laat ben. Geef Harwood maar de schuld.'

'Dat doe ik altijd,' antwoordde Charlie, en hun gedeelde antipathie voor de bureauchef ontlokte haar baas een glimlach.

'En het spijt me dat ik zo geheimzinnig moet doen, maar met wat ik je nu ga vragen, overtreden we alle regels en kunnen jij en ik ernstig in de problemen raken.'

'Klinkt goed,' zei Charlie dapper, maar ze schrok toch een beetje van Helens manier van doen.

'Als je nee wilt zeggen, en dat zou je waarschijnlijk moeten doen, is dat helemaal prima. Maar er is niemand anders die ik in vertrouwen kan nemen.'

Het was lang geleden dat Charlie Helen zo had meegemaakt. Kennelijk hing er veel van dit gesprek af. Helen hield haar niet langer in het ongewisse en vertelde haar alles over het 'vinden' van haar vermiste neef en haar daaropvolgende botsing met Harwood nadat die geweigerd had een formeel verzoek in te dienen voor het volledige dossier. Charlie zag al waar het heen ging.

'Ik weet dat het veel gevraagd is, maar ik heb geen echte contacten in het korps van Northamptonshire, niemand die ik kan vertrouwen, tenminste. Ik weet dat dit volledig tegen de regels is, maar...'

Helens stem trilde een beetje, dus verloste Charlie haar uit haar lijden. 'Het is oké, Helen, ik weet wat je van me vraagt.'

Charlies oudste vriendin van de politieschool had vlak daarvoor een hoge bureaubaan gekregen bij de politie van Northamptonshire. Brigadier Sally Mason was daar de administratieve poortwachter. Als iemand aan het volledige dossier kon komen, was zij het wel. Maar Charlie had geen idee hoe ze zou reageren op zo'n ongehoord verzoek.

'Laat me er even over nadenken,' zei Charlie.

'Meer vraag ik niet. Als ik een andere manier kon bedenken, zou ik dat doen. Maar... ik moet weten of alles goed met hem is, Charlie.'

Helen vertrok niet lang daarna en Charlie beloofde contact te houden. Als ze eerlijk was, wist ze al dat ze zou doen wat Helen vroeg. Omdat ze met haar meevoelde. Omdat het in deze omstandigheden niet meer dan juist was. En misschien, een heel klein beetje, omdat het leuk zou zijn.

45

Een uur later liep Helen de recherchekamer in. Ze zag tot haar genoegen dat iedereen druk bezig was en dat het team in de hitte van de strijd eindelijk een ritme vond. Een grootschalig onderzoek dwong iedereen op zijn tenen te lopen, om relaties aan te gaan en samen nieuwe wegen te banen. Helen voelde zich altijd rustig en tevreden als ze dat meemaakte.

Nu iedereen volledig bezet was, maakte Helen van de gelegenheid gebruik om Sanderson even apart te nemen. Het zou de aandacht hebben getrokken als ze haar had meegenomen naar het kantoor, dus leidde Helen haar onopvallend naar de waterkoeler en legde Sanderson zachtjes haar plannen voor. Voor de tweede keer die dag maakte ze zich schuldig aan grove insubordinatie.

'Ik wil dat je wat graafwerk doet, alleen voor mij, oké?'

'Natuurlijk, baas, je zegt het maar.'

Helen was Sanderson de laatste paar jaar gaan vertrouwen. Ze was Charlie niet, maar op dat moment kwam ze er het dichtst bij in de buurt.

'Ik denk dat de dader gedurende de laatste vijf jaar of zo nog andere meisjes heeft ontvoerd of geprobeerd te ontvoeren. Iemand die zo gedreven en toegewijd is, lijdt niet maar af en toe aan zijn obsessie. Hij móét stalken, ontvoeren en vermoorden.'

Sanderson knikte, dus ging Helen verder.

‘Hoofdinspecteur Harwood is het daar niet mee eens, vandaar de noodzaak voor discretie. Kies het juiste moment, maar dan wil ik dat je de dossiers op de nationale politiecomputer doorneemt en ook de lijst met vermiste personen uit Southampton, Portsmouth en Bournemouth, en uitkijkt naar jonge vrouwen die voldoen aan het profiel. Beperk je tot alleenstaande meisjes die eenzaam en kwetsbaar zijn en die misschien net een relatie verbroken hebben. Ze wonen waarschijnlijk alleen, zitten er niet echt warmpjes bij en we gaan er voorlopig van uit dat ze allemaal hetzelfde uiterlijk hebben, met donker haar en blauwe ogen. Doe het onopvallend, maar wel snel. Ik hoop dat ik het mis heb, maar als die vent een seriemoordenaar is, wil ik het weten. Elke misdaad of poging daartoe kan ons helpen hem te vinden. Goed?’

Sanderson knikte en haastte zich weg om aan haar opdracht te beginnen. Helen keek haar na. Ze hoopte dat ze er juist aan deed om haar te vertrouwen, want bij Harwood kon ze niet veel goed doen.

Helen ging zo op in haar gedachten dat ze rechercheur Lucas niet zag aankomen.

‘Goed nieuws, baas.’

Helen draaide zich om, verrast door haar plotselinge aanwezigheid.

‘Nathan Price is weer opgedoken.’

46

De bus raasde over de weg en op het gladde wegdek schoot het regenwater onder de banden vandaan. Het regende al een uur en niets wees erop dat de stortvloed zou minderen. Normaal gesproken zou Helen dit weer vervloekt hebben, maar vandaag niet. Het zorgde ervoor dat automobilisten minder zicht hadden en maakte het dus gemakkelijker om de bus ongemerkt te volgen.

De ruitenwissers zwiepten heen en weer in het ritme van Helens bezorgdheid. Nathan Price was al veertig minuten onderweg en niets wees erop dat hij ging stoppen. Waar ging hij naartoe? Hij had een paar rondjes gedraaid over de ringweg, waarschijnlijk om eventuele achtervolgers af te schudden. Als dat de bedoeling was, had hij glansrijk gefaald. De drie wagens zaten nog steeds achter hem aan en wisselden af en toe van positie om ontdekking te voorkomen.

De bus reed nu in zuidelijke richting door Northam en Itchen en liet welvaart en ambitie achter zich. Hij kroop over de weg en Helen moest snelheid minderen om geen argwaan te wekken. Ze waren inmiddels in Woolston. Wat vroeger een welvarende, vooroorlogse buitenwijk was geweest, was nu een verlaten woestenij – de buurt was de nietsontziende bombardementen tijdens de Tweede Wereldoorlog nooit te boven gekomen. De wankele huizen waren aan het verval overgelaten en werden tegenwoordig bewoond door krakers, illegale immigranten en derderangs criminelen. Het was een akelige, vergeten plek.

Eindelijk kwam de bus tot stilstand. Helen reed door en parkeerde om de hoek, uit het zicht. Binnen een paar seconden was ze de auto uit en ze kwam net op tijd de straat weer in om Price op nog geen vijftig meter afstand een huis te zien binnengaan.

Helen, inmiddels in het gezelschap van rechercheur McAndrew, haastte zich ernaartoe. Van de andere kant zag ze rechercheur Lucas en Lloyd Fortune aankomen en ze gaf hun een teken op afstand te blijven. Zij nam hier de leiding.

Ze gebaarde naar McAndrew dat ze haar moest volgen en liep langs de zijkant van het huis, gebukt om onder de ramen te blijven. De achterdeur klepperde zachtjes in de wind. Helen aarzelde en luisterde. Stemmen. Ze hoorde duidelijk stemmen. Die van Price klonk boos, maar wie was de andere persoon? Met wie praatte hij?

Voorzichtig trok Helen de deur open en glipte naar binnen. Ze sloop door de kamer naar de deuropening en hoorde de stemmen nu duidelijker. Price en een jong meisje, dat huilde en tegen hem in ging. Ze had kennelijk iets verkeerds gedaan, hoewel Helen niet wist wat, want de stemmen zwegen inmiddels.

Helen schrok van een harde klap. Het gehuil dat erop volgde, maakte duidelijk dat Price het meisje had geslagen. Helen aarzelde niet. Ze duwde de deur open en stapte met haar knuppel in de aanslag naar binnen.

Het was tijd om een eind te maken aan het verstoppertje spelen.

47

Ruby schreeuwde zo hard ze kon. Ze krijste, gilde en ging tekeer – alles om de afschuwelijke stilte in het kamertje te verbreken. Haar ontvoerder was nog maar een paar uur weg, maar het leek een eeuwigheid. Wat deed hij toch? Hoe lang ging hij haar straffen? Hoe lang zou ze hier alleen worden gelaten?

Ze had bittere spijt van haar uitbarsting. Ze had hier geen enkele macht, niets om mee te onderhandelen, dus waarom had ze hem weggejaagd? Toen ze na zijn vertrek alleen in het schemerdonker lag en de minuten voorbijkropen, waren er verschrikkelijke gedachten bij haar opgekomen. De gedachte dat ze langzaam tot stof zou vergaan op deze vreselijke plek. Dus schreeuwde ze om zichzelf af te leiden, om zichzelf gezelschap te houden in haar eenzame cel.

Toen ze het zat werd, liep ze de kamer weer rond, zonder er veel van te verwachten. Ze had hem al een paar keer grondig geïnspecteerd, maar ze moest íéts doen. Als ze zich passief en gelaten opstelde, zou ze gek worden – of erger. Ze moest nadenken. Ze moest iets doen. Ze moest een uitweg vinden.

Ze klom op de tafel en ging met haar vingers over het plafond. Dat bestond uit houten planken, misschien kon ze die wel uit elkaar trekken. Maar hoe ze het ook probeerde, ze bewogen niet. Er zat een stevige siliconenpasta tussen, die haar pogingen om hem weg te halen koppig weerstond. Waarschijnlijk was het een zelf aangebrachte geluiddemping. Ruby huiverde bij de gedachte. Waarom moest hierbeneden het geluid gedempt worden?

Ze sprong van de tafel en controleerde de muren nog eens, maar gaf dat al snel op en richtte haar aandacht op de voorwerpen in de kamer. Ze trok de lijstjes van de muren en rukte vruchteloos aan de metalen haken. Ze trok het zinloze fornuis en de niet aangesloten wasbak van de muur en in een laatste woedeaanval greep ze de klok die boven het bed hing en smeet hem door de kamer. Het was een goedkope kinderklok, bedoeld om kinderen te leren klokkijken, en het ding keek dag na dag op haar neer en bespotte haar met zijn werkeloze wijzers, die resoluut op kwart over twaalf bleven staan. Hij kwam kletterend aan de andere kant van de kamer terecht.

Ruby ademde diep uit. Ze kon nu alleen de deur nog onder handen nemen. Het was een solide geval met een zwaar slot. Ze zou hem nooit uit zijn scharnieren kunnen trekken of met haar schouder kapot kunnen rammen. De enige manier om hem open te krijgen, was door het slot te forceren. Maar waar kon ze dat mee doen? Ze zou iets zwaars en stevigs moeten hebben, waarmee ze tegen het slot kon slaan...

Bakstenen. Ze werd omringd door bakstenen. Hier en daar waren de voegen bijgewerkt, maar die muren waren waarschijnlijk meer dan honderd jaar oud, dus... Ruby ging met haar handen over de koude muren, op zoek naar tekenen van zwakte in de mortel. Ze deed meerdere malen de ronde en schraapte met haar nagels over de voegen, maar de stenen bleven stevig zitten. Had haar ontvoerder overal aan gedacht? Had hij niets aan het toeval overgelaten?

Ruby werd moe en stond op het punt het op te geven toen ze een plek zag die ze nog niet had gecontroleerd. Ze trok het bed weg van de muur en liet zich op haar knieën vallen om het metselwerk daarachter te bekijken.

Toen ze vooroverboog om de stenen van dichtbij te bekijken, voelde ze wat koele lucht langs haar gezicht. Ze sloot haar ogen en genoot ervan. Het voelde alsof iemand met een lief gebaar langs haar gezicht streek. Het leek wel een heel leven geleden sinds iemand lief voor haar was geweest.

De lucht kwam door het metselwerk. Ze ging op haar buik liggen en kroop dichter naar de muur. Ja hoor, daar zat een losse steen. Haar beschadigde vingers deden pijn, maar ze stak ze in de afbrokkelende mortel langs de randen en trok uit alle macht. Tot haar verrassing kwam de steen er gemakkelijk uit.

De holte daarachter was volgestopt met papier. Verbaasd trok Ruby de papieren eruit, maar ze merkte tot haar teleurstelling dat het gat heel ondiep was, amper dieper dan de steen zelf. Ze trok aan de naastgelegen stenen, maar die weigerden in beweging te komen en drie gebroken nagels later gaf ze het op.

Ze wilde de steen net oppakken om er het slot mee te lijf te gaan toen haar blik op een van de stukken papier viel die nu om haar heen op de grond lagen. Er stond een tekening op, een ruwe schets met viltstift van een groene boom met allerlei versieringen erin.

Haar nieuwsgierigheid kreeg de overhand en Ruby las de zelfgemaakte kaart. Het was de kerstkaart die een meisje dat Roisin heette gemaakt had voor haar moeder. Ze had erop geschreven dat ze haar familie miste, dat die zich geen zorgen hoefde te maken over haar plotselinge verdwijning en dat ze uitzag naar de dag waarop ze deze kaart zelf aan haar moeder kon overhandigen. Het laatste deel van de tekst was vlekkerig door de tranen en de kaart droeg een datum van iets meer dan tweeënhalf jaar geleden.

Ruby liet hem vallen en zakte op de grond. Plotseling drong tot haar door hoe wanhopig haar situatie was. Ze was niet het eerste meisje dat was ontvoerd en hier was vastgehouden.

Dat riep de vraag op wat er met hen gebeurd was. Waar was die 'Roisin' nu?

48

'Je zit nog niet in de problemen, Lianne. Maar dat komt wel als je niet gaat praten.'

Helen was verschrikkelijk chagrijnig en dat werd alleen maar verergerd doordat de tiener weigerde iets te zeggen. Toen ze de kamer in was gestormd om Nathan Price te arresteren, had ze gezien dat hij een tiener aan het mishandelen was. En die tiener was beslist níét Ruby Sprackling.

'Je zegt dat Nathan Price een vriend van de familie is.'

'Dat klopt.'

'En komen er vaak vrienden van de familie langs als je alleen thuis bent?'

Geen antwoord.

'We komen er toch wel achter. Je ouders zijn onderweg hiernaartoe. Als die bevestigen dat Nathan Price een vriend is...'

'Jullie hebben het hun toch niet verteld, hè? Over hem?' viel Lianne haar in de rede.

Nu was ze geschrokken. Helen vond het vervelend dat ze moest liegen, maar daar was niets aan te doen.

'Ik had niet veel keus, toch, Lianne? Als jij niet wilt praten...'

'Ik heb niets verkeerds gedaan.'

'Praat dan met me. Ik weet dat je bang bent. Ik weet dat hij je pijn heeft gedaan.'

Op de rechterwang van het meisje zat een vurige rode plek.

'Maar hier kan hij niets doen. Vertel me wat er aan de hand is, dan zweer ik je dat hij nooit meer in je buurt zal komen.'

Helen stak haar hand uit naar het jonge meisje. Lianne keek ernaar, sloeg haar ogen neer en mompelde: 'Ik heb hem vrijdagavond ontmoet.'

'Waar?'

'In de Revolution.'

Sanderson keek snel naar Helen, maar die reageerde er niet op.

'En?'

'Hij kocht een paar drankjes voor me, je weet wel. En hij vroeg van alles.'

'Hij toonde belangstelling voor je.'

'Hij was aardig. En hij had geld. We hebben tot twaalf uur zitten kletsen en toen zijn we weggegaan.'

'Waarnaartoe, Lianne? Het is heel belangrijk dat je me dat vertelt...'

'We zijn naar zijn busje gegaan, oké?'

'Ben je met hem naar bed geweest?'

'Wat denk je zelf?'

'Hoe oud ben je, Lianne?'

'Zestien.'

'Hoe oud ben je?' herhaalde Helen met meer aandrang.

'Zestien.'

'Lianne...'

'Oké, veertien, goed? Ik ben veertien.'

Het meisje begon te huilen. Helen pakte haar hand en dit keer liet het meisje het toe.

'Hoe lang ben je bij hem gebleven?'

'Een paar uur.'

'Was hij al die tijd bij je?'

'Ja.'

'En toen?'

'Toen heeft hij me naar huis gebracht.'

'Hoe laat was dat?'

'Iets na vieren.'

'Iets na vier uur in de morgen. Ben je daar absoluut zeker van?'

'Ik heb op de klok gekeken toen ik binnenkwam. Het kwam me goed uit, mijn ouders zijn tegen die tijd helemaal van de wereld.'

Niet lang daarna maakte Helen een eind aan het verhoor, nadat het meisje ermee had ingestemd een formele verklaring af te leggen over de gebeurtenissen van vrijdagnacht. Het bood enige troost dat Nathan Price zich voor de rechter zou moeten verantwoorden – seks met een minderjarige was een ernstige misdaad en hij zou ervoor op de lijst van pedofielen worden geplaatst – maar daar had Helen niet veel aan. Lianne Sumner had Nathan Price vrijgesproken van elke betrokkenheid bij de verdwijning van Ruby Sprackling.

Hoe erg ze het ook vonden, ze waren weer terug bij af.

49

Hij probeerde zich te concentreren en zijn aandacht te houden bij wat hij aan het doen was, maar het lukte hem niet. Die onaangename woordenwisseling met Summer had hem van streek gemaakt – het was vandaag moeilijk om met zijn werk bezig te zijn. De klanten kwamen en gingen zoals gewoonlijk en hij handelde alles op zijn gebruikelijke professionele manier af, maar het ging op de automatische piloot en met een minimum aan inspanning en interactie. Hij moest gewoon steeds aan haar denken. Waarom deed ze zo vijandig tegen hem? Het sloeg nergens op. Waarom was ze zo… ondankbaar? Begreep ze dan niet wat hij had moeten doormaken? Welke risico's hij had moeten nemen?

Het nieuws dat er een lichaam was gevonden in Carsholt had hem volkomen uit het lood geslagen. Sinds dat moment keek hij voortdurend naar het plaatselijke journaal en kocht elke editie van de plaatselijke krant, zoekend naar details. Hij had de zenuwen gekregen van de beelden van een groot team van de technische recherche op het strand en van de bevestiging dat inspecteur Grace, de plaatselijke politieheld, het onderzoek zou leiden. Sinds hij het nieuws had gezien, was hij constant bang dat de politie voor de deur zou staan. Hij wist dat dat onwaarschijnlijk was – hij was zo voorzichtig en nauwgezet te werk gegaan – maar dat onderstreepte juist hoeveel moeite hij had gedaan, hoeveel offers hij had gebracht om haar recht te doen.

Waarom wilde ze hem niet de liefde geven waar hij zo naar verlangde? De liefde waar hij recht op had? Voor het eerst laaide er woede in hem op. Het zou allemaal zo volmaakt kunnen zijn. Het was zo volmaakt. Waarom bleef ze hem dan afwijzen? Ze was een ondankbaar kr…

Net zo snel als de woede opkwam, verdrong hij die weer en hij worstelde om zijn oplaaiende gevoelens in bedwang te krijgen. Ze had zich misdragen, heel erg misdragen, maar dit was geen moment om het vertrouwen kwijt te raken. Hij moest geduld hebben – hij had geen haast. Ze bedacht zich nog wel. Hij kon er de tijd voor nemen, zij niet. Ze zou hoe dan ook leren om hem weer lief te hebben.

50

Met trillende handen bekeek Ruby de stapel papieren en nam elk afschuwelijk woord in zich op. Ze had nu kaarten, brieven en bekentenissen gelezen van drie vrouwen: Roisin, een zekere Pippa en een ander meisje dat alleen met de letter 'I' had ondertekend. Drie vrouwen die waren weggehaald bij hun beminden en naar deze bizarre hel waren gesleept.

Ruby had gehuild om Roisins verjaardagskaart aan haar vierjarige zoon. Ze kende deze vrouw niet, had haar nooit ontmoet, maar ondanks haar eigen verstikkende angst was ze geroerd door haar hopeloze positie. Het moest afschuwelijk voor haar zijn geweest om hier helemaal alleen te liggen denken aan haar jongetje, dat riep om een moeder die niet kwam. Dacht het kind dat zijn moeder niet meer van hem hield? Dat ze hem had verlaten? Het was duidelijk dat Roisin had gesmeekt om een pen en papier, zodat ze haar zoontje kon schrijven en kon uitleggen waarom ze zo lang wegbleef. Maar de kaarten en brieven die ze had geschreven, waren nooit bij de bedoelde ontvanger aangekomen. Het feit dat haar ontvoerder zo wreed was geweest om Roisin hier te houden, benam Ruby de adem.

Pippa's getuigenis had de vorm van een dagboek. Ze had minder te zeggen en hield slechts bij hoeveel tijd er verliep, terwijl ze probeerde te vermijden dat ze gek werd door de fasen van haar leven met haar ontvoerder te beschrijven. Er waren ruzies geweest, mishandeling en toenadering, wat nog het ergste was. Pippa had zichzelf kennelijk gehaat om wat ze hier moest doen, om wat ze was geworden, en Ruby begreep wel waarom. Uiteindelijk moest ze Pippa's dagboek wegleggen – het bood een blik in haar eigen toekomst, die ze nog niet onder ogen kon zien.

Onverbiddelijke nieuwsgierigheid dwong haar de notities van I te lezen, maar die bleken nog de ergste. Ze dateerden van iets meer dan een jaar geleden en waren kennelijk geschreven nadat ze de verstopte brieven en kaarten van Roisin en Pippa had ontdekt. Die ontdekking was een vernietigende klap geweest voor I's moraal en had haar beroofd van elke weerstand of hoop. Haar brieven waren een mengeling van verontschuldigingen aan de mensen van wie ze had gehouden en die ze in haar vroegere leven onrecht had aangedaan en lange, onsamenhangende beschrijvingen van haar lijden en haar gevangenschap. Kennelijk hoopte ze dat de geschriften op een dag zouden worden gevonden.

I's grootste angst was dat nooit bekend zou worden wat er met haar was gebeurd. Dat haar ouders voor altijd in het ongewisse zouden blijven over wat hun meisje was overkomen. De laatste brief, die in mei was geschreven, begon somber. I verklaarde dat ze ervan overtuigd was dat ze in deze kelder zou sterven en ging daarna verder met haar laatste gedachten, haar laatste uitingen van liefde nu ze voor het eind van haar korte leven stond. Afschuwelijk genoeg was ze er niet in geslaagd de afscheidsbrief aan haar familie te voltooien, de groene viltstift die alle meisjes hadden gebruikt was op voordat ze haar laatste woorden kon opschrijven.

Elke brief sneed door Ruby's ziel. Elk woord was als het luiden van de doodsklok. Sinds haar ontvoering was ze bang geweest dat ze de slavin van haar ontvoerder zou worden. Nu wist ze dat ze zijn volgende dodelijke slachtoffer zou zijn.

51

In een afgelegen verhoorkamer ging rechercheur Sanderson ijverig aan het werk. Helen had haar absolute geheimhouding opgelegd, dus had ze tegen de rest van het team gezegd dat ze naar huis ging omdat ze hoofdpijn had. In werkelijkheid was ze met het indrukwekkende aantal dossiers over vermiste personen dat ze tijdens de dag had verzameld naar een vergeten deel van het bureau gegaan, dat nog gerenoveerd moest worden.

Het was een vreemde, eenzame plek en Sandersons onrust werd versterkt door de talloze trieste verhalen die ze in de dossiers las. Uiteengevallen gezinnen, kindermishandeling, huiselijk geweld – de verschillende scenario's die ertoe geleid hadden dat deze jonge mensen vermist werden waren allemaal even deprimerend, en toch keken alle gezichten haar vanaf de papieren glimlachend aan. Bezorgde verwanten gaven altijd de 'beste' foto's van hun vermiste geliefden, foto's die iets lieten zien van geluk en hoop. Sanderson vermoedde dat die op zijn best vluchtig waren geweest en misschien wel totaal niet bestaand voor de gezochte, die naar alle waarschijnlijkheid was gevlucht, zelfmoord had gepleegd of was vermoord. Ondanks alles en in weerwil van Sandersons in de strijd geharde cynisme, raakten de foto's haar toch. De stralende, optimistische gezichten lieten zien dat de gefotografeerde meisjes eens gelukkig waren geweest, dat ze op een gegeven moment vrolijk hun toekomst tegemoet hadden gezien, voordat hun leven een hel werd.

Bij elk dossier zakte de moed Sanderson verder in de schoenen. Dat kwam niet alleen door de onaangename gebeurtenissen in het leven van de jonge vrouwen, ook al waren die gruwelijk genoeg, maar ook door het grote aantal zaken. Sanderson was niet naïef, ze kende de statistieken over weggelopen tieners en ze wist dat veel jonge vrouwen die wilden ontsnappen aan een moeilijk gezinsleven als straathoer eindigden of erger. Maar statistieken zijn slechts getallen, ze betekenen niet veel tot je de individuele zaken een voor een bij elkaar optelt, tot je wordt geconfronteerd met de details van tientallen misgelopen jonge levens. Ze had alleen de lijsten met vermiste personen uit Southampton, Portsmouth en Bournemouth bekeken, zoals Helen had gezegd, maar die bleken lang genoeg – meer dan lang genoeg – om haar de hele dag bezig te houden.

Ze was aangekomen bij de laatste paar dossiers en tot op dat punt waren er zes zaken die Sanderson zorgen baarden. Cheryl Heath en Teri Stevens hadden het juiste uiterlijk, maar waren verstokte weglopers die meestal weer voor de dag kwamen als hun geld opraakte. Daarom had Sanderson ze voorlopig ter zijde gelegd, hoewel niet al haar argwaan was weggenomen. De overgebleven meisjes waren Anna Styles, Roisin Murphy, Debby Meeks en Isobel Lansley.

Vaststond dat deze meisjes een sterke gelijkenis vertoonden met Pippa Briers. Lang, steil, ravenzwart haar, doordringende blauwe ogen en iets raadselachtigs in hun gezichtsuitdrukking. Ze waren allemaal op hun eigen manier betoverend, alsof er diepere lagen te ontdekken waren als je ze beter zou leren kennen. Ze zagen er natuurlijk niet precies hetzelfde uit – sommigen waren ruig en sjofel, anderen stijf en zakelijk – maar ze leken allemaal een pittig karakter te hebben. Als Helen gelijk had en Pippa's ontvoerder een seriemisdadiger was die een vast patroon volgde, dan twijfelde Sanderson er niet aan dat hij zich aangetrokken zou hebben gevoeld tot deze kwetsbare vrouwen, die bijna allemaal een problematische achtergrond hadden.

Nog terwijl Sanderson dit dacht, verbeterde ze zichzelf en schrok ze terug voor haar eigen eufemismen. 'Seriemisdadiger' was een vrij nietszeggende term die op vele zonden kon slaan, maar over het algemeen werd gebruikt om het publiek niet te veel schrik aan te jagen door de werkelijkheid te verzachten. Maar in dit geval had het geen zin om de zaken mooier voor te stellen dan ze waren. Als Helens ingeving juist was – en Sanderson had steeds meer het idee dat ze gelijk had – dan waren ze niet op jacht naar een seriemisdadiger. Ze zaten achter een seriemoordenaar aan.

52

Ruby liet uit alle macht de baksteen neerkomen. Toen bracht ze hem weer omhoog en sloeg er nog eens mee. Ze was door het dolle heen en beukte in het ritme van haar doodsangst op de deur die haar binnenhield.

De brieven lagen om haar heen op de grond. Toen ze ze had gelezen, had ze zich bijna een uur niet kunnen verroeren, omdat de meest duistere gedachten door haar hoofd raasden. De oorringen die haar ontvoerder haar had laten dragen – die waren niet nieuw. Ze waren vlekkerig en er zaten hier en daar beschadigingen op. Wat was er zo bijzonder aan? Waren ze... waren ze van een van de andere meisjes geweest? Of van die Summer?

Ruby's angst had elke minuut nieuwe pieken bereikt. Ze had hard aan de inhalator gezogen, maar dat had weinig effect gehad, dus had ze alle voorzichtigheid laten varen en was ze op de stalen deur aangevallen.

De slagen regenden neer op het slot en maakten er kleine deukjes in, maar haalden verder weinig uit. Ruby bracht haar arm naar achteren en maakte met verdubbelde kracht een snelle, woeste zwaai met haar wapen. Ze hoorde iets kraken en één spannend moment dacht ze dat ze in haar opzet was geslaagd, maar toen keek ze naar beneden en zag de halve baksteen in haar hand. De andere helft lag gebroken en nutteloos op de grond. Ruby liet de halve baksteen vallen, gleed langs de koude deur op de grond en legde haar hoofd tegen het metaal. Er was geen uitweg. Ze was verslagen, ze zat gevangen in deze absurde pantomime met een man die vrouwen ontvoerde, gevangenzette... en dan? Wat had hij met die meisjes gedaan? Als hij ze had laten gaan, had ze er toch wel wat over gehoord in het nieuws of zo, dus...

Moest ze het hem vragen? Vragen wat er gebeurd was? Kon ze iets bereiken door hem ermee te confronteren? Waarschijnlijk niet, maar toen Ruby die gedachte liet varen, kwam er een ander idee voor in de plaats. Ze zette het meteen van zich af, te bang om er verder over na te denken en te merken dat het zinloos was, maar het kwam weer naar boven en eiste gehoord te worden. De gedachte alleen al maakte haar misselijk, maar wat kon ze anders doen? Ze moest een manier vinden om in een goed blaadje te komen bij haar ontvoerder als ze wilde ontsnappen aan een zekere dood.

Ze kwam overeind, verzamelde de brieven en duwde ze weer in het gat. Vervolgens ramde ze beide helften van de baksteen in het gat om ze aan het oog te onttrekken en duwde het bed tegen de muur, zodat de kamer er weer normaal uitzag.

Ze veegde het gruis van de baksteen van de vloer, spuwde op het gedeukte slot en wreef erover met haar mouw. De deuken waren niet diep en als ze het felrode stof eraf kon krijgen, zou hij ze misschien niet zien als hij terugkwam.

Het duurde niet lang voor de kamer weer min of meer ordelijk was; zelfs de klok hing weer trots boven het bed. Ze hoefde nu nog maar één ding te doen.

Ruby haastte zich naar de stoel waarop haar kleren lagen. Ze kleedde zich snel om en stopte alleen aan het eind even toen ze de gehavende oorringen had opgepakt. Ze haatte die dingen inmiddels hartgrondig, maar er was geen ruimte voor zwakte, dus slikte ze haar afkeer in, sloot haar ogen en stak de aangetaste ringen door haar oren. Daarna liet ze zich zwaar op het bed zakken en ademde diep in en uit. Het ergste was voorbij.

Nu hoefde ze alleen nog maar te wachten.

53

'Ben je nou helemaal gek geworden?'

Het was een redelijke vraag, die Charlie al verwacht had. Pas na twee uur kletsen en herinneringen ophalen had ze genoeg moed bij elkaar geschraapt om haar oude vriendin te vragen iets te doen wat haar haar baan zou kosten als het aan het licht kwam. De geschokte woede in het antwoord van brigadier Sally Mason was niet meer dan normaal.

'Ik zit hier pas zes maanden en het is een verdomd goede baan. Niet te geloven dat je me zoiets vraagt.'

Charlie wist even niet wat ze moest zeggen. Ze wist dat Sally van haar werk hield, maar de felheid van de reactie verraste haar toch. Ze hadden samen de politieopleiding gedaan en hadden dat vooral overleefd dankzij hun gevoel voor humor en het omzeilen van formaliteiten. Ze wilden politiewerk doen, geen formulieren invullen, en vonden het niet erg om zo nodig de regels te overtreden. Maar sinds die tijd was Sally een verantwoordelijke volwassene geworden, een carrièrevrouw met een behoorlijke rang en positie en een goed pensioen.

Sally had gelijk: ze zou wel gek zijn om dat allemaal op het spel te zetten.

'Ik weet het, en ik vind het verschrikkelijk om het je te vragen, maar het is de enige manier...'

'Wil je echt allebei onze carrières in één klap de nek omdraaien? Wat heb je gedaan dat je dat risico neemt, Charlie?'

'Het is niet voor mij...' ging Charlie verder. Ze aarzelde.

Sally keek naar haar. Nu was haar blik geïntrigeerd in plaats van boos.

'Voor wie dan?'

'Voor Helen Grace.'

'Dé Helen Grace?'

'Ja.'

'Maar je werkt momenteel niet eens. En ze kan toch de normale wegen bewandelen?'

'Dat wordt haar onmogelijk gemaakt. Het gaat over... over haar neef, Robert Stonehill.'

Nu viel Sally stil. De naam was de meeste politiemensen bekend, al was het maar via krantenartikelen en verhalen.

'Zijn naam is genoemd in een verslag over een vechtpartij in het centrum van Northampton, maar het dossier is zwaar gecensureerd. Niemand wil haar helpen, iedereen wil dat ze hem gewoon vergeet, maar hij is haar vlees en bloed, de enige familie die ze heeft. Ik weet dat het veel gevraagd is, te veel, maar ik hoop dat je inziet dat ik geen keuze had. Ondanks alles is ze... de beste politievrouw voor wie ik ooit heb gewerkt en een van de beste mensen die ik ken.'

Sally bleef een hele tijd naar Charlie zitten kijken. Toen zei ze eindelijk: 'Áls ik dit voor je doe, is het op één voorwaarde. Je hebt het niet van mij. Al kost het je de kop, je hebt het niet van mij.'

'Natuurlijk. Ik neem liever ontslag dan dat jij door mij in de problemen komt.'

'En als het ergens toe leidt,' ging Sally verder, 'dan zorg jij ervoor dat Helen Grace iets voor me terugdoet.'

Dat was het dus. Door Helens reputatie stonden de mensen in de rij om bij de recherche van Hampshire te gaan werken, veel meer dan ooit aangenomen konden worden. Maar eersteklas ondersteunend personeel was moeilijk te krijgen en als Sally graag naast Helen wilde werken zodat de roem deels op haar zou afstralen, zou dat zeker geregeld kunnen worden, dacht Charlie.

Niet lang daarna gingen ze uiteen met de afspraak om elkaar een uur later weer te treffen in de McDonald's tegenover het station. Toen Charlie Sally nakeek, voelde ze opeens een nerveuze opwinding. Het was haar gelukt, tegen elke verwachting in. Maar wat zou het betekenen voor haar en Sally?

En nog belangrijker, wat zou het betekenen voor Helen?

54

'Vertel eens wat over haar. Ik wil alle details horen.'

De moed zonk Ceri Harwood in de schoenen, en niet voor het eerst. Ze had haar best gedaan haar gasten te vermaken bij het zoveelste eindeloze dinertje; ze had ze vergast op verhalen over de kleurrijke schurken die ze achter de tralies had gekregen en de netelige situaties waaruit ze zich had gered, en had de lachers op haar hand gekregen door te dreigen iedereen te fouilleren ter controle op verboden middelen. Het was een toneelstukje – ze was hondsmoe en had er helemaal geen zin in – maar ze deed het goed. Voor het bedrijf van haar man was het belangrijk dat de plaatselijke raadsleden en zakenmensen hem gunstig gezind waren en daar droeg ze met genoegen aan bij, maar het kwam altijd op hetzelfde neer. De mensen wilden van haar interessantere dingen horen, en die hadden altijd te maken met Helen Grace.

De vrouw die haar de vraag stelde was blond, aantrekkelijk en prettig in de omgang. Ze was gescheiden en had een plaatselijk reclamebureau, waar ze veel geld aan verdiende. Een mooie lange neus tegen haar ontrouwe ex-man. Ceri had met genoegen met haar gepraat, maar zodra het over de politie ging, voelde ze dat het gesprek naar haar zwarte schaap werd geleid.

'Ze is een goede rechercheur,' antwoordde Ceri genadig, 'maar wel een beetje onorthodox en ze zoekt te veel de publiciteit. Als je zo berucht bent als zij, blijft iets in je altijd naar verering en aandacht hunkeren, ben ik bang. Ze is hoogst effectief, begrijp me niet verkeerd, maar soms vergeet ze dat politiewerk teamwerk is.'

Haar gast, Lucy, leek niet veel belangstelling te hebben voor Helens ego of lak aan procedures. Wat ze wilde, was een gedetailleerd verslag van de gebeurtenissen tijdens de fatale schietpartij waarbij Marianne Baines om het leven was gekomen. Had ze echt haar eigen zuster neergeschoten? En hoe zat het met Ella Matthews? Was die ook door Helen gedood? En wat was het toch met die inspecteur dat ze zo'n neus had voor dergelijke zaken?

Een stortvloed aan vragen. Het leek wel of haar gasten een beetje verliefd waren op Helen, dacht Ceri hardvochtig. En ze wilde net iets zeer teleurstellends zeggen – ze deed graag alsof deze details geheim waren, ook al hadden ze in alle kranten gestaan – toen ze een blik van Tim opving. Hij hield haar nauwlettend in de gaten. Wist hij waar het gesprek over ging? Hoe dan ook, hij gaf Ceri met zijn ogen te kennen dat ze Lucy moest geven waar ze om vroeg.

Dus roemde Ceri na een grote slok cabernet franc tot in de details de heldhaftigheid van Helen. Het stuitte haar tegen de borst, maar ze moest wel meespelen. Weer een verpeste avond, dacht Ceri bij zichzelf.

De zoveelste avond dat ze in de schaduw stond van Helen Grace.

55

Helen sloeg de voordeur achter zich dicht en haastte zich naar de woonkamer. Ze nam niet eens de moeite het licht aan te doen, maar opende het dossier dat Charlie haar had gegeven en begon het te verslinden.

Het onbewerkte dossier bevatte nog steeds frustrerend weinig details. Het beschreef een vechtpartij voor de Filcher en Firkin-pub in het centrum van Northampton tussen Robert en de dorpshufter, die Jason Reeves heette. Er was gedronken en een ruzie over een meisje was uitgelopen op knokken. Daarbij was een gebroken fles gebruikt, waardoor het een ernstig vergrijp werd, maar de verwondingen stelden niet veel voor.

De arresterende agent had gedacht goed beet te hebben – aanval met een dodelijk wapen. Maar vierentwintig uur nadat Jason Reeves – in kleurrijke taal – een verklaring had afgelegd, had hij plotseling de aanklacht ingetrokken. Daarbij was geen tweede verklaring opgenomen, alleen een korte aantekening aan het eind van het rapport. Aanklacht ingetrokken vanwege onjuiste identificatie.

Helen las het dossier nog eens van voor naar achter door. Het was wel duidelijk dat iemand met Reeves had gepraat, want hij was in zijn eerste verklaring heel duidelijk geweest over Roberts rol. En omdat Robert niet echt vrienden had in Northampton en niet de tijd kon hebben gehad om de nodige vlieguren op te bouwen binnen de plaatselijke bendes, kon Helen alleen maar concluderen dat de politie Reeves onder druk had gezet.

Waar was Robert bij betrokken geraakt dat het hem die ruggensteun had opgeleverd? Het enige logische antwoord was dat hij een politie-informant was, en bij die gedachte liepen de rillingen over Helens rug. Hoe voorzichtig een informant ook was, het liep zelden goed met hem af.

Maar tussen al die vragen en onzekerheid bevond zich ook één kleine aanwijzing: de naam van de agent die het rapport had ondertekend en Robert in wezen voor vervolging had gevrijwaard. Zijn rang was belangwekkend – te hoog voor een bureaubrigadier of een gewone agent – en zijn naam ook: inspecteur Tom Marsh. Deed die naam een belletje rinkelen? Moest Helen hem direct benaderen of via een omweg? Het was moeilijk te beoordelen hoe ze dit het best kon aanpakken, omdat ze niet wist wat voor man inspecteur Marsh was.

Helen zat nog na te denken over haar volgende zet toen haar telefoon ging. Deze dag vol verrassingen had er nog één in petto. Ze werd gebeld door Daniel Briers.

56

Hij had bus 76 genomen naar Otterbourne en bijna tot aan het eind van de rit gewacht tot hij Ruby's telefoon had aangezet en de gebruikelijke tweets en berichtjes had verstuurd. Normaal gesproken vond hij dat toneelspelletje leuk, maar vandaag werd hij er zenuwachtig van. Had hij met Pippa's telefoon getweet nadat de politie haar lichaam had ontdekt? Zo ja, hadden ze dan het verband gelegd?

Zo veel vragen waarop hij geen antwoord had – de onwetendheid was een marteling voor hem. Uitgeput als hij was door de gebeurtenissen van die dag kon hij geen bevrediging vinden in de dans van de dood – hij wilde alleen maar naar huis. Een halte voor het eindpunt stapte hij uit en stak de weg over om lijn 38 te nemen en terug naar de stad te gaan.

Toen hij het oude huis binnenstapte, liet hij zich op de bank vallen, waardoor het stof omhoogwolkte. Het hele huis was een bende; half afgemaakte klusjes, vochtvlekken die steeds groter werden en overal lege pizzadozen waar 's nachts de ratten op afkwamen. Zijn stemming was niet verbeterd door zijn thuiskomst, zoals hij gehoopt had, en hij voelde zich vreemd terneergeslagen. Stel dat Summer zo recalcitrant en vijandig bleef? Hij wist niet of hij dat nog een keer aankon. Dus stelde hij het moment van hun hereniging uit, pakte een afvalzak uit de keuken en begon er afval in te stoppen, vastberaden om enige orde te scheppen in een huis dat verloederde waar hij bij zat.

Het duurde niet lang voor hij zich vies voelde, dorst had en nog vermoeider was dan voorheen. Zijn lichaam en zijn geest drongen erop aan dat hij naar bed ging om uit te rusten. Maar hij liet zich niet kennen. Daarbeneden, onder die vloerplanken, zat ze op hem te wachten. Hoe hij het ook probeerde, hij kon de verleiding niet weerstaan. Ze was zijn drug. Hij kon niet zonder haar.

Hij bleef even staan en bekeek zichzelf in de spiegel. Vroeger was hij jong en knap geweest, maar nu zag hij er zorgelijk en vermoeid uit. Geen wonder dat ze moeite had hem te accepteren. Maar toch, was het nodig om zo wreed te zijn? Als ze zo doorging, zou hij sancties moeten instellen. Hij zou haar inhalator meenemen. Als ze gebroken moest worden, dan moest dat maar...

Opeens was hij halverwege haar cel, alsof zijn voeten hem automatisch hadden meegevoerd. Het was alsof hij droomde, alsof hij geen invloed meer had op zijn daden of de gebeurtenissen. Hij kwam weer tot zichzelf en schoof het luikje open. Voor de eerste keer lag ze niet somber op het bed. Het was moeilijk om het precies te zien in het donker, maar ze leek rechtop te zitten en ergens op te wachten.

Hij schoof het luikje weer dicht, deed het licht aan en stapte naar binnen. Tot zijn verrassing zag hij Summer zitten, precies zoals hij haar altijd voor zich zag, op het bed in haar rok en topje, met haar oorringen in en een lieve glimlach op haar gezicht.

Dit is een droom, dacht hij bij zichzelf. Maar eindelijk was het een fijne droom.

57

Ze had een hekel aan liegen, maar soms kon het niet anders. Dat hield rechercheur Sanderson zichzelf tenminste voor toen ze het nummer van Sinead Murphy draaide. Ze had al gelogen tegen het team en nu ging ze liegen tegen een nietsvermoedende burger.

'Het gaat over uw dochter Roisin.'

De stem aan de andere kant van de lijn, die een paar tellen geleden nog warm en voorkomend had geklonken, viel stil.

'U hoeft niet te schrikken. We bellen altijd standaard even na,' ging Sanderson verder om Roisins moeder gerust te stellen. 'Volgens onze gegevens hebt u bijna drie jaar geleden gemeld dat uw dochter vermist werd. Klopt dat?'

'Ja, maar veel heeft dat niet uitgehaald.'

'Ik begrijp dat u haar na die melding niet meer hebt gezien?'

'Nee,' luidde het korte en rustige antwoord.

Sanderson nam de bijzonderheden op de formulieren door – beroep, familie, signalement, voorgeschiedenis – voordat ze de enige vraag stelde die er iets toe deed.

'Is er enig contact geweest tussen u en Roisin sinds haar verdwijning? In welke vorm dan ook?'

Een lange stilte, en toen: 'Als u dat contact kunt noemen.'

'Wat bedoelt u daarmee?

'Ze stuurt wel eens een berichtje of een tweet. Maar ze reageert nooit als ik iets terugschrijf.'

'Hebt u geprobeerd haar op dat nummer te bellen?'

'Wat denkt u zelf?' luidde het vernietigende antwoord.

'En?'

'Altijd de voicemail.'

'Kunt u zich herinneren wanneer ze voor het laatst getweet heeft?'

'Waarom wilt u dat weten? Waarom stelt u me al die vragen?'

Nu zweeg Sanderson even. Wat moest ze zeggen?

'We proberen gewoon enige voortgang te boeken in het onderzoek naar Roisins verdwijning. Ik moet u eerlijk zeggen dat er tot dusver te weinig aan gedaan is en haar berichten zijn de beste kans die we hebben om erachter te komen waar ze zich bevindt.'

Weer een lange stilte, en toen: 'Toevallig heeft ze eerder vandaag nog getweet.'

'Wat schreef ze?'

'Niets bijzonders. Een beetje gemopper dat ze een slechte dag had.'

'Kunt u zich het precieze tijdstip herinneren?'

'Wacht even,' antwoordde Sinead.

Sanderson hoorde dat ze in haar tas naar haar telefoon zocht. Kom op, kom op, dacht ze bij zichzelf, en ze wierp nerveus een blik op de lijst met tijden die voor haar op tafel lag.

'Hier heb ik hem,' zei Sinead. 'Ze heeft vandaag om... veertien minuten over zes getweet.'

'En de tweet daarvoor?'

'Gisteren, net na tienen in de ochtend.'

Sanderson vroeg naar de tijden van een paar eerdere tweets en daarna beëindigde ze het gesprek met de belofte dat ze binnenkort weer contact zou opnemen. Ze had het akelige gevoel dat ze die belofte zou nakomen en dat ze dan slecht nieuws zou hebben.

De tijden van Roisins laatste vijf tweets kwamen precies overeen met die van de laatste berichtjes van Ruby Sprackling.

Helen had al die tijd gelijk gehad.

58

'En, hoe was je dag?'

Het klonk heel vreemd, maar ze dwong zichzelf de woorden uit te spreken en hield intussen de brede glimlach op haar gezicht.

'Prima, dank je.'

'Waar werk je? Werk je eigenlijk wel?'

'Je weet waar ik werk, Summer.'

Ze raakte van streek door dat veelbetekenende antwoord, maar ze liet zich niet kennen. Niet vandaag.

'Wat doe je dan?'

Hij keek haar met een glimlach aan.

'Wat zie je er vanavond mooi uit,' zei hij uiteindelijk.

'Dank je. Ik... ik wilde mijn best voor je doen.'

'Dat is te zien.'

Ruby aarzelde, sloeg haar ogen neer, keek toen weer op en zei: 'Ik wilde ook sorry zeggen. Omdat ik zo onaardig deed. Het was niet mijn bedoeling.'

Hij keek naar haar alsof hij niet goed wist of hij haar moest geloven of niet.

'Ik wil dat we vrienden zijn.'

Zwijgend bleef hij naar haar staren. Geen glimlach, geen verwijt, niets.

'Ik voel me hierbeneden nogal eenzaam, dus als we meer tijd samen kunnen doorbrengen, dan...'

'Meer verlang ik niet, Summer. Meer heb ik nooit gewild.'

De heftigheid in zijn stem overviel haar. Ze probeerde iets te zeggen, maar de angst nam weer bezit van haar en ze kon geen woord meer uitbrengen.

'Dan is dit voor ons allebei een schone lei,' ging hij verder. 'Zullen we de avond samen doorbrengen? Ik zal voor ons koken.'

Hij keek haar recht in de ogen. In die van hem brandde een vuur dat ze nog niet eerder had gezien.

'Net als vroeger.'

59

Helen had geen idee wat ze hier deed. Toch zat ze in het restaurant boven in het Great Southern Hotel tegenover Daniel Briers.

'Ik voel me een beetje een bedrieger,' zei Daniel Briers terwijl hij nog wat koffie voor haar inschonk. 'Ik heb niets nieuws te vertellen en ik weet zeker dat je contact had opgenomen als er ontwikkelingen waren. Ik denk dat ik gewoon gezelschap wilde van iemand die weet wat ik doormaak.'

'Het geeft niet. Ik was niets belangrijks aan het doen,' loog ze.

'Heb ik je weggerukt uit je gezin?'

'Nee hoor, helemaal niet,' antwoordde Helen ontwijkend.

'Je wordt een beetje rusteloos als je de hele dag in je kamer zit. Ik heb geprobeerd even naar buiten te gaan, maar ik ken de weg hier niet en… om de waarheid te zeggen wil ik deze stad ook niet echt leren kennen. Ik voel me hierbinnen meer op mijn gemak.'

'Dat begrijp ik. Het is moeilijk. En als je ooit tot de conclusie komt dat je liever naar huis gaat, zal ik je dat heus niet kwalijk nemen. Er zijn veel verschillende manieren om te tonen dat je van Pippa houdt en je betrokken voelt bij haar.'

Hij keek haar even aan. 'Ik blijf liever hier.'

Helen knikte en even zeiden ze geen van beiden iets. Daniel keek uit over Southampton, terwijl Helen de andere gasten in het restaurant in ogenschouw nam. Ze ving meteen de blik van een vrouw van middelbare leeftijd, die naar haar zat te staren. De vrouw was kennelijk geïntrigeerd. Vroeg ze zich af of ze een afspraakje hadden? Getrouwd waren? Vrienden? Het zorgde ervoor dat Helen zich nogal stom voelde.

Toen ze weer naar Daniel keek, zag ze tot haar verrassing dat hij naar haar glimlachte.

'Als het in je verlegenheid brengt om hier te zijn, moet je het maar zeggen. Ik wil je het leven niet lastig maken, Helen.'

'Ik wil helpen,' antwoordde Helen. En dat was waar. Daniel had haar de mogelijkheid gegeven om te vertrekken, maar ze wilde hem hier niet achterlaten, een rouwende man moederziel alleen in een grote stad.

'Ik weet wat je doormaakt,' ging ze verder. 'Als je iemand verliest die je zo na staat… dan voel je je een beetje in het nauw gedreven, nietwaar? Het is moeilijk om te weten hoe je erdoorheen kunt komen.'

Daniel knikte. 'Ik kan alleen maar aan haar denken. Voor mij leeft ze nog steeds.'

Helen glimlachte. Ze pakte zijn hand.

'En dat is prima. Het is niet raar of morbide. Het is logisch. Je hield van haar. Je houdt van haar. Niets kan daar verandering in brengen.'

'Dank je, Helen. Ik dacht dat ik een beetje gek werd, maar…'

'Het is niet gek en je moet aan haar denken. Je moet altijd aan haar denken.'

Daniel knikte dankbaar en wist zijn emoties nog net te bedwingen.

'Pippa was altijd zo onstuimig toen ze klein was. Ze zeggen dat jongens lastiger zijn, maar in ons geval was dat niet zo. Ze had een heel goede vriendin, Edith, en samen zetten ze de boel op stelten. Ze verkleedden zich als piraten, soldaten of wat dan ook en verzonnen allerlei spelletjes in de woonkamer. De banken werden schuilplaatsen, springtouwen werden lasso's, kartonnen kokers werden raketlanceerders. Zo konden ze uren spelen.'

Terwijl Daniel opging in de verhalen over Pippa als kind, dacht Helen aan haar eigen jeugd. Ondanks de verschrikkingen, het misbruik en de intimidatie waren er her en der ook vrolijke momenten geweest. Vakanties op het Isle of Sheppey, winkeldiefstalletjes met haar moeder en zus, lachbuien met Marianne en hun vriend Sam onder invloed van cider. Korte geluksmomenten.

De enige die nooit aanwezig was in deze herinneringen was haar vader. Ze probeerde te bedenken of hij ooit iets liefhebbends of aardigs had gedaan, maar er kwam niets bij haar op. Het enige wat hij zijn kinderen ooit had bezorgd, waren blauwe plekken en gebroken botten. Hij beschouwde zijn kinderen eerst als irritant en duur en later als een gebruiksvoorwerp dat hij kon delen met andere pedofielen. Misschien had hij zelf een slechte jeugd gehad en was hij door gruwelijke ervaringen tot zijn gedrag gekomen, maar daar had Helen zich nooit in willen verdiepen. Ze weigerde te geloven dat zijn wreedheid goedgepraat of gerechtvaardigd kon worden.

Hij leek in niets op de fatsoenlijke, gebroken man die nu tegenover haar zat. Daarom was Helen nog hier, daarom zat ze laat op de avond koffie te drinken met een man die ze amper kende. Het feit dat hij om zijn dochter had gegeven, dat hij van haar had gehouden, raakte haar diep. En hoewel ze zichzelf verwijten maakte omdat ze geen speciaal opgeleide familierechercheur voor Daniel inschakelde, kon ze het zichzelf niet echt kwalijk nemen. Ze genoot van zijn herinneringen, ze hadden een onschuld en een warmte die Helen onweerstaanbaar vond. Geen van hen leek een eind aan hun samenzijn te willen maken of te willen erkennen dat ze minuten later nog steeds elkaars hand vasthielden.

60

Hij pakte haar hand en liet zijn vingers over haar knokkels gaan.

'Lekker, hè?'

Ruby glimlachte en propte nog een vork vol pasta in haar mond. Ze wist niet wat ze had verwacht, maar het eten was lekker: pasta carbonara, machtig, romig en troostrijk. Ze at haar bord leeg, pakte haar plastic beker met wijn en dronk hem leeg. Ondanks de absurde situatie smaakte de wijn heerlijk – heel even ging er een golf van vreugde door haar heen.

'Toetje?'

Ruby knikte en had binnen een minuut een kom trifle leeggegeten. Ze had er hierbeneden alleen maar aan kunnen denken hoeveel honger ze had.

'Ik wilde je iets vragen,' zei ze opeens. 'Ik... ik verveel me hier nogal als ik op je zit te wachten, en daarom vroeg ik me af of ik soms wat boeken kon krijgen.'

Hij keek haar even aan en toen zei hij: 'Wat voor boeken?'

'Maakt niet uit.'

'Je bent niet kieskeurig.'

'Ik wil gewoon lezen.'

Weer een stilte.

'Geef me maar wat titels, dan zal ik zien of ik ze voor je kan krijgen.'

Ruby zocht in haar geheugen en gaf hem toen een hele lijst favoriete boeken die haar eenzaamheid zouden verminderen. Boeken waarvan haar vader hield, waar Cassie dol op was. Die zouden hierbeneden haar familie vormen. Uiteindelijk kon ze er geen meer bedenken. Haar ontvoerder onderdrukte een geeuw, eindelijk overmand door vermoeidheid.

'Dank je, Summer. Ik vond het vanavond heel leuk.'

'Ik ook,' zei Ruby. Daar school tenminste enige waarheid in.

'Als je lief voor me blijft, zal ik eens over die boeken denken.'

Hij deed een stap naar voren. Ruby's eerste ingeving was om een stap achteruit te doen, maar ze dwong zichzelf te blijven staan. Hij deed nog een stap naar haar toe, sloeg zijn armen om haar heen en omhelsde haar. Ze liet het gebeuren, hoewel ze het wel kon uitgillen. Ze voelde hoe zijn lippen hun weg vonden naar haar oor.

'Geduld doet wonderen,' fluisterde hij.

Opeens had Ruby tranen in haar ogen. Ze voelde zijn erectie tegen zich aan drukken. Ze wilde weg, weg, weg van hem. Toen hij haar losliet, veegde ze snel haar ogen af. Ze weigerde alles te verpesten vanwege een moment van zwakte.

'Goedenacht,' zei hij en hij liep naar de deur. 'En dank je wel.'

Ruby bleef stokstijf staan toen hij vertrok. Dat hield ze nog ruim vijf minuten vol tot ze er zeker van was dat hij weg was – met die grijns om haar lippen, als een brave meid, ondanks het feit dat ze trilde als een espenblad.

61

Hij ging rechtstreeks naar zijn slaapkamer, deed de deur op slot en ging op bed liggen. Toen ritste hij zijn gulp open en liet zijn hand in zijn broek glijden. Het gevoel van huid op huid deed hem huiveren.

Hij wist dat hij zich moest beheersen, maar vanavond kon hij geen weerstand bieden. Hij was in zo'n slechte stemming naar huis teruggekeerd, verscheurd door twijfel en angst, en daarom was hij volkomen overvallen door deze avond. Waar hij opstandigheid, verdriet en harde woorden had verwacht, was hij op meegaandheid en vriendelijkheid gestuit.

Was het dom van hem om te denken dat Summer weer van hem begon te houden? Het was zo moeilijk en verdrietig geweest, maar opeens leek ze een ommekeer te hebben doorgemaakt. Ze wilde graag bij hem zijn en had plezier in zijn gezelschap. En vanavond had hij daarop gereageerd op een manier die hem had overrompeld en energie had gegeven. Hij was zo opgewonden geraakt toen hij bij haar was dat hij eigenlijk meteen met haar naar bed had willen gaan.

Normaal gesproken wist hij zijn verlangens te beheersen. Maar vanavond niet. Hij kwam snel en heftig tot een climax. Toen hij later op het bed lag, voelde hij zich gelukkig, maar vreemd onvoldaan. Het was zo lang geleden dat hij zichzelf zelfs maar had toegestaan om te ontladen met behulp van zijn fantasie, zo bang was hij ervoor om uiteindelijk teleurgesteld te worden, maar zelfs dat was op dit moment niet genoeg. Nu hij besefte dat Summer eindelijk bij hem thuis zou komen, werd zijn verlangen om bij haar te zijn heviger. Hij zou haar niet overhaasten, die fout had hij eerder gemaakt, maar zijn gevoelens zetten hem aan tot actie. De donkere dagen kwamen tot een eind, zijn verlossing was ophanden en alles bewoog hem ertoe tot daden over te gaan.

Hij zou niet lang meer hoeven wachten. Hun liefde zou eindelijk zegevieren.

62

Alison Sprackling stond in de slaapkamer van haar dochter naar buiten te staren. Ze kwam hier vaak als alle anderen in het huis sliepen. Had ze eigenlijk zelf wel geslapen sinds Ruby's verdwijning? Ze veronderstelde van wel, anders zou ze niet meer kunnen functioneren, maar het voelde niet zo. Jonathan was er niet veel beter aan toe en lag van de avond tot de ochtend te woelen en te draaien, maar dat bood weinig troost. Ze leken steeds minder met elkaar te praten.

Alison ging op Ruby's bed zitten en trok de laatjes van het nachtkastje open. Ze wist dat ze een droevig figuur sloeg terwijl ze op het oude dekbedovertrek van John Lewis zat en in laatjes rommelde die ze vroeger niet open had mogen maken, maar wat kon ze anders doen? Ze had nu al drie of vier keer Ruby's spullen bekeken, op zoek naar een aanwijzing over haar verblijfplaats, hoe klein ook. Ze had schoenendozen vol oude brieven, bonnetjes en schoolrapporten doorzocht, maar tevergeefs. Ruby liet zich niet vinden.

Ze wist dat de politie geen verdachte meer in de cel had. Er was een korte opwelling van optimisme geweest toen ze die klusjesman hadden ondervraagd, maar dat had niets opgeleverd. Wat had ze gevloekt toen ze erachter kwam. Jonathan had haar gewaarschuwd geen valse hoop te koesteren, maar Alison had het hele plaatje al in haar hoofd gehad. Een voorspoedig onderzoek, een snelle arrestatie en een veilige terugkeer van Ruby.

In werkelijkheid waren er niet veel voor de hand liggende verdachten en dat maakte haar bang. Shanelle bleek er niets mee te maken te hebben, evenmin als die man, en ondanks Alisons wanhopige zoektocht waren er geen andere verdachten opgedoken. Ze zeiden dat familieleden vaak verantwoordelijk waren voor dat soort dingen, maar dat was toch zeker onmogelijk? Ze had contact opgenomen met Ruby's vrienden en vriendinnen van school, maar voor zover zij kon beoordelen, waren die allemaal even verbaasd en onschuldig.

Wie dan? Wie zou zoiets doen? Alison had het gevoel dat het antwoord voor de hand moest liggen. Ze was niet bijzonder bang voor kinderlokkers of boemannen, maar dit was verbijsterend en ontmoedigend. Alison staakte haar zoektocht en ging ineengedoken op Ruby's bed liggen. De geur van het kussen maakte haar aan het huilen. Het rook naar Ruby's parfum. Alison had het geurtje van Ruby heimelijk nooit lekker gevonden – het was een van die producten die werden aangeprezen door een beroemdheid, die heel goedkoop gemaakt en heel duur verkocht werden – maar nu vond ze het heerlijk. Het rook naar haar Ruby. Ze begroef haar gezicht in het kussen en snikte zachtjes. Er lag weer een slapeloze nacht in het verschiet, maar deze keer zou ze zich eens niet zo wanhopig alleen voelen.

63

De dag was nog niet aangebroken en de straten lagen er donker en verlaten bij. Omdat er vanwege de recessie bezuinigd moest worden, werden de lantaarns na middernacht uitgeschakeld, met het gevolg dat Southampton in de kleine uurtjes een verloren en gevaarlijke plek leek. Vreemd genoeg vond Helen dat wel fijn; ze profiteerde van de anonimiteit die de duisternis haar gaf. Nu ze op haar motor door de straten schoot, voelde ze zich ontspannen en op haar gemak, ondanks het vroege uur. En ondanks wat ze ging doen.

Ze was al snel op de ringweg en reed vervolgens over de autoweg naar het noorden. Toen ze Londen voorbij was, ging ze om Northampton heen en zette koers naar een dorp ten westen van die stad. Bugbrooke was een oud romaans dorp waar veel jonge gezinnen en gepensioneerden woonden, een aangenaam, goedmoedig plaatsje met een vriendelijke sfeer.

De bewoners van Georges Avenue werden net wakker toen Helen haar motor tegenover nummer 82 parkeerde. De gordijnen van het huis waren nog dicht, maar overal eromheen gingen de vroege vogels op weg naar hun werk – de busjes werden gestart en er werd koffie gedronken uit thermoskannen ter voorbereiding op een lange werkdag. Helen zag ze gaan en voelde hoe ze naar haar keken. Ze was zich er heel goed van bewust dat ze enorm opviel zoals ze daar in haar leren motorpak tegen de Kawasaki leunde.

Ze hoefde niet lang te wachten. Ze vermoedde dat inspecteur Marsh een vroege dienst had en om zeven uur precies kwam hij het huis uit en kuste zijn vrouw gedag. Helen wachtte tot hij het autoportier had geopend voordat ze op hem afstevende.

'Inspecteur Marsh?' vroeg Helen, en ze liet hem haar identiteitsbewijs zien toen hij opkeek. 'Inspecteur Grace, politie van Hampshire. Kan ik u even spreken?'

'Hoe wist u waar ik woon?'

'Recherchewerk, Tom. Mag ik Tom zeggen?'

Ze zaten inmiddels samen in de auto. Marsh gaf geen antwoord, dus Helen ging door.

'Je Facebook-pagina levert wat meer informatie op dan verstandig is.'

Marsh gromde alleen bevestigend en zei verder niets.

'Het spijt me dat ik zo geheimzinnig moet doen,' ging Helen verder, 'maar ik wilde met je praten en gezien de aard van mijn vragen kon ik dat niet officieel doen.'

Tom Marsh keek haar nieuwsgierig aan.

'Ik weet dat je undercoverwerk doet en het is niet mijn bedoeling dat je gedane beloften verbreekt of dat je operatie in gevaar komt, maar je hebt een informant over wie ik vragen heb.'

'Robert Stonehill,' zei Marsh effen.

'Je weet kennelijk wie ik ben en ook wie hij is. Ik wil graag weten of hij met je samenwerkt.'

Marsh haalde een pakje sigaretten uit zijn jaszak en stak er een op. Hij overwoog waarschijnlijk om tegen zijn bezoekster te zeggen dat ze moest maken dat ze wegkwam. Van de andere kant, dacht Helen terwijl ze zijn gezicht bestudeerde, was hij een vader en kon hij misschien wel een beetje met haar meevoelen.

'Ik kan je geen namen of specifieke details geven, want de operatie is nog niet afgerond. Maar het gaat om drugs, oké? Voor zover ik heb kunnen nagaan, had Stonehill niet echt een plan toen hij hier aankwam. Hij kwam in aanraking met mensen die zich bezighielden met schimmige zaakjes en het duurde niet lang voor hij allerlei boodschappen voor ze deed. Een beetje dealen en zo – de mensen hier zijn altijd op zoek naar nieuwe koeriers, nieuw kanonnenvoer dat de risico's voor hen neemt. Hij bleek er goed in te zijn – hij was er inmiddels aan gewend om zich gedeisd te houden. En zo won hij het vertrouwen van een paar tussenpersonen en ontmoette zelfs een paar grote leveranciers.'

'En dat zijn de mensen voor wie jullie echt belangstelling hebben.'

'Precies.'

'Hoe betaalden ze Robert? In contanten? In drugs?'

'Vooral in contanten. Hij gebruikt soms wel drugs, maar niet echt serieus.'

'En jullie betalen hem ook?'

Marsh glimlachte en keek naar buiten. Daar ging hij niet op in.

'Werkt hij nog steeds voor jullie?' vroeg Helen.

'Sorry, het staat me niet vrij om daar iets over te zeggen...'

'Goed, maar is hij nog in Northampton?'

Een lange stilte, waarin Marsh overwoog of hij hierop moest antwoorden. Toen: 'Je hebt dit niet van mij gehoord en we hebben elkaar nooit ontmoet, maar... ja, hij is hier nog. Onder de naam Mark Dolman.'

'Enig idee waar hij woont?'

'Ergens in Thorplands. Meer kan ik er niet over zeggen. Thorplands is...'

'Ik weet waar het is,' antwoordde Helen, blij dat ze Marsh eens te snel af kon zijn.

Het was een ware kwelling om te weten dat hij in Northampton was, maar niet precies waar.

'En waar ontmoeten jullie elkaar?'

'Nee,' zei Marsh meteen.

'Pardon?'

'Ik weet wat je gaat vragen en ik ben bang dat het antwoord nee is.'

'Kom op, Tom. Probeer het eens van mijn kant te zien...'

'Ik leef met je mee, echt, maar ik ben niet van plan een onderzoek dat al een jaar loopt voor jou in gevaar te brengen. Ik heb je al genoeg verteld, meer dan ik had moeten doen, dus als je het goedvindt, zou ik nu graag willen gaan, oké?'

Zijn stem was vastberaden en beslist, dus Helen bedankte hem, nam afscheid en keek de Ford C-Max na toen die met hoge snelheid in de verte verdween. Hij was zo ver gegaan als Helen met enige redelijkheid had kunnen verwachten, maar ze voelde zich nog steeds gefrustreerd. Ze had geen idee wanneer hij Robert voor het laatst had gezien of in welke toestand haar neef verkeerde. En ze had ook geen adres. Wat ze wel had, waren een paar stukken van de puzzel. Het was niet genoeg, maar voorlopig zou ze het ermee moeten doen.

Toen ze terugreed naar Southampton kon Helen alleen maar denken aan wat ze nu zou kunnen doen. Zoals altijd moest ze op het scherp van de snede balanceren. Ruby Sprackling moest uiteraard de hoogste prioriteit krijgen – ze moesten hoe dan ook een aanwijzing zien te vinden die hen op haar spoor zette – maar Robert schreeuwde ook om aandacht. Al moest ze dag en nacht doorwerken, ze zou een manier vinden om aan allebei de zaken te werken. Al was het maar om niet gek te worden.

Die gedachten wervelden door haar hoofd toen Helen een kleine, donkere auto in haar zijspiegel zag. Ze was net bij de rand van

Southampton, op weg naar het ziekenhuis, toen ze hem een paar auto's achter zich zag rijden. Het kenteken, dat opvallend met EKO eindigde, kwam haar bekend voor. Verbeeldde ze het zich of had ze diezelfde auto op de M1 gezien? Ze gaf gas, ging scherp naar links en nog eens naar links om snel een blokje om te rijden en een goede honderd meter van waar ze zich had bevonden weer op de grote weg uit te komen.

De auto was weg. Er was geen spoor van te bekennen op de hoofdweg of in een van de zijstraten. Had Helen het zich verbeeld? Of wilde iemand weten waar ze vandaag zoal heen ging? Ze onderdrukte haar bezorgdheid, zette de richtingaanwijzer aan en verliet de hoofdweg, op weg naar Southampton Central.

64

Zodra Helen de recherchekamer in kwam, werd ze aangeschoten door Sanderson. Een paar tellen later zaten ze in Helens kantoor met de jaloezieën naar beneden en de deur stevig dicht.

'Sorry voor dat theatrale gedoe,' zei Sanderson over de gesloten jaloezieën. 'Maar ik vond dat je dit moest zien.'

Ze schoof een dossier over de tafel waarin vier vellen papier zaten, allemaal met een foto van een vrouw aan de rechterbovenhoek.

'Ik heb de laatste vierentwintig uur de dossiers van vermiste personen doorgenomen en contact gezocht met de betrokken afdelingen. En dat heeft vier mogelijke zaken opgeleverd.'

Helen hield haar gezicht in de plooi, maar het aantal klonk haar niet goed in de oren.

'Ze hebben allemaal het juiste uiterlijk, donker haar en blauwe ogen, ze wonen allemaal alleen, hebben een laag inkomen en worden al een tijdje vermist. Twee ervan, Anna Styles en Debby Meeks, lijken van de aardbodem te zijn verdwenen en hebben helemaal niets meer van zich laten horen. De andere twee, Roisin Murphy en Isobel Lansley, sturen af en toe een berichtje of een tweet.'

'Hoe vaak?'

'Niet heel vaak, maar altijd op praktisch dezelfde tijden.'

‘En daarna gaat hun telefoon weer uit?’

‘Precies.’ Sanderson knikte met een somber gezicht.

‘Kloppen de tijden van de berichtjes met die van Ruby en Pippa?’

‘Ja. Exact.’

Helen keek naar de foto’s. Roisin was een alleenstaande moeder met een heleboel piercings, een beetje hard, maar met verbijsterend blauwe ogen, terwijl Isobel een heel ander type was. Haar ogen waren even opvallend, maar gingen schuil achter een lange zwarte pony. Isobel keek een beetje opzij, alsof ze niet graag gefotografeerd wilde worden. Helen ademde lang en diep uit toen haar inviel dat ze wellicht naar de gezichten keek van twee doden.

Ze kwam overeind en liep naar de deur.

‘Ik neem de volle verantwoordelijkheid voor deze onderzoekslijn,’ zei ze over haar schouder. Er was geen tijd te verliezen, geen tijd voor besluiteloosheid, en Helen wist precies wat haar te doen stond.

65

Hij zat al op het bed toen ze wakker werd. Ruby schrok zich kapot toen ze hem naar haar zag kijken en schoot overeind.

'Je hebt een zware nacht achter de rug,' zei hij meelevend.

Hij had gelijk. Ruby had geen oog dichtgedaan, uit haar slaap gehouden door hoop, maar ook door angst. Ze werd nog steeds achtervolgd door het onmiskenbare feit dat haar ontvoerder naar haar verlangde.

'Ik had het koud,' loog ze, en ze trok de lakens omhoog.

'Ik zal wat extra dekens voor je halen,' zei hij, 'en ik zal ook proberen vandaag die boeken voor je te krijgen.'

'Dank je,' antwoordde ze, wat haar een glimlach opleverde. 'Misschien zou je zo lief willen zijn nog een paar andere dingen voor me mee te nemen,' ging Ruby verder, zo nonchalant als ze kon.

Er trok meteen een frons over zijn gezicht. Koesterde hij argwaan? Rook hij onraad? Ze keek zo onderdanig mogelijk en ging verder: 'Ik zou heel graag wat dingen willen hebben waar ik me mooi mee kan maken. Een haarborstel, wat lipstick, een wimperkruller en wat nagellak, als je het niet erg vindt om dat te kopen.'

Hij keek haar zwijgend aan.

'Ik wil er gewoon mooi uitzien voor jou. En ik geloof dat ik het wel verdiend heb, jij niet?'

Na een lange, pijnlijke stilte verscheen er eindelijk een brede glimlach op zijn gezicht.

'Vond je het eng om dit te vragen?'

Ruby keek naar haar schoenen, bang dat haar ogen haar zouden verraden.

'Dat hoeft helemaal niet. Ik vind het niet erg als je een beetje assertief bent. Zo lijk je meer op de oude Summer.'

Op dat punt stond hij op.

'Ik zal de spulletjes voor je halen. Je zult er... ontzettend mooi uitzien.'

Met die woorden ging hij weg. Zodra hij was verdwenen, liet Ruby zich weer op het bed zakken. Het had haar al haar zelfbeheersing gekost om haar rol te spelen, maar het resultaat was beter dan ze had kunnen verwachten. Ze had meer argwaan verwacht, meer tegenstand, maar hij had haar precies in de kaart gespeeld.

De eerste fase van haar plan was voltooid.

66

'Dit is verdomme volkomen tegen de regels en ik ben niet van plan dat te tolereren.'

Ceri Harwood vloekte zelden. Het was best leuk om te zien hoe haar superieur uit haar slof schoot en Helen nam zich stiekem voor haar vaker uit de tent te lokken.

'Inspecteur Grace weet heel goed welke wegen er bewandeld moeten worden,' ging de woedende Harwood verder. 'Ze weet dat ze eerst naar mij had moeten komen.'

Hoofdcommissaris Stephen Fisher knikte en richtte zijn aandacht weer op Helen.

'Zou je me willen uitleggen waarom je dat niet gedaan hebt, inspecteur Grace?'

Omdat Harwood had gezegd dat ik het op mijn buik kon schrijven, dacht Helen, maar dat sprak ze niet uit. Ze had bewust de beslissing genomen om rechtstreeks naar Harwoods meerdere te gaan. Het was een weloverwogen gok geweest.

'Hoofdinspecteur Harwood en ik hebben deze discussie al gevoerd en ze heeft duidelijk gemaakt wat ze ervan vindt...'

'Waarom beginnen we er dan weer over?' viel Fisher haar in de rede.

'Omdat de situatie is veranderd,' antwoordde Helen. 'Nader onderzoek...'

'Onderzoek waarvoor geen toestemming was gegeven,' viel Harwood haar in de rede.

'Nader onderzoek heeft een aantal potentiële slachtoffers opgeleverd,' ging Helen verder. 'Ik ben er altijd van overtuigd geweest dat de moordenaar van Pippa de potentie van een seriemoordenaar vertoonde en dat wordt nu door de bewijzen ondersteund.'

'Bewijzen?' sneerde Harwood.

'Roisin Murphy en Isobel Lansley. Twee jonge vrouwen met hetzelfde uiterlijk en hetzelfde profiel, die al meer dan een jaar geleden verdwenen zijn en die berichtjes en tweets versturen op dezelfde tijden en van dezelfde locaties als Ruby en eerder Pippa. Aan de geografie is geen touw vast te knopen – het New Forest, het centrum van Southampton, Brighton, Hastings. De locaties zijn zo willekeurig en onwaarschijnlijk dat er maar één verklaring voor is: iemand probeert opzettelijk de families van de jonge vrouwen op een dwaalspoor te brengen. En hoeveel kans is er dat vier meisjes die niets met elkaar te maken hebben rondreizen volgens hetzelfde schijnbaar willekeurige patroon?'

'Dus je wilt terug naar het strand?' Fisher maakte beslist een eind aan haar betoog.

'Ja. Het is de enige begraafplek die we kennen en seriemoordenaars zijn gewoontedieren. Het is een discrete, afgelegen plaats waar sporen als voetafdrukken regelmatig worden weggespoeld. Ideaal voor zijn doel. Hij zou wel gek zijn om er niet meerdere keren gebruik van te maken.'

'Hij? Je blijft maar "hij" zeggen. Wie is hij? Je klinkt alsof je hem kent.'

'We hebben tot dusver nog niets concreets...'

'Maar toch wil je een openbaar strand afsluiten, onze middelen inzetten om er een groot deel van af te graven en al doende een helse storm ontketenen van angst en negatieve publiciteit. En allemaal vanwege jouw onderbuikgevoelens.'

'Vanwege het patroon van deze misdaden. Het staat zo goed als vast dat hij tussen Pippa en Ruby meer slachtoffers heeft geprobeerd te ontvoeren, en Roisin en Isobel passen precies in dat patroon.'

'We hebben meer tijd nodig, Stephen,' sputterde Harwood tegen, die zich nu tot haar meerdere wendde. 'Laten we een onderzoek instellen naar de omstandigheden waaronder die meisjes zijn verdwenen, dan zien we daarna wel...'

'Dat is al gedaan,' antwoordde Helen boos. 'Roisin had bij haar vermissing een baby van een jaar. Ze tweette dat ze het niet aankon om moeder te zijn en het is waar dat ze er af en toe moeite mee had gehad, maar haar familie is er volkomen van overtuigd dat ze nooit uit vrije wil haar zoontje zou achterlaten. Ze zijn al twee jaar naar haar op zoek. Ze hebben een beroep gedaan op de politie, op organisaties voor vermiste personen, op plaatselijke instellingen. Ze hebben zelfs een privédetective ingeschakeld. Geen van de aanwijzingen die uit haar tweets tevoorschijn kwamen, leidde ergens toe. Ze is gewoon nergens meer gezien en ze is al meer dan twee jaar weg.'

'Zelfs dan is de speurtocht van de familie geen vervanging voor behoorlijk politiewerk,' wierp Harwood tegen. 'Laat ons deze onderzoekslijn methodisch en weloverwogen volgen en kijken of er iets bewezen kan worden van al die aannames. We lopen het risico volkomen voor schut te gaan als we ons halsoverkop in een grootscheepse zoekoperatie storten.'

Beide vrouwen waren uitgepraat. Fisher keek naar ze en overwoog de optics. Harwood was door hem aangesteld en had hem goede diensten bewezen. Daarom was Helen aangenaam verrast toen hij zei: 'Je hebt één dag op het strand, Helen. Benut die ten volle.'

67

Bij Boots schoof het winkelmeisje zijn aankopen in een plastic zakje en nam zonder ook maar één keer op te kijken zijn geld aan. Toen hij in de winkel had rondgelopen, was hij opeens bang geworden. Zouden de mensen niet scheef kijken naar een man met een mandje vol make-up? De plaatselijke kranten stonden nog steeds vol verhalen over Pippa Briers en riepen hun lezers op uit te kijken naar verdachte activiteiten die naar de dader zouden kunnen leiden. Ze waren zelfs zover gegaan om een gedetailleerd daderprofiel te publiceren, waarin werd beschreven van welk ras hij waarschijnlijk was en wat zijn achtergrond, lichaamstaal en psychologische toestand zouden moeten zijn. Het was natuurlijk allemaal onzin, maar er waren een paar toevalstreffers bij die hem een ongemakkelijk gevoel gaven. Dus had hij een uitgebreid verhaal verzonnen en zelfs een gekraste oude ring aan zijn ringvinger geschoven om hem het uiterlijk te geven van een trouwe man en vader, maar uiteindelijk bleken al die voorzorgsmaatregelen volkomen overbodig. Net zoals de meeste jonge mensen had het winkelmeisje alleen belangstelling voor zichzelf – zodra ze zijn boodschappen had afgerekend, pakte ze lui haar smartphone op.

Toen hij het meisje zag controleren of ze berichten had, werd hij eraan herinnerd dat hij een belangrijke taak over het hoofd had gezien. Meestal nam hij een trein of een bus voor hij naar zijn werk ging – dit keer had hij Bournemouth in gedachten gehad – om snel een rondje berichtjes en tweets te verzenden en daarna met dezelfde trein terug te keren naar Southampton. Het was een goede manier om de mensen gerust te stellen, die niet veel van zijn werkdag in beslag nam.

Maar omdat hij tijdens zijn lunchpauze naar Boots was gegaan, had hij daar vandaag geen tijd voor gehad. Dus zocht hij een stil plekje op de Common en begon de gebruikelijke berichtjes te verzenden. In het verleden had hij genoten van dit heimelijke pleziertje en had hij de identiteit van de meisjes aangenomen om voor ze te spreken, maar dit keer was hij gespannen. Het was riskant om het zo dicht bij zijn werkplek te doen, daar kon geen twijfel aan bestaan, en dat zorgde ervoor dat hij geen plezier beleefde aan de vaste gewoonte.

'Gek dat het leven altijd nog 1 x natrapt als je al op de grond ligt. Raak eraan gewent,' tweette hij met Roisins telefoon. Hij zorgde er altijd voor om de afkortingen en spelfouten op te nemen die kenmerkend waren voor de meisjes. Roisin was altijd een beetje een klager geweest, zo iemand die steeds een put vond om in te gaan zitten, dus het paste helemaal bij haar om iets te blaten over de oneerlijkheid van het leven. Hij voegde er nog een paar cynische gedachten aan toe, stuurde een paar berichtjes, zette haar telefoon uit en schoof hem weer in zijn tas.

Hij keek op toen hij mensen hoorde praten. Twee moeders liepen luid achter hun buggy's te kletsen. Verrast trok hij zich terug tussen de struiken. Hij wachtte tot ze weg waren en haalde toen pas Ruby's telefoon uit zijn tas. Hij deed wat nodig was, maar zijn stemming werd er niet beter op. Hij kon het gevoel niet van zich afschudden dat er belangrijke dingen gebeurden, dingen waarover hij geen controle had. Eerder had hij de meisjes in leven gehouden in de veilige wetenschap dat niemand wist dat ze dood waren. Hij had genoten van zijn vrijheid en het totale gebrek aan argwaan. Maar de ontdekking van Pippa Briers had alles veranderd. Nu was er een groot moordonderzoek gaande, geleid door inspecteur Helen Grace. Voor de eerste keer in zijn korte leven begreep hij hoe het voelde om opgejaagd te worden.

68

De twee vrouwen stonden praktisch neus aan neus en wilden geen van beiden van wijken weten. Normaal gesproken ging Sanderson nooit voluit in de aanval, maar nu was ze te boos om toe te geven. Rechercheur Lucas dacht er precies zo over en snauwde tegen Sanderson dat ze 'terug moest in haar hok'.

Sanderson had haar collega met plezier een oplawaai gegeven. Het was háár idee geweest om de telefoonbedrijven te laten uitkijken naar de signalen van de mobieltjes van de vermiste meisjes en ze was absoluut niet van plan zich door rechercheur Lucas opzij te laten schuiven nu dat resultaat opleverde. De telefoons waren heel kort aangezet, ergens op of bij Southampton Common, en het slimste was om daar zo snel mogelijk naartoe te gaan om getuigen te ondervragen, bewakingsbeelden op te sporen en te zoeken naar de moordenaar.

'Brigadier Fortune heeft mij de leiding gegeven,' zei Lucas. 'Als er iets belangrijks gebeurde terwijl hij op het strand was, moest ik dat afhandelen.'

Sanderson stond op het punt om weerwoord te geven, maar rechercheur Lucas was nog niet klaar.

'En elke minuut dat wij hier staan te bekvechten, verkleint de kans dat we die kerel te pakken krijgen en Ruby veilig en wel thuis kunnen afleveren. Begrijp je dat, rechercheur Sanderson?'

Lucas sprak de naam van Sanderson opzettelijk langzaam uit om haar punt te benadrukken. De ogen van de rest van het team waren nu op haar gevestigd en ze kon de ruzie niet voortzetten zonder onverantwoordelijk te lijken. Met een zuur gezicht bond ze in en ging terug naar haar bureau.

Sinds Roisin Murphy en Isobel Lansley in het onderzoek waren opgenomen, had Sanderson dossiers over beide vrouwen aangelegd en zich verdiept in hun leven om Helens theorie over hun ontvoering te beproeven. Ze had goede voortgang geboekt, maar nu bladerde ze de rapporten lusteloos door, nog steeds kokend van woede over haar confrontatie met Lucas. Ze had die humorloze, onverholen ambitieuze carrièrejaagster nooit gemogen, maar nu begon ze echt een bloedhekel aan haar te krijgen. Dit soort ruzies was onnodig en contraproductief. Op deze manier werden de leden van het team tegen elkaar opgezet en dat kon het onderzoek alleen maar schaden. Het was te gek voor woorden dat Lucas haar ervan beschuldigde levens op het spel te zetten terwijl juist haar ego zijn tol kon eisen.

Sanderson ging verder met haar werk en zette elke gedachte aan het aan de schandpaal nagelen van Lucas van zich af om zich te concentreren op het belangrijke recherchewerk waar ze mee bezig was. Ze mocht haar eigen werk niet in gevaar brengen door woede of verbittering – dat zou niet eerlijk zijn tegenover Ruby en Pippa. Dus bleef ze de dossiers doorbladeren en vergeleek ze het leven van Roisin, een alleenstaande moeder van Engels-Ierse afkomst die leefde van een uitkering in een kleine flat in Brokenford, met dat van Isobel Lansley, een studente aan de universiteit van Southampton over wie ze bijna niets wisten. Ze had maar weinig vrienden, niet veel geld, geen baantjes of hobby's. Alles wat ze over haar wisten, was dat ze woonde in een tweekamerflat in…

Sanderson bleef stokstijf zitten, met bonzend hart. Ze controleerde de details nog een keer en bladerde snel terug in Roisins groeiende dossier, op zoek naar de relevante opmerking. En daar was hij. Sanderson hapte naar adem.

De doorbraak die ze nodig hadden. Eindelijk.

69

De drie eenzame gestalten werden geteisterd door de wind die vanaf de Solent aan kwam bulderen. Helen stond aan de buitenkant van het trio, Harwood aan de andere kant en brigadier Fortune ongemakkelijk tussen hen in. De twee vrouwen hadden amper een woord gewisseld sinds ze waren gearriveerd en de sfeer was gespannen. Helen had het gevoel dat Lloyd overal liever zou zijn dan hier, maar daar was nu eenmaal niets aan te doen. Dit was te belangrijk om haar rechterhand niet aan haar zijde te houden.

Het strand was verlaten geweest toen ze er aankwamen, dus was het niet moeilijk om de boel af te zetten. Omdat ze maar zo kort de tijd had gekregen, had Helen alles uit de kast getrokken en twaalf geüniformeerde agenten van de straat laten halen, zodat het strand snel met lint kon worden afgezet en de noodzakelijke borden konden worden opgesteld. Vandaag werd er bij dit strand niet gezwommen.

Er was een zoekteam opgeroepen van het politiekorps van Kent, dat binnen twee uur in Carsholt was aangekomen – Helen had er de nadruk op gelegd dat de situatie zeer dringend was. Dat team was nu aan het werk met metaaldetectors, lijkenhonden en bodemradar, waarmee de brede zandvlakte werd afgezocht naar sporen van menselijke resten en tekenen dat er iets begraven was.

Het enige wat Helen boven de wind uit kon horen, was het gepiep van de metaaldetectors.

Het strand lag er heel anders bij dan de laatste keer dat Helen er was geweest. Toen ze Pippa hadden gevonden, was het ongewoon mooi weer geweest en de technische recherche had onder een brandende zon het nauwgezette forensische werk moeten verrichten. Vandaag was de zon verdwenen achter dreigende grijze wolken, zodat het tafereel beroofd werd van elke warmte en opgewektheid. Zelfs de zee leek daaraan mee te doen met zijn beukende branding.

Brigadier Fortune keek heimelijk op zijn horloge.

'Hoeveel uur daglicht hebben we nog?' vroeg Helen.

'Een uur of zeven,' antwoordde hij snel. Zijn stem klonk afgemeten, als van een man die twee meesters diende.

'Nog zeven uur voor we een eind kunnen maken aan deze vertoning,' merkte Harwood op. 'Ben je van plan hier de hele dag te blijven, inspecteur Grace? Of heb je ook nog politiewerk te doen?'

'Ik blijf zo lang als nodig is,' antwoordde Helen effen. Ze ging zichzelf niet te kijk zetten door in het bijzijn van een ondergeschikte met Harwood te gaan bekvechten. 'We hebben tenslotte maar beperkt de tijd.'

Harwood gaf geen antwoord, en Helen greep dat aan om zich naar de rand van het water te begeven. Eenmaal daar draaide ze zich om en nam het strand in zijn geheel in zich op. Harwood en Fortune stonden op hun gemak te praten – de spanning was verdwenen nu Helen was weggelopen – en vormden een scherp contrast met de mannen en vrouwen uit Kent, die een raster hadden gemaakt en dat nu centimeter voor centimeter afzochten.

Helen voelde de spanning toenemen toen ze naar hun geduldige, ijverige werk keek.

Had ze te snel om een zoektocht gevraagd? Ze had niet veel krediet bij hoofdcommissaris Fisher en nog minder bij Harwood, en als de zoektocht van vandaag niets opleverde, kon ze later in het onderzoek moeilijk nog een keer om extra middelen vragen. Even verweet Helen zichzelf haar kenmerkende ongeduld. Voor haar was het een obsessie om sporen na te jagen, om het verhaal compleet te maken, om uit te zoeken wat er was gebeurd. Als je eenmaal bezig was met een onderzoek van deze omvang en urgentie was het moeilijk om aan andere dingen te denken omdat je voortdurend je aannames controleerde om te kijken of je iets beter of sneller zou kunnen doen. Slapen was een schaarse luxe en het was bijna onmogelijk om je te ontspannen, maar dat kon ook niet anders. Je deed dit soort werk niet als je een gemakkelijk leventje wilde leiden. Je deed het omdat je iets wilde betekenen.

Helen ontwaakte abrupt uit haar dagdromen toen een deel van het zoekteam opeens bleef staan. Ze zochten niet meer, ze groeven. Helen rende over het zand en kwam net voor brigadier Fortune bij de vier agenten aan. De blik op hun gezicht zei alles wat er te zeggen viel.

'We hebben iets gevonden.'

70

Southampton Common lag somber en naargeestig onder de grijze wolken. Een geschikte plek voor een moordenaar, dacht rechercheur Lucas bij zichzelf. Ze woonde pas in Southampton en kende het nog niet erg goed, dus had ze zo veel geüniformeerde agenten meegenomen als ze bij elkaar had kunnen krijgen. Goede, eerlijke jongens, die elke vierkante centimeter van dit terrein kenden en die haar tot gids konden dienen.

Ze verspreidden zich en gingen aan de slag door joggers, moeders, zakenmannen en zelfs gemeentewerkers die het gras maaiden aan te houden en te vragen wat ze daar deden en wie ze die morgen op de Common hadden gezien. De grote meerderheid verbaasde zich over de vragen, anderen waren zwijgzaam en argwanend, bang om ergens bij betrokken te raken waarmee ze niets te maken hadden. Het was een vermoeiend en mogelijk vruchteloos karwei – er kwamen in de loop van een doordeweekse dag zo veel mensen op de Common. Maar hij moest hier ergens zijn.

Het signaal van de telefoons was bijna drie kwartier geleden opgevangen. Als Lucas de confrontatie niet had hoeven aangaan met rechercheur Sanderson, was ze hier nog eerder geweest, maar ze was nog steeds blij met hun snelle reactie. Naast zichzelf en vijftien geuniformeerde agenten had ze nog zes rechercheurs om de Common uit te kammen. Misschien hadden ze geluk, misschien ook niet. Maar iets zei Lucas dat ze vandaag geluk zouden hebben.

Ze was inmiddels van de gebaande paden afgeweken en liep bij het zoekteam vandaan in de richting van het dichtere struikgewas bij het Wildlife Centre. Ondanks de grijze hemel boven het bos was het hier eigenaardig mooi. De oude bomen hadden veel karakter met hun hangende takken en dikke gebladerte. En ze zaten vol vogels, die naar elkaar floten toen Lucas zich voorzichtig dieper in het bos waagde.

Krak.

Lucas verstijfde met plotseling gespitste zintuigen. Ze keek om zich heen, maar zag niemand.

'Politie. Wie is daar?'

Nog steeds niets. Een stilte die eeuwig leek te duren en toen: krak, krak, krak. Waar kwam dat geluid vandaan? Ze spitste haar oren, maar toen het niet mogelijk bleek om de oorzaak te lokaliseren, nam ze een snel besluit en stormde door de struiken aan haar rechterkant.

Het gebeurde heel plotseling. Iemand zette het op een rennen. Het gekraak was kennelijk veroorzaakt toen hij weg probeerde te sluipen, maar nu ging hij er zo snel hij kon vandoor. Lucas ging er meteen achteraan, rende door het bos en sprong over gevallen bomen. Ze was altijd een goede sprinter geweest en ze had nu al haar soepelheid nodig, want de vluchteling dook sierlijk onder takken door en om bosjes heen om te ontsnappen. Hij kende het bos veel beter dan zij, en terwijl hij ongehinderd door het bos leek te glijden, werd Lucas geranseld door doorns en takken, die de huid van haar gezicht en armen openhaalden. Maar inmiddels stonden de bomen verder uit elkaar en Lucas zag haar kans.

Ze sneed een hoekje van het bos af en verhoogde haar snelheid nog een beetje. Ze nam een berekende gok dat de man die ze achternazat naar links zou gaan nadat hij de beschutting van het bos had verlaten en op het drukke stadscentrum zou afstevenen in plaats van het gevaar te lopen te worden gepakt op het open terrein van de Common.

Toen hij het bos uit rende, draaide de man scherp naar links en stormde op de uitgang van het park af. Bam! Lucas sprong hem in de rug en sloeg haar armen om zijn benen, zodat hij hard op het betonnen pad terechtkwam. Ze stond meteen weer overeind en zette hem met geweld vast tegen het aanplakbord van het park. Tegen de tijd dat de anderen haar kwamen assisteren, was hij overmeesterd en had hij handboeien om.

Lucas' hart bonsde als een razende, maar haar triomf was van korte duur. De 'man' die ze had nagezeten, bleek een jongen van zestien. Een tiener met een voorliefde voor softdrugs en twee flinke zakken cannabis in zijn zak. Wat hij niet had, waren mobiele telefoons, zoals al snel duidelijk werd.

Vloekend liet Lucas hem over aan de geüniformeerde agenten en ging weer op jacht. Er waren nog twintig minuten voorbijgegaan en het was haar inmiddels duidelijk dat de moordenaar al lang weg was, tenzij hij een pathologisch verlangen koesterde om gepakt te worden.

71

Helen stond aan de rand van de geul terwijl het team verder groef. De bodemradar had diep in het zand twee grote vormen ontdekt, op slechts een steenworp afstand van elkaar. Helen was helemaal verstijfd – ze hoopte dat ze het mis had, maar was bang dat ze hadden gevonden wat ze kwamen zoeken.

'Het is een jonge vrouw.'

Een eenvoudige uitspraak, die toch iedereen die hem hoorde aangreep. Aan sommige dingen raak je nooit gewend en vooral de dood van een jong persoon was elke keer weer even schokkend. Helen liet zich in de geul zakken, waarbij ze goed oppaste het team niet te hinderen of potentieel bewijs te vertrappen. Net als bij Pippa had het koude zand datgene wat eraan was toevertrouwd goed bewaard. Er was slechts een lichte ontbinding waarneembaar en de jonge vrouw zag eruit alsof ze gewoon op een meter twintig onder het zand was gaan slapen. Vreemd dat mensen die op zo'n afschuwelijke manier aan hun eind waren gekomen er zo vredig konden uitzien.

Met kleiner gereedschap en borstels had het team inmiddels het gezicht van de vrouw blootgelegd en ook het vochtige zwarte haar dat het omlijstte. Helen bekeek het nauwkeurig. Er zaten twee kleine gaatjes in de rechter neusvleugel, maar net als bij Pippa waren de sieraden verwijderd. Eventuele make-up was ook verdwenen; het vocht en de bewegingen van het zand hadden het meisje doeltreffend schoongeschrobd. Haar gezicht vertoonde een strenge eenvoud, met trotse en onverhulde trekken. Het was mooi, maar ook aangrijpend. Helen had de foto's gezien en de dossiers gelezen, en toen ze neerkeek op het gezicht, twijfelde ze er niet aan dat ze keek naar de stoffelijke resten van Roisin Murphy.

Helen kwam in de verleiding om Roisin daar achter te laten. De rest van het team was bezig op de andere plek, een meter of twintig verderop, een andere gestalte op te graven, en het was belangrijk om zo snel mogelijk vast te stellen of het om het andere vermiste meisje ging, Isobel Lansley. Maar iets weerhield Helen daarvan. Vreemd dat je zo'n band kon opbouwen met iemand die je nooit had ontmoet, iemand aan wier leven maanden, mogelijk zelfs jaren geleden een eind was gemaakt. Maar Helen was niet de enige die dicht bij het arme meisje wilde blijven nu ze eenmaal ontdekt was. Haar familie had zo lang gezocht, had ondanks alles gehoopt dat alles goed met haar was en zich afgevraagd of Roisin ooit zou terugkeren naar haar zoontje. Aan die onzekerheid kwam nu een eind – ze zouden hun uitbundige, lastige dochter, moeder en vriendin nooit meer terugzien. Ze was in de steek gelaten door haar omgeving en wreed aangepakt door het leven, en hoewel er niets meer voor haar gedaan kon worden, leek het verkeerd om haar nu de rug toe te keren.

Er kwam geen logische gedachte aan te pas, maar niemand zou de geul verlaten voordat ze de jonge vrouw hadden verlost uit haar graf. De manier waarop het team haar schouders en armen losmaakte uit het zand had iets teders. Dat was uiteraard om de plaats delict en eventuele sporen intact te laten, maar het was vreemd ontroerend, een laatste vriendelijke daad in een kort, ongenadig leven. Helen nam zich voor het team later te bedanken voor hun professionaliteit en zorgvuldigheid.

Ze dacht al vooruit en zocht de woorden bijeen die ze zou gebruiken om Roisins familie op de hoogte te stellen van het verschrikkelijke nieuws, maar toen zag ze iets wat al die gedachten uit haar hoofd verdreef. Roisins linkerschouder en -arm waren nu helemaal blootgelegd en de aanblik daarvan deed het bloed in Helens aderen stollen.

Op haar blote, bleke schouder stond trots een tatoeage van een blauw vogeltje.

72

Ruby keek naar haar spiegelbeeld, maar zag een vreemde terugkijken. Na de verbetering in hun relatie had Ruby haar ontvoerder ertoe weten te bewegen het licht overdag aan te laten en ze had haar geluk nog verder op de proef gesteld door om een spiegel te vragen. Die had hij geweigerd – uitgesloten dat hij haar glas zou geven of iets anders waarvan een wapen kon worden gemaakt.

Maar om tegemoet te komen aan haar wensen, had hij een paar vellen mylarfolie gehaald en daar een soort spiegel van gemaakt. Het had hem maar een paar minuten gekost om de spiegelende folie boven te vinden, zodat Ruby zich afvroeg wat voor werk hij deed. Mylar werd gebruikt voor die glanzende, zilverkleurige heliumballonnen. Deed hij soms iets met kindervoorstellingen? Of werkte hij in een cadeauwinkel?

Ruby zette die gedachten van zich af en bekeek zichzelf in haar 'spiegel'. Ze was al veel magerder; je raakte de pondjes snel kwijt als je bang was en geen eten kreeg. Ze kon haar ribben zien – allemaal – en haar armen zagen er ook stakerig uit. Ruby vroeg zich af hoe lang ze hierbeneden kon overleven en eens te meer werd ze overspoeld door de wens om ontsnappen. Haar magere lijf en ingevallen gezicht schreeuwden om actie. Ze begon eruit te zien als een van die arme kinderen van wie afbeeldingen worden getoond bij liefdadigheidscampagnes.

Haar plan was in gang gezet en vanavond zou ze zien of hij erin trapte. Het wachten was afschuwelijk. Had hij gekocht wat ze nodig had? En nog belangrijker, had zij in dat geval de moed om het door te zetten?

73

Ze stak haar sleutel in het slot en duwde zachtjes de deur open. Eigenlijk had ze na de ontdekkingen op het strand terug moeten gaan naar het bureau om Stephen in te lichten en te praten met de persvoorlichters, maar ze had de moed niet. Haar mond was gortdroog, haar hoofd bonsde en ze wilde de wereld even buitensluiten.

Weer had Helen Grace haar een modderfiguur laten slaan. Ze had zich zo krachtig verzet tegen het verspillen van tijd en middelen om het strand af te graven en hoewel zij, Helen noch Stephen er ooit nog iets over zou zeggen, zouden ze het niet vergeten. Bij Helen zou het de indruk bevestigen dat haar baas een politicus en kantoorbediende was in plaats van een echte politievrouw, maar het zou ook haar relatie met Stephen beïnvloeden, en dat was zorgwekkender. Hij kende haar goed en had haar altijd graag gemogen, maar de laatste tijd was ze zich gaan afvragen bij wie zijn loyaliteit lag. Voelde hij zich aangetrokken tot Helen? Dat gold voor veel mannen, ondanks het feit dat ze volkomen onbereikbaar was. Of werd hij verleid door haar status als het heldhaftige gezicht van de politie van Southampton? Helen had eens te meer bewezen dat ze een neus had voor de grote zaken, die bepalend zijn voor een carrière. En als ze erin slaagde nog een seriemoordenaar te laten opsluiten, zou dat Stephens reputatie nog meer glans geven. En dan was zij de slechterik die alles bijna in het honderd had laten lopen.

Ceri Harwood trok de koelkastdeur open, nam een grote slok uit een fles chardonnay en hield de koude fles tegen haar bonzende hoofd. Dat voelde fijn en opeens wilde ze niets liever dan Tim opzoeken, samen op de bank kruipen en de rest van de fles leegdrinken. Die opmonterende gedachte spoorde haar aan tot actie en ze beklom met twee treden tegelijk de trap. Tim werkte vaak thuis en drong er voortdurend op aan dat ze vroeger naar huis zou komen, zodat ze meer tijd samen hadden. Ze deed het zelden – hoe zou ze dat kunnen in haar positie? – maar nu ze toch aan het spijbelen was, maakte de gedachte om hem te verrassen met haar plotselinge verschijning haar helemaal blij.

Ze was halverwege de laatste trap naar de werkkamer op zolder toen ze bleef staan. In het kantoor was het stil, maar er kwam geluid van elders in het huis. Uit hun slaapkamer. Ze hoorde Tim, maar ook een vrouwenstem. Gelach, gepraat en nog meer.

Ceri wilde in beweging komen, maar haar voeten bleven stevig op de trap staan. Wat doe je in zo'n situatie? Wegsluipen of de confrontatie aangaan? Ze wilde het eerste doen – god, wat wilde ze graag weggaan – maar een laatste restje persoonlijke trots dwong haar voor het laatste te kiezen. Ze raapte al haar moed bij elkaar, beende naar de slaapkamer, drukte de deurkruk naar beneden en stapte naar binnen.

Meteen toen ze binnenkwam, werd het een chaos. Verrassing, schrik en paniekerige verontschuldigingen terwijl de naakte minnaars haastig iets aantrokken. Tim was al halverwege de kamer en probeerde haar naar buiten te werken, maar ze zag hem niet. Ze had alleen oog voor zijn minnares. De vrouw die ze al talloze malen stroop om de mond had moeten smeren als ze bij hen dineerde. Lucy White.

Ceri Harwood schudde haar man af en strompelde de trap af

naar de keuken. Haar eerste gedachte ging naar de meisjes – ze wilde niet dat die hier iets van meekregen – dus stuurde ze een andere moeder van school een berichtje om te vragen of die ze kon oppikken. Ze verzon een laf smoesje voor de plotselinge noodzaak, en dat zette haar aan het denken. Zou het voortaan zo gaan, dat zij loog om haar pijn en Tims overspel onder het tapijt te vegen? Wat moest je je kinderen in zo'n situatie in godsnaam vertellen?

Ceri ging op een harde keukenstoel zitten. Niets hiervan leek ook maar enigszins echt, maar toen ze de voordeur behoedzaam dicht hoorde gaan en Lucy's zachte voetstappen de trap af hoorde tikken, de vrijheid tegemoet, wist ze dat het maar al te echt was. Deze dag was slecht begonnen, gestaag akeliger geworden en geëindigd in absolute ontzetting.

Het enige wat ze nu nog tegemoet kon zien, waren de gevolgen.

74

Ze zaten weggedoken in een zithoekje achter in het restaurant, ver van spiedende ogen. Helen was eerst van plan geweest Daniel Briers te vragen naar het bureau te komen, maar ze had zich bedacht. Te weinig privacy en veel te formeel – ze had een enorme hekel aan de vreugdeloze beige muren van de familiekamer, die alle kracht en moed leken weg te zuigen uit iedereen die er een voet over de drempel zette. Hoewel een exclusieve eetgelegenheid een ongebruikelijke plaats was om Daniel op de hoogte te stellen van de ontwikkelingen, vond Helen dat ze de juiste keuze had gemaakt. De gebruikelijke formaliteit was tussen hen al lang een gepasseerd station.

Daniel luisterde zorgvuldig terwijl Helen hem bijpraatte over de ontdekkingen op het strand. Ze was niet in details getreden omdat ze kon zien dat ze hem nog verder kwelde, maar de bedoeling was duidelijk.

'Het gaat dus om een seriemisdadiger? Een... seriemoordenaar?' Daniel sloot zijn ogen toen hij de woorden uitsprak.

'Dat denken we.'

'Goeie god, wat moet ze wel niet hebben doorgemaakt?'

Hij keek op en van zijn gezicht was zowel een enorm verdriet als een grote behoefte af te lezen. Net als alle nabestaanden in dergelijke verschrikkelijke situaties had Daniel na de bevestiging van zijn grootste angst gehoopt op een snelle veroordeling en een heldere, begrijpelijke verklaring. Een ongeval in huis. Een misdaad uit hartstocht. Een ongeluk waarna de dader was doorgereden. Maar om je voor te stellen dat je dochter het slachtoffer – het speeltje – van een seriemoordenaar is geworden, dat zou ieders verstand te boven gaan.

'Wat heeft hij met ze gedaan?'

Het viel Helen op dat hij 'ze' zei, alsof de pas op het strand gevonden lichamen op de een of andere manier losstonden van Pippa. Ze kon het hem niet kwalijk nemen – ze zou in zijn plaats precies hetzelfde doen – maar voor haar was duidelijk dat de drie vrouwen allemaal ten prooi waren gevallen aan een productieve en geoefende moordenaar. De omstandigheden van hun begrafenis, het feit dat ze allemaal zorgvuldig waren ontdaan van zaken die identificatie mogelijk hadden kunnen maken en vooral de tatoeage van een blauw vogeltje op alle drie de lijken maakten duidelijk dat het om dezelfde dader ging.

'Daar zijn we nog mee bezig.' Helen vermeed elke vermelding van mortuaria en secties. 'Maar niets wijst erop dat hij ze geweld heeft aangedaan en dat hij seksuele motieven had...'

'Wat dan? Heeft hij ze gewoon dood laten hongeren?'

'Ik weet het niet, Daniel, maar we komen er wel achter.'

Daniel liet het bezinken, maar hij zei niets en staarde naar zijn voeten.

Instinctief probeerde Helen zijn gedachten te lezen, zich voor te stellen welke verschrikkelijke beelden er door Daniels hoofd gingen over hoe zijn dochter, alleen en bang, langzaam en geleidelijk was doodgegaan. Terwijl ze tegen alles in hoopte dat de persoon die echt van haar hield, haar vader, haar zou verlossen uit een nachtmerrie die werkelijkheid was geworden. Wanneer had ze beseft dat er niemand zou komen?

'Je pakt hem toch wel?' zei hij eindelijk, en zijn stem brak.

'Ik heb je mijn woord gegeven. Er zal recht geschieden voor Pippa.'

Hij keek naar haar op met ogen vol tranen. Toen pakte hij haar hand en zei alleen maar: 'Dank je, Helen. God zegene je.'

75

Hij spreidde zijn buit uit op het bed. Die vormde een soort hoorn des overvloeds van goedkope cosmetica en zag er exotisch en glamoureus uit in de smerige kelder. Er kwam onwillekeurig een gevoel van rust en tevredenheid over hem. Ze had hem ergens om gevraagd en hij had haar meer gegeven dan ze had durven dromen.

Ze lachte van oor tot oor. Overlaadde hem met loftuitingen en complimenten. Wat leken hun kleine onenigheden en ruzietjes nu onbelangrijk. Waarom had hij zich eigenlijk zorgen gemaakt? Ze moest gewoon een beetje afgericht worden. Maar de beloning was de moeite meer dan waard en hij koesterde zich in de warme gloed van haar goedkeuring.

'Ik wist niet precies wat je wilde, dus heb ik van alles wat gekocht. Mascara, lippenstift, wimperkrullers, spul voor je nagels.'

Hij genoot van al die kleuren: de gouden kokertjes, de dieprode lippenstiften, de felroze nagellak. Van al die vrouwelijkheid raakte hij opgewonden.

'Dank je.'

'Als je dit mooi vindt, kunnen we ook eens denken aan andere spullen. Wat nieuwe kleren, misschien wat ondergoed...'

De laatste woorden zei hij heel snel, omdat hij niet wilde dat ze zijn verlegenheid zou opmerken, en hij ging meteen verder met andere luxeartikelen en snuisterijen die haar wellicht zouden aanstaan. Intussen voelde hij zijn erectie toenemen. De gedachte aan haar als zijn kleine stukje hemel, verborgen voor de wereld, werd hem te veel.

Hij verontschuldigde zichzelf en haastte zich naar buiten. Toen de zware deur eenmaal was vergrendeld en afgesloten, leunde hij met een weldadig gevoel tegen het koude metaal. Hij had zo veel doorstaan, had zo afgrijselijk geleden, maar nu kwam alles eindelijk goed. Ze was van hém.

76

Wat deed hij in godsnaam daarbuiten?

Ruby zat op het bed, strak van de spanning. Haar ontvoerder had de deur dichtgedaan en afgesloten, maar waarom ging hij niet weg? Haar blik was gericht op het luikje – ze verwachtte dat het elk moment opengeschoven kon worden. Opeens drong tot haar door hoe beperkt haar mogelijkheden waren. Ze had hier nergens macht over.

Nog steeds geen geluid, geen beweging. Had ze de situatie verkeerd beoordeeld? Vertrouwde hij haar niet? Ze keek naar de cosmetica op het bed. Belachelijke prullen om een gruwelijke realiteit op te leuken. Ze had gedacht dat de aankoop iets betekende, een bereidheid om haar te vertrouwen, maar nu was ze daar niet meer zo zeker van. Maar ze had hier te veel denkwerk in zitten om over de eerste horde te vallen.

Het geluid van voetstappen dat zachtjes wegstierf. En uiteindelijk helemaal verdween. Nog steeds bleef Ruby stokstijf zitten. Ze kon het niet helemaal geloven. Ze wilde niets overhaasten voor het geval hij opeens terugkwam.

Maar de stilte werd niet meer verstoord, dus griste ze snel de wimperkruller van het bed. Ze ging eroverheen met haar vingers – zoals ze had gehoopt, was het een goedkoop ding en geen apparaat voor visagisten. Ze greep de gebogen kop en duwde en trok om die los te krijgen. Maar hij wilde niet afbreken. Vloekend tilde Ruby de ijzeren poot van het bed op, zette hem stevig op de kop van de kruller om hem op de vloer vast te zetten en trok toen de rest van het apparaatje hard naar achteren. Het kwam met een bevredigend knappend geluid los. Ze tilde het bed weer op, haalde de kop eronderuit en ging erop staan met haar hak. Eerst voorzichtig, maar toen met meer kracht stampte ze op het stukje metaal. De harde, stoffige vloer leverde niet meer geluid op dan een doffe bons en vreemd genoeg voelde Ruby zich volkomen veilig. De adrenaline maakte haar roekeloos.

Ze pauzeerde even om het zweet van haar voorhoofd te vegen. Toen ze haar voet optilde, zag ze dat het gebogen stuk metaal nu plat was.

Ze pakte het op en trok de lakens, de deken en uiteindelijk ook de matras van het ijzeren bed. Nu moest ze snel zijn. Ze bukte en bekeek het kale bed. Het had een zwaar, metalen frame: vier poten, een spiraalbodem en een hoofdbord. Het hoofdbord zat met twee metalen schroeven vast aan het frame. Ze waren heel strak aangedraaid en ze had er eerder geen beweging in kunnen krijgen, maar toch ging Ruby ermee aan de slag. Ze duwde de platgeslagen kruller in de sleuf van de schroef en draaide zo hard ze kon.

Niets. De schroef gaf absoluut niet mee. Ruby voelde de tranen al opkomen. Ze verdubbelde haar inspanningen. Een paar seconden later gaf ze het vloekend op. Het kon toch niet allemaal voor niets zijn geweest?

Ze schraapte de laatste restjes vastberadenheid bij elkaar en probeerde het nog eens. Haar vingers deden pijn toen ze uit alle macht draaide en het dunne metaal van de kruller sneed in haar huid. Ze zette nog meer kracht en voelde de huid splijten, en toen gebeurde het eindelijk. De schroef kwam in beweging. Eerst zwaar, daarna sneller en niet veel later hield ze hem in haar hand.

Dat was één. Nog drie te gaan.

77

Lloyd wist dat er iets heel erg mis was zodra ze de deur voor hem opendeed. Ceri Harwood zag er altijd zo verzorgd uit, was altijd zo angstaanjagend meester over zichzelf en de situatie, dat hij even met zijn mond vol tanden stond. Hij had haar nog nooit van streek gezien en hij had haar zéker nooit dronken gezien. Ze weet haar dikke tong aan de pillen die ze had genomen voor een verkoudheid, maar Lloyd rook de wijn op haar adem.

Ze was kennelijk vergeten dat ze elkaar die avond zouden spreken en dat maakte hem boos, dit was verdomme wel erg nonchalant. Ze bleef hem even dom staan aankijken, alsof ze hem probeerde te plaatsen, en toen draaide ze zich zonder iets te zeggen om en ging weer naar binnen. Lloyd voelde zich voor paal staan met de envelop in zijn hand, als een ongewenste postbode. Wat moest hij doen? Naar binnen gaan of hier wachten? Werd hij weggestuurd? Of verwelkomd?

Lloyd stapte snel naar binnen. Hij kwam hier om iets te doen en wilde meteen weer weg – het had geen zin op een plek te blijven staan waar mensen hem zouden kunnen zien. Een donker gezicht zou in dit deel van de stad meer belangstelling wekken dan elders en hij wilde zo anoniem mogelijk blijven.

'Hallo?' Zijn stem leek te weergalmen in het grote en mooi ingerichte huis.

'Beneden,' klonk het lusteloze antwoord.

Hij liep een steile wenteltrap af naar de grote keuken in het souterrain. Hij vond het zwak van zichzelf, maar hij voelde zich hier hoogst ongemakkelijk. Niet dat hij een probleem had met rijke mensen, met mensen die genoten van de vruchten van hun arbeid, maar ze stonden zo ver van hem af. Hij had nooit luxe of voorrechten gekend. Ook al had hij een huis van deze omvang gehad, dan zou hij nog niet weten wat hij ermee moest doen.

'Iets drinken?'

Harwood glimlachte somber naar hem terwijl ze een glas tot de rand toe volschonk.

'Nee, dank u. Ik moet terug.'

'Onzin,' antwoordde Harwood, en ze duwde hem het glas in de hand. 'Wat is het nieuws van het front?'

Lloyd keek neer op het glas in zijn hand en de woede flitste door hem heen. Ze had niet het recht om spelletjes met hem te spelen.

'De lichamen zijn inmiddels allebei opgegraven en liggen bij Jim Grieves. We hebben ze nog niet officieel geïdentificeerd, maar we zijn er voor negenennegentig procent zeker van dat het om Roisin Murphy en Isobel Lansley gaat.'

Harwood dronk haar glas leeg.

'De pers?'

'Nog niets, maar nu het strand weer is afgesloten, zal het niet lang duren voor we vragen krijgen. Hebben we de mediastrategie al met de persafdeling besproken?'

'Geef die gieren maar gesigneerde exemplaren van Helens foto. Dan zijn ze wel tevreden.'

Lloyd besefte dat ze een grapje wilde maken, maar daar werd de situatie alleen surrealistischer van. Opeens wilde hij hier weg. Hij had geen idee wat de aanleiding was voor dit ongebruikelijke gedrag, maar het stond hem niet aan. Voor het eerst besefte hij dat

Harwood alles misschien niet zo goed onder controle had als ze had beweerd.

'Hier.'

Hij stak haar de envelop toe.

'Leg maar daar neer,' zei ze met een gebaar naar het obsceen grote kookeiland met het marmeren werkblad voordat ze weer naar de koelkast liep.

'Waar denkt u verdomme dat u mee bezig bent?'

Eindelijk kwam Lloyds woede aan de oppervlakte.

'Hebt u enig idee hoe gevaarlijk dit is? Voor mij? Voor ons? Als het u zo weinig kan schelen, waarom bent u er dan mee begonnen?'

Harwood bleef staan en draaide zich om. Ze keek eerder verrast dan beledigd na zijn uitbarsting. Ze wierp een blik op de envelop en toen verzachtte haar gezicht. Langzaam liep ze weer naar hem toe.

'Neem me niet kwalijk, Lloyd,' zei ze zachtjes. 'Het is een heel zware dag geweest.'

Ze leek niet goed te weten of ze nog meer moest zeggen. Lloyd wist van zijn kant niet hoe hij moest reageren.

'Ik weet hoe dit eruitziet. Maar ik ben je dankbaar voor alles wat je gedaan hebt. Ik weet dat ik altijd van je op aan kan.'

Ze keek hem met een warme blik aan.

'Laten we mijn slechte gedrag dus maar vergeten, een borrel nemen en ergens anders over praten, goed?'

'Ik wil geen beslag leggen op uw tijd. Vooral niet als Tim thuis is en...'

'Ik heb hem eruit geschopt.'

Weer stond Lloyd met zijn mond vol tanden. Ze leek niet veel zin te hebben om er verder nog iets over te zeggen. Harwood deed nog een stap naar hem toe en haar gezicht bevond zich nog maar een paar centimeter van het zijne.

'Zullen we op de bank gaan zitten, iets drinken en ons ontspannen?'

Terwijl ze het zei, streelde ze met haar vinger langs zijn gezicht, over zijn lippen en over zijn kin voordat haar hand tegen zijn borst belandde. Haar ogen sprankelden fel, maar hij voelde geen begeerte, alleen een mengeling van ontzetting en medelijden.

Zachtjes haalde hij haar hand weg, gaf haar zijn nog volle glas terug en zei: 'Ik moet echt naar huis.'

78

Jim Grieves zei nooit veel, maar vandaag was hij nog zwijgzamer dan anders. De reden daarvoor was duidelijk: de twee vrouwen in staat van gedeeltelijke ontbinding, naast elkaar op de tafels in zijn mortuarium. Ze zorgden voor een piek in Jims werklast – wat hij nooit kon waarderen – maar verder betekenden ze ook een paar deprimerende uren in het gezelschap van twee jonge mensen die nog een heel leven voor zich hadden moeten hebben. Jim was een sarcastische vijftiger die vernietigende kritiek leverde op van alles en nog wat, die zijn werk uitvoerde met veel galgenhumor, maar hij had zelf volwassen dochters en Helen zag aan hem dat hij geraakt werd door de pas aangekomen stoffelijke overschotten in het mortuarium.

'Roisin Murphy en Isobel Lansley,' begon Jim. 'De afdeling Vermiste Personen had hun gebitsgegevens in het dossier. Ik heb DNA-monsters naar het lab gestuurd voor een extra controle, maar er bestaat geen twijfel.'

Helen knikte.

'Hoe lang?'

'Roisin ongeveer twee jaar. Isobel minder: een jaar tot achttien maanden.'

Nog twee meisjes die na hun dood in leven waren gehouden via tweets en berichtjes. Het schonk Helen geen voldoening om te merken dat ze gelijk had gehad toen ze zei dat de moordenaar behoefte had aan nieuwe slachtoffers.

'Ik heb nog wat langer de tijd nodig om je een doodsoorzaak te kunnen geven. Maar waarschijnlijk is er bij allebei uitval van de organen opgetreden, in welke vorm dan ook. Ze zijn doodgehongerd en in het donker opgesloten. Net als bij Pippa zijn hun ogen achteruitgegaan, er is totaal geen vitamine D meer in hun lichaam te ontdekken en hun huid lijkt wel van leer. Op een gegeven moment heeft het lichaam zichzelf gewoon uitgeschakeld. Na de sectie kan ik preciezer zijn.'

Helen had geweten dat dit ging komen, maar ze raakte er toch door van streek.

'We hebben hier wel iets wat we bij Pippa niet hebben gezien. Alle drie de lichamen zijn gewassen, door de moordenaar of door Moedertje Natuur, maar bij Isobel heb ik iets vreemds aangetroffen. Twee van de haren in haar pony zaten aan elkaar geplakt. Dat is niet heel vreemd – nat zand is kleverig – maar er zat een soort oplosmiddel aan.'

'Enig idee wat het is?'

'Geen flauw idee,' antwoordde hij opgewekt. 'Niet mijn afdeling. Maar ik heb het naar het lab gestuurd en gezegd dat we het binnen een paar uur moeten weten. Je kunt je voorstellen wat ze daarop te zeggen hadden.'

Helen glimlachte, voor het eerst die dag. Jim vond niets zo leuk als de laboranten op stang jagen, die hij onterecht wegzette als robots.

'Wat kun je vertellen over de tattoo?' drong ze aan.

'Dezelfde pigmenten als bij Pippa. Moeilijk te zeggen of hij dezelfde naald heeft gebruikt. Als er bacteriën op zitten, kan dat ons helpen om dat te bepalen. Maar één ding is duidelijk; hij wordt er beter in. De tattoo van Isobel was veel beter gedaan dan die van Pippa.'

Daar dacht Helen over na.

'In feite,' ging Jim verder, 'kun je deze inkt en naalden online kopen of in tientallen winkels in Hampshire. Ze zijn heel gewoon en ik weet niet goed of je er wel iets aan hebt. Als ik jou was, zou ik me concentreren op het ontwerp. Zoek uit waarom dat blauwe vogeltje zo belangrijk voor hem is.'

Niet lang daarna vertrok Helen, nadat ze Jim had bedankt voor zijn werk. Hij had uiteraard gelijk, maar daar hadden ze niet veel aan. Ze hadden het noodzakelijke onderzoek gedaan naar de tattoo, maar er was de laatste tijd niemand opgepakt die een dergelijke tatoeage had en er was ook niets te vinden over gevonden lichamen die op die manier waren versierd. In de computer stonden alleen de dossiers van tien tot vijftien jaar geleden, dus het kon zijn dat de gegevens er wel waren, maar dat ze van voor het computertijdperk stamden, en ze kon geen kostbare mankracht inzetten om het archief door te spitten. Het resultaat was dat ook deze onderzoekslijn twijfelachtig was.

Er was echter nog één kaart die ze kon uitspelen, hoewel het geen kaart was die ze heel graag wilde gebruiken. Ze zat er nog steeds over na te denken hoe ze dit moest aanpakken toen haar telefoon ging.

Ze kreeg een zeer opgewonden rechercheur Sanderson aan de lijn.

79

Lloyd was halverwege de stenen trap toen hij haar hoorde roepen. 'Lloyd?'

Hij was zo abrupt en onbeleefd vertrokken dat het hem niet verbaasde. Hij had zich laten leiden door zijn instinct, hij wilde gewoon weg. Maar nu bleef hij staan. Ze was tenslotte zijn baas. Ze stond in de deuropening naar hem te wenken, alsof ze wilde voorkomen dat haar buren haar zagen. Hij onderdrukte zijn irritatie en ging langzaam weer naar boven tot hij voor haar stond. Waarom had hij het gevoel dat hij bij de hoofdmeester was geroepen? Híj had niets verkeerds gedaan.

'Ik wil nog even iets zeggen voor je weggaat.'

In Lloyds ogen leek Harwood opeens veel killer en beheerster dan vijf minuten geleden. Iets van de harde professionaliteit kwam terug, ondanks haar kennelijke staat.

'We vergeten dat dit ooit gebeurd is. Van nu af aan is alles weer als vanouds.'

Ze koos haar woorden zorgvuldig en sprak ze met grote nadruk en overtuiging uit. Lloyd voelde dat hij weer meegezogen werd.

'Ik waardeer wat je allemaal voor me gedaan hebt,' ging ze afgemeten door, 'en het zou jammer zijn als onze nauwe samenwerking op enige manier in gevaar kwam, vind je ook niet?'

Lloyd knikte, hoewel hij precies het tegenovergestelde dacht.

Misschien voelde Harwood dat aan, want ze boog zich naar hem toe, zodat haar lippen bijna zijn oor raakten.

'Keer je niet tegen mij, Lloyd.'

Toen deed ze een stap naar achteren en sloot de voordeur.

Terwijl hij naar huis reed, vervloekte Lloyd zichzelf omdat hij zo dom was geweest. Waarom had hij zich ooit met Harwood ingelaten? Was hij echt zo stom om te denken dat hij hier zonder kleerscheuren vanaf kon komen? Het had aanvankelijk zo eenvoudig geleken, maar nu zag hij in dat hij een dwaas was geweest. Was hij gaan geloven in zijn eigen reputatie, die van de onberispelijke jongen, die gestaag de carrièreladder besteeg zonder dat iemand ooit vat op hem kreeg? Witter dan wit, dat werd overal over hem gezegd, een uitspraak die hem woedend maakte door het onderhuidse racisme. De politiek correcte braverik met zijn smetteloze blazoen. Lloyd wist dat hij daardoor niet erg populair was, maar vreemd genoeg hield hij zich er nu toch aan vast door zichzelf voor te houden dat het betekende dat hij beter en toegewijder was dan die andere sukkels. Had hij dat nu allemaal weggegooid?

Lloyd parkeerde de auto en liep naar zijn voordeur. In de woonkamer brandde licht, wat betekende dat zijn vader nog op was. Lloyd voelde meteen de irritatie opwellen – waarom bleef hij altijd zo laat op? – en toen een golf van schaamte. Hij kon wel kritiek hebben op zijn vader, maar eigenlijk was hij boos op zichzelf.

'Hoe was het vandaag?'

Caleb keek naar zijn zoon en deed meteen de tv uit. Het was alsof hij Lloyd had zitten opwachten, alsof hij de hele dag op gezelschap had zitten wachten en nu gretig zijn kans greep. Lloyds broer en zus kwamen hier nooit en zijn vader kreeg ook geen bezoek meer van oud-collega's, wat betekende dat hij net als veel oude mensen het grootste deel van de dag alleen was. Lloyd had geprobeerd hem zover te krijgen dat hij lid werd van clubjes en had op een gegeven moment zelfs iemand willen betalen om hem gezelschap te komen houden, maar zijn vader had het allemaal weggewuifd. Hij had niets te zeggen tegen onbekende mensen, zei hij. Hij wilde alleen tijd doorbrengen met familie. Met Lloyd, dus.

'Zoals altijd,' antwoordde Lloyd nonchalant.

'Weet je het zeker? Je lijkt een beetje... aangeslagen, zoon.'

Lloyd haalde zijn schouders op.

'Wat gedoe op het werk. Niet heel belangrijk.'

'Problemen met een zaak?'

'Nee, alleen... personele kwesties,' antwoordde Lloyd.

'Wil je erover praten?'

'Dank je, pa, maar eigenlijk wil ik alleen maar naar bed. Ik ben kapot.'

Caleb zei niets en Lloyd bleef waar hij was, alsof hij wachtte op toestemming van zijn vader.

'Je kunt bij mij heus wel je hart uitstorten, zoon. Ik weet dat ik het je niet altijd gemakkelijk heb gemaakt, maar... je kunt met me praten. Dat zou ik graag willen.'

Verbeeldde Lloyd het zich of klonk er een lichte trilling door in de stem van zijn vader? Voelde hij zich echt zo eenzaam? Zo buitengesloten door zijn eigen zoon? Hij keek even naar zijn vader, die snel zijn ogen neersloeg.

Lloyd bleef nog even over ditjes en datjes praten en toen ging hij naar bed. Om eerlijk te zijn wilde hij niet praten, wilde hij niet stilstaan bij zijn domme roekeloosheid door gemene zaak te maken met Harwood. Waardoor hij uiteraard alleen maar een grotere hekel aan zichzelf kreeg.

Hij voelde zich vandaag een mislukkeling, als politieman en als zoon.

80

Sanderson vroeg zich af of ze in de ogen van een moordenaar keek. Hij ving haar blik en keek toen snel weg naar Helen, die tegenover hem aan het bureau zat.

Andrew Simpson was zichtbaar zenuwachtig geworden toen hij aan het eind van de werkdag terugkwam en in zijn kantoor twee politiemensen had aangetroffen. Bij Sandersons eerste bezoek was hij vol zelfvertrouwen geweest, precies en behulpzaam, maar nu was hij op zijn hoede. Dit leek niet meer op een routinebezoek.

'Hoe goed kende u Roisin Murphy?' vroeg Helen, die meteen ter zake kwam.

'Ik kende haar niet.'

'Maar u was wel haar huisbaas?'

'Dat betekent niet dat ik haar kende. Onze zaken worden voornamelijk online afgehandeld. Ik ontmoet de cliënten maar één keer als de contracten worden ondertekend, verder niet.'

'Verder geen contact.'

'Nee, tenzij ze een ernstige klacht hebben. Als het om kleine problemen gaat – lekkage, boilers en dat soort dingen – worden die door mijn mensen rechtgezet.'

'Mensen als Nathan Price.'

'Dat klopt. Het verbaasde me zeer om te horen dat hij was gearresteerd en dat hem seks met een minderjarige ten laste was...'

'We komen niet praten over Nathan Price. We komen over jou praten, Andrew.'

Sanderson onderdrukte een glimlach. Ze keek graag naar Helen als die haar pokergezicht trok. Omdat ze lang, atletisch en knap was, dachten de mensen dat ze vriendelijk en voorkomend zou zijn, en dat was ook vaak zo. Maar Helen bezat een stalen kern en ze kon recht op haar doel afgaan, wat mensen tijdens verhoren helemaal van hun stuk bracht. Ze konden geen manier vinden om haar af te leiden, om het gesprek op dingen te brengen waarover ze zich zekerder voelden. Ze keek je zo intens en doordringend aan... Sanderson had menig crimineel zien zwichten voordat ze goed en wel begonnen waren.

'Dus u hebt Roisin maar één keer ontmoet?'

'Een of twee keer,' gaf Andrew toe, die langs zijn das streek.

Helen knikte en schreef het in haar aantekenboek. De subtiele verschuiving van één naar twee keer was genoteerd.

'En Isobel Lansley.'

'Ook.'

Hij beperkte zich tot éénlettergrepige antwoorden – een goed teken. Een teken dat ze hem al in een hoek hadden gedreven.

'Welk percentage van uw huurders is vrouw?' vroeg Sanderson, die zich er ook eindelijk mee ging bemoeien. Ze had het aan Helen overgelaten hem op stang te jagen, maar dit was haar deel van het onderzoek en ze wilde het gesprek in de juiste richting sturen.

'Ik zou het niet kunnen zeggen.'

'Doe eens een gok,' antwoordde Sanderson.

'Ik weet niet... Vijftig tot zestig procent.'

'We hebben hier een gerechtelijk bevel dat ons volledige toegang geeft tot de lijst met huurders.'

Andrew Simpson staarde haar aan.

'Als we dus de dossiers doornemen, zullen we volgens u ontdekken dat u ongeveer vijftig tot zestig procent vrouwelijke huurders hebt?' herhaalde ze.

Sanderson ving de snelle blik op die Andrew Simpson op de twee rechercheurs wierp die buiten het kantoor nauwgezet zijn dossierkasten doornamen. Zijn bezorgde secretaresse stond ernaast, volkomen overvallen door deze plotselinge en onverwachte indringers.

'Misschien niet vijftig tot zestig procent,' antwoordde hij uiteindelijk. 'Het is moeilijk om het zomaar te zeggen...'

'Hoeveel dan?' viel Helen hem in de rede.

'Negentig procent of zo.'

Sanderson wierp een blik op Helen, maar haar baas reageerde er niet op. De woorden bleven in de lucht hangen. Toen gaf Helen Sanderson met een heel licht knikje te kennen dat ze door kon gaan.

'Ongeveer negentig procent. Mogelijk zelfs een beetje meer, denk ik zo,' vervolgde Sanderson. 'Dat is statistisch gezien hoogst onwaarschijnlijk als ze willekeurig zijn gekozen. Waarom hebt u zo veel vrouwelijke cliënten?'

Het woord 'u' werd enigszins luider uitgesproken dan de rest van de zin.

'Omdat ze minder problemen geven. Ze zijn schoner, georganiseerder, betrouwbaarder...'

'Niet altijd,' gaf Sanderson terug. 'Pippa Briers is zomaar vertrokken, toch?'

Simpson aarzelde even en zei toen: 'Ja.'

'En Roisin Murphy? Heeft die zich aan de opzegtermijn gehouden?'

'Niet dat ik me kan herinneren,' gaf hij toe.

'En Isobel Lansley?'

'Ik zou in het dossier moeten kijken...'

Sanderson keek hem boos aan.

'Maar ik geloof het niet,' erkende hij.

Stilte. Een lange, beladen stilte.

'U moet weten dat eerder vandaag de lichamen van Roisin Murphy en Isobel Lansley zijn gevonden. Net als Pippa Briers waren ze uw huurders. Is er iets wat u ons over hen zou willen vertellen?' vroeg Helen.

Simpson schudde vastberaden zijn hoofd. Sanderson zag de eerste zweetdruppels op zijn voorhoofd verschijnen.

'Naar onze schatting zijn ze ergens binnen de laatste twee tot drie jaar vermoord. Volgens mij hebt u ze allebei een beetje langer gekend. Klopt dat?'

'Ik heb al gezegd dat ik ze niet echt kende. Ja, ze hebben een aantal jaar bij me gehuurd, maar...'

'Vertel me over de flat van Isobel Lansley,' onderbrak Helen weer. 'In welke staat was die toen u zich na haar verdwijning toegang verschafte?'

'In een prima staat. Ze hield alles altijd heel netjes op orde. Ze was heel schoon.'

'Ik dacht dat u zei dat u haar niet kende?' vroeg Helen snel.

'Dat is ook zo. Ik bedoel dat het heel schoon en opgeruimd was toen ik er kwam.'

'Geen sporen van een worsteling? Kapotte meubels of zo?'

'Nee.'

'Het slot van de voordeur was intact? Geen opengebroken ramen?'

'Nee, niets van dat alles.'

'Dus ze heeft haar moordenaar binnengelaten... of heeft hij zichzelf binnengelaten?'

Andrew Simpson zei niets.

'U hebt naar ik aanneem sleutels van alle appartementen?'

'Natuurlijk,' antwoordde hij met tegenzin. 'Ik leen ze soms uit aan werklui als er iets gedaan moet worden...'

'Maar het zou niet moeilijk voor u zijn om zo nodig extra sleutels te laten maken.'

Simpson haalde zijn schouders op.

'Ik vermoed dat ze allemaal zijn ontvoerd door iemand die toegang tot hun flat had. Vindt u dat geen terechte veronderstelling?' ging Helen verder.

'U bent van de politie, ik niet,' antwoordde hij effen.

Helen knikte.

'Hoeveel flats bezit u in Southampton en omgeving?'

'Tweeënveertig,' luidde het snelle antwoord.

'En bezit u nog ander onroerend goed?'

'Nee. Behalve mijn eigen huis, uiteraard.'

'En u woont in Becksford?'

'Dat klopt.'

'Lekker rustige buurt, nietwaar?'

Andrew knikte en hield Helen zorgvuldig in de gaten. Helen keek terug, genietend van de spanning in het kantoor. Toen stond ze opeens op.

'Dat is voorlopig wel genoeg. Ik vrees dat we een paar mensen hier zullen moeten laten om het noodzakelijke papierwerk te vergaren. Dank u, u bent zeer behulpzaam geweest.'

Sanderson glimlachte ook dankbaar. Niets bracht verdachten zo van hun stuk als dankbaarheid en beleefdheid. Ze volgde het voorbeeld van Helen, schudde Simpson de hand en liep met haar mee het kantoor uit. Ze zwegen allebei toen ze naar de auto liepen. Het was niet nodig om iets te zeggen; Sanderson kende haar superieur goed en hoefde niet te vragen of ze de opwinding ook voelde. Eindelijk zat er schot in de zaak.

81

Het was al laat en Ceri Harwood zat alleen in het donker. Na haar onplezierige gesprek met Lloyd Fortune had ze de rest van de wijn door de gootsteen gespoeld en zich op de bank laten vallen. Daar lag ze nu en terwijl de kater langzaam zijn intrede deed, verweet ze zichzelf haar zwakte en gebrek aan zelfbeheersing. Het was erg genoeg om midden op de dag dronken te zijn, maar het was onvergeeflijk om dronken te zijn in bijzijn van een ondergeschikte. Wat zou hij nu denken? Was haar waarschuwing aangekomen? Had ze hem van zich vervreemd? De gedachte maakte haar misselijk.

Terwijl ze zichzelf zat te vervloeken, dwaalde haar blik naar het kookeiland en de envelop die erop lag. In alle chaos en emotie was ze die helemaal vergeten. Ergens wilde ze zich er nu niet mee bezighouden – er was de laatste paar uur zo veel gebeurd dat de dingen waar ze zich eerder druk om had gemaakt geen betekenis meer leken te hebben. Tims verraad had voor altijd haar blikveld veranderd. En toch… iets in haar opperde dat dit toch nog haar redding zou kunnen zijn. Een manier om staande te blijven in een wereld die ervan genoot haar te kwetsen.

Ze kwam moeizaam van de bank, liep naar het kookeiland en scheurde de envelop open. Zoals verwacht zat er een kleine cassette in. Ze haalde hem eruit, pakte een afspeelapparaatje en duwde het bandje erin.

Ze was te opgewonden om te gaan zitten – ze stond stijf van verwachting – dus ijsbeerde ze door de keuken nadat ze op PLAY had gedrukt. Eerst hoorde ze niets, alleen het geruis van stof tegen de microfoon. Ze wist dat er meer moest zijn – Lloyd zou het bandje niet zo haastig zijn komen brengen als er niets op stond – maar ze maakte zich toch zorgen.

Toen klonken er stemmen. Een mannenstem, vreemd, regionaal, onbekend, en toen die van een vrouw. Het gesprek verliep met horten en stoten en in de stiltes werd nagedacht over uitdagingen en een beslissing genomen. Het stel leek tot overeenstemming te komen, ondanks hun onenigheid. Toen dat gebeurde, gleed er een glimlach om Ceri's mond.

Ze bleef nog even luisteren. Het stel schudde elkaar niet echt de hand, maar er was een afspraak gemaakt. Ze had het gehoord, uit de eerste hand. Wat een vreemde dag was dit. Al die opschudding, al dat verdriet, maar toch had ze tussen de brokstukken van haar leven dat ene gevonden dat ze het liefst had willen hebben, waar ze al maanden naar op zoek was.

De middelen om Helen Grace kapot te maken.

82

Het was tien uur en de recherchekamer was verlaten, op twee eenzame gestalten na. Helen en rechercheur Sanderson zaten bij elkaar aan het bureau van de inspecteur de fotokopieën te bekijken van de documenten die het team uit Simpsons dossiers had gehaald.

Hij had tegen hen gelogen, dat was wel duidelijk. Hij had geen tweeënveertig flats, maar meer dan vijftig. Van sommige had hij het volledige eigendomsrecht – nadat hij een vervallen huis had omgebouwd tot vijf piepkleine, haveloze flatjes – voor andere was hij slechts de agent die de verhuur op zich nam. Interessant genoeg was hij bovendien eigenaar van een aantal andere panden in deplorabele staat, verspreid over het hele land: garageboxen, bijgebouwen en zelfs een of twee schuren. Sommige stonden op het platteland, andere in de stad, maar altijd op verlaten plekken.

Terwijl Helen de lijst doornam die Sanderson had opgesteld, kwam ze sterk in de verleiding om ze stuk voor stuk te doorzoeken. In een ideale wereld zou ze nu een zoekteam oproepen, compleet met helikopter, lijkenhonden en infrarode apparatuur, maar met zo veel panden zou dat enorm veel inzet vergen. Ze kreeg nooit toestemming om zonder ijzersterke bewijzen zulk zwaar geschut in stelling te brengen, en bovendien was ze er helemaal niet zo zeker van dat ze een huiszoekingsbevel zou krijgen.

Ze hadden maar één verband tussen Simpson en de dode vrouwen aan het licht gebracht – een sterk verband, dat wel – maar tot dusver was er nog geen hard bewijs dat de huurbaas iemand had ontvoerd of vermoord. Hij had geen strafblad, er waren geen getuigen die hem in verband brachten met dingen die het daglicht niet konden verdragen en er was nog geen enkele afbeelding gevonden die bewees dat hij een ongezonde belangstelling had voor jonge vrouwen. Helen had McAndrew opdracht gegeven om met een team van de technische recherche terug te gaan naar Ruby's flat. Als ze konden bewijzen dat Simpson daar was geweest, hadden ze iets substantieels in handen, vooral omdat hij blindelings had gezworen dat hij er in geen jaren was geweest.

Hoe graag Helen dus ook deuren had ingetrapt, ze wist dat ze dit op de ouderwetse manier moest aanpakken.

'Roep zo veel mogelijk leden van het team bij elkaar,' zei ze tegen Sanderson. 'En betrek de geüniformeerde dienst er ook bij. Ik wil dat elk van de panden op deze lijst wordt gecontroleerd. Klop op de deuren, doe navraag, zoek uit of iemand bij een van die bezittingen iets ongebruikelijks heeft gezien of gehoord. Kreten, gegil, brandende lampen midden in de nacht. Doe wat je moet doen, maar geef me iets waar ik wat mee kan.'

Sanderson stond al overeind, klaar om de telefoon te pakken en de troepen bij elkaar te brengen.

'Betekent dat dat je niet meedoet?'

'Ik zou dolgraag willen, maar ik heb iets onplezierigers in gedachten.'

Sanderson draaide zich geïntrigeerd om.

'Ik heb een afspraak met Emilia Garanita.'

83

Emilia Garanita liet haar blik nog eens over de voorpagina van de vorige dag gaan. Ze had de laatste tijd maar zo weinig koppen gekregen – ze was er zeker van dat de redacteur haar strafte voor haar verraad – dat ze zichzelf toestond hier eens fijn van te genieten. Het was een goed artikel met een fantastische foto van het fladderende politielint met daarachter niet één, maar twee plaatsen delict, iets achter elkaar. Het beeld bracht precies tot uitdrukking hoe ernstig de gepleegde misdaad was, en de somberheid van het strand en de eenzaamheid van de graven onderstreepten het feit dat de politie van Hampshire eens te meer op jacht was naar een seriemoordenaar. Emilia had die oude opwinding weer gevoeld toen ze de tekst schreef; eindelijk een groot verhaal waar ze haar tanden in kon zetten.

Toen Emilia de krant liet zakken, zag ze Helen Grace aan komen lopen. Het was zo'n gelukkig toeval dat ze even sprakeloos was: daar kwam de grote jager van Southampton Central op haar af benen, vers van de jacht. In het verleden had Emilia haar begroet met sarcasme en veelzeggende sneren, maar nu niet meer. Ze nam Helen mee naar het lege kantoor van de redacteur en deed de deur achter hen dicht.

'Ik heb je hulp nodig.'

Zoals gewoonlijk kwam haar voormalige tegenstander meteen

ter zake. Ondanks hun bewogen verleden was Emilia de eerste om toe te geven dat zij en Helen Grace het een en ander gemeen hadden. Ze werkten allebei in een door mannen gedomineerde omgeving en ze bezaten allebei een directheid en moed die andere vrouwen misten.

'Ik zal doen wat ik kan, graag zelfs,' zei Emilia opgewekt.

'We moeten een beter begrip krijgen van de betekenis van een tattoo die op alle drie de slachtoffers is aangetroffen.'

'Het blauwe vogeltje,' antwoordde Emilia.

'Precies. We hebben het niet kunnen terugvinden bij eerdere slachtoffers of daders. Dus het zou een doodlopend spoor kunnen zijn. Of zelfs een trucje om ons op het verkeerde been te zetten.'

Emilia knikte wijs en verdrong een glimlach. Helen Grace was nooit eerder zo open tegen haar geweest over een lopend onderzoek. Maakte ze zich zorgen? Zat ze vast? Of was dit het begin van toenadering?

'Maar het zou ook belangrijk kunnen zijn,' ging Helen verder. 'Als dat zo is, loopt er waarschijnlijk iemand rond die weet wat dat vogeltje betekent. Die het heeft gezien bij een vriend, collega of familielid. Ik weet dat de kans niet groot is, maar we gaan ervan uit dat de moordenaar hier in de buurt woont en hopen dat de *Evening News* dit groot zou kunnen brengen. Om de aandacht van de bewoners te trekken...'

'En bovendien de moordenaar angst aan te jagen?'

'Misschien.'

Tot zover en niet verder. Emilia genoot ervan weer mee te spelen.

'Ik zal het er met mijn redacteur over hebben, maar ik weet zeker dat hij graag zal willen helpen. Dit is van groot belang voor het publiek.'

En een sappig verhaal, dacht Emilia, maar dat zei ze niet.

Helen vertrok niet lang daarna, nadat er tot op zekere hoogte een staakt-het-vuren tussen hen was afgesproken. Emilia wist dat een dergelijk verzoek normaal gesproken door de persafdeling zou zijn afgehandeld, maar Helen was persoonlijk naar haar toe gekomen. Was haar vroegere vendetta tegen Helen van haar strafblad verwijderd? Emilia voelde de oude opwinding terugkomen. Dit zou haar goeddoen bij de krant – en wie weet nog in andere kringen. Dus toen Emilia aan haar bureau zat en het volgende hoofdartikel al half was geschreven, nam ze zich stilletjes voor dit verhaal tot het uiterste te benutten.

84

Ruby had de hele nacht geen oog dichtgedaan. Ze was uitgeput na haar inspanningen en onder normale omstandigheden zou ze meteen in slaap zijn gevallen, maar de hoop en de adrenaline hadden haar wakker gehouden. Tijd was hierbeneden een rekbaar begrip. Ze stelde zich voor dat de minuten en uren gestaag voorbijtikten, maar had geen idee hoe laat het eigenlijk was. Dus probeerde ze op te houden met tellen en aan andere dingen te denken.

Ze dacht eraan wat ze zou doen als ze vrij was. Aan alle dromen die ze uit angst, onzekerheid of gebrek aan middelen had laten varen. Ze zou nu zeker niet meer aarzelen. Dwaas of niet, ze stelde zich voor dat ze in Tokio was. Ze had altijd eens naar Japan willen gaan. Ze zou niet kunnen zeggen waarom, maar ze was een keer zo ver gegaan om een cd te kopen waarmee je jezelf Japans kon leren en had er een hele zomer ijverig naar geluisterd. Het meeste ervan was ze uiteraard al weer vergeten, maar sommige woorden waren blijven hangen. Ze hield nog steeds van de klanken. On-ajgie-sjie-mass. Kon-ietsj-ie-wa. Ze glimlachte tegen zichzelf terwijl ze de woorden door haar mond liet rollen en genoot van de vertrouwde geluiden.

Boven bewoog iets. Een geluid, toen nog een. Was het al ochtend? Misschien liep hij gewoon een beetje rond. Hij sliep niet erg goed en ze had hem op elk uur van de dag rond horen lopen.

Maar het feit dat hij zo lang stil was geweest, deed haar hopen dat de nacht eindelijk voorbij was.

Nu kwam het erop aan. Ruby klemde haar wapen nog iets beter vast. Ze kreeg maar één kans, dus ze moest het meteen goed doen. Stom genoeg merkte ze dat ze weer glimlachte, de opwinding verdreef de voorzichtigheid. Was het dom om hoop te koesteren? Kon het allemaal zo eenvoudig eindigen? Ze probeerde haar verwachtingsvolle gevoelens te temperen – het zou onverdraaglijk zijn als het nu nog mislukte – maar ze kon het niet helpen. Ze had zijn vertrouwen gewonnen. Ze had het element van de verrassing. En iets vertelde haar dat ze tegen de avond thuis zou zijn.

85

Hij lag in bed naar het plafond te staren. Een glibberige, roestkleurige vochtplek staarde terug. Hij nam de contouren en de kleurnuances in zich op en zag talloze verschillende dingen in de vorm: een eiland, een wolk, een zeilboot, een eenhoorn. Hij moest lachen omdat hij zo raar deed door in bed te blijven liggen en over allerlei onzin te dromen terwijl er zo veel gedaan moest worden, maar hij riep zichzelf niet tot de orde. Het was zo lang geleden sinds hij gelukkig had durven zijn – waarom zou hij er niet een beetje van genieten?

Zijn leven was donker en meedogenloos geweest sinds Summer was weggegaan. Hoe was hij al die jaren van ellende en eenzaamheid doorgekomen? Het leek gek om te bedenken dat hij meer dan tien jaar zonder haar had weten te overleven. Hij was verscheurd geweest toen ze hem in de steek had gelaten en bloosde nog steeds als hij eraan dacht hoe hij destijds Summer in zijn armen had gehouden en haar in het gezicht had geslagen om haar wakker te maken. Nadat het gebeurd was, had hij een maand geen woord kunnen uitbrengen, stom geslagen door de schok om dit plotselinge verraad. Tot zijn verrassing merkte hij dat hij zelfs nu nog de sterke, zure geur van het braaksel waarmee ze die nacht overdekt was geweest kon oproepen, als hij zich echt concentreerde.

Toen hij had beseft dat ze weg was, had hij zelfmoord willen plegen. Dat had het meest voor de hand gelegen en hij had er sinds die tijd vaak spijt van gehad dat hij niet had doorgezet. Hij was naar een doe-het-zelfwinkel gegaan en had alles gekocht wat hij nodig had, maar toen puntje bij paaltje kwam, had iets hem ervan weerhouden. Op dat moment had hij zichzelf wijsgemaakt dat Summer tussenbeide was gekomen en hem had weggehaald bij de rand van de afgrond. Maar nu vroeg hij zich af of hij niet gewoon te laf was geweest. Hij wist niet of het een teken van kracht of van ontrouw was dat hij nog leefde. Dat hij nog steeds probeerde gelukkig te zijn.

Sinds die tijd had hij talloze keren in dit bed gelegen en zich voorgesteld dat hij weer daar was. Als hij dacht aan die ruimte, aan hun kleine zolderkamer met de slecht aansluitende vloerplanken en de rottende balken, lag hij in zijn verbeelding altijd languit op zijn buik om tussen de vloerplanken door te kijken naar wat daaronder gebeurde, of op zijn rug met Summer, starend naar het plafond en in gedachten overal behalve daar.

Er stond zo veel troep in dat kleine kamertje, achtergelaten door de vorige bewoners. Hij en Summer hadden een toevluchtsoord voor zichzelf gemaakt van de afgedankte voorwerpen. Van een muffe rol tapijt, een oude theekist, een ouderwets poppenhuis en een vermoeide zitzak hadden ze een kringetje gemaakt waarin ze zich konden verstoppen, veilig voor de wereld in een cocon van geheimhouding en liefde. Ze hadden gelezen over magische cirkels en dingen die geluk brachten. Het idee had hen zo bekoord dat ze een beduimeld boek hadden gestolen uit de bibliotheek en als gekken gelachen hadden toen ze wegrenden voor de dikke bibliothecaris, en daarna hadden ze allerlei fantasiewoordjes uit dat boek gehaald en bezweringen uitgesproken over hun eigen kleine kring, in de hoop die veilig en ondoordringbaar te maken.

Toen ze eenmaal veilig waren, hadden ze hun aandacht gericht op het speelgoed binnen de magische kring. Ze stalen kostbare dingen bij Dixons – gameboys – en boeken, poppen en Top Trumpskaarten van andere kinderen, maar vreemd genoeg speelden ze nog het meest met het poppenhuis. Het was in een slechte staat toen ze het zich toe-eigenden. De plastic raampjes waren verdwenen en een kind had met pen op het dak getekend en dat ging er niet meer af, hoe hard ze ook schrobden. Toch waren ze er gek op, vooral omdat er twee poppetjes in zaten. Een met roze kleren, het andere met blauwe.

Ze namen ieder een poppetje, gaven het een geschikte naam en begonnen te spelen met de realiteit, waarbij ze deden alsof ze zich op verre plaatsen bevonden en een leven vol glamour leidden. Koning en koningin van alles wat ze konden zien. Het was een betoverende fantasie en ze speelden die elke dag uit tot ze in beslag werden genomen door andere interesses. Het was hun wereld, hun bijzondere wereld, en hij voelde nog steeds een diepe schaamte als hij eraan dacht hoe triest het poppenhuis aan zijn eind was gekomen – hij had het met zijn eigen handen in honderd stukken geslagen. Vol venijn had hij die vier muren vernietigd en op dat moment had hij spijt gehad dat hij geen lucifers had om het te verbranden. Wat was hij dom geweest. Er was niets in dit vervallen huis wat hem dierbaar was – bovengronds, tenminste. Hij zou dat poppenhuis gekoesterd hebben als hij het nog had gehad.

De wekker ging en dwong hem zijn dagdromen opzij te zetten. Hij had niet veel geslapen, maar vreemd genoeg had hij genoten van de half slapende toestand die vaak vreemde herinneringen naar boven haalde. Er was geen tijd om zich daar nog langer mee te vermaken. Hij moest naar zijn werk en was vastbesloten niets te doen wat de aandacht zou kunnen trekken. De politie was nu zo massaal in actie gekomen dat hij vooral moest zorgen geen enkele verdenking op zich te laden. Hij moest precies op tijd zijn. Voor de rest van de wereld was dit een dag als alle andere.

Maar als hij snel was, kon hij wel heel even naar beneden. Hij vond het een vreselijk idee dat ze zich eenzaam zou voelen, dus kleedde hij zich aan, haalde een kam door zijn haar en liep de slaapkamer uit. Zijn tred was veerkrachtig en hij voelde zich blij vanbinnen – dit werd een mooie dag.

86

Het is moeilijk om te moeten aanzien hoe iemand instort. Maar het ergste wat je kunt doen, is wegkijken. Het heeft geen zin om te doen alsof het niet gebeurt; je moet erdoorheen, de getroffen persoon bij de hand nemen en eruit helpen. En dat was wat Helen Grace deed, met de hulp van rechercheur McAndrew.

Sinead Murphy viel voor hun ogen ten prooi aan de wanhoop, gebroken door de uiteindelijke bevestiging dat haar dochter dood was. Helen was blij dat ze niet gisteravond met het nieuws was gekomen. Dat was haar eerste ingeving geweest toen ze uit het mortuarium vertrok, maar ze probeerde dat soort dingen nooit laat op de dag te doen. Het is beter de mensen zo vroeg mogelijk het verschrikkelijke nieuws te brengen, zodat de familierechercheur de kans heeft enige orde te scheppen en vrienden en familie de tijd hebben bijeen te komen voor de meedogenloze nacht valt. Op die manier heb je tenminste een kans dat de getroffen nabestaanden bij je vertrek weer een beetje zijn bijgetrokken.

Toen ze naar Sinead keek, die lange halen nam van de derde sigaret die ze sinds hun binnenkomst had opgestoken, vroeg ze zich af of dat geen stompzinnig optimisme was. Roisin was onder moeilijke omstandigheden verwekt en haar vader was bij haar eerste verjaardag al lang vertrokken. De geschiedenis had zich vervolgens herhaald. Roisins ex-vriend, Bryan, was bij Roisin weggegaan voordat hun zoontje Kenton kon lopen. Bryan zat ongemakkelijk op de bank naast zijn licht ontvlambare schoonmoeder, met wie hij nooit had kunnen opschieten. Ze vormden een vreemd stel; de te zware Sinead huilde boven haar kop thee terwijl de magere Bryan naar zijn voeten zat te staren. Hij had kennelijk geen idee wat hij moest voelen nu de moeder van zijn kind, die hem de deur had gewezen, dood was. Ondanks zijn uiterlijk, zijn houding en zijn gebrek aan emotie voelde Helen enig medeleven met hem. Het was voor iedereen een afschuwelijke situatie.

Vooral voor Kenton, de peuter die op het modderbruine vloerkleed met zijn blokken zat te spelen. Zijn hele leven was overhoopgegooid en dat werd alleen nog maar erger. Zijn moeder werd niet langer vermist, ze was vermoord. Helen wist heel goed dat dat feit hem zijn hele jeugd zou blijven achtervolgen. Helen had haar ouders bijna altijd gehaat, maar het feit dat ze door haar zus waren vermoord, zorgde ervoor dat ze vaak verschenen in haar dagdromen en nachtmerries en dan zwijgend allebei hun dochters beschuldigden van verraad. En bovendien wordt je kijk op het leven gekleurd als iemand die je na staat – ook al is het niet door liefde, maar door bloedbanden – wreed wordt vermoord. Het feit dat mensen die bij je zouden moeten zijn met grof geweld zijn weggenomen, zorgt ervoor dat je je nooit op je gemak voelt en altijd over je schouder blijft kijken.

'Hoe was Roisin als moeder?'

Aan Sinead zouden ze niet lang meer iets hebben – ze stond aan de rand van een totale instorting – dus drong Helen aan om nog zo veel mogelijk informatie uit haar te krijgen.

Na een lange stilte zei Sinead eindelijk: 'Het was niet gemakkelijk voor haar. Ze was nog zo jong. Geen van haar vriendinnen had kinderen en ze wilde gewoon feestvieren, weet je wel? Begrijp me niet verkeerd, ze was stapeldol op Kenton, maar ze was nog niet klaar voor het moederschap.'

'Dus toen ze verdween, hebt u het niet meteen gemeld?'

Sinead schudde haar hoofd en nam nog een lange haal van haar sigaret.

'Ze vond het zwaar. Kenton was geen goede slaper en Roisin was 's morgens nooit op haar best,' ging Sinead verder, en ze glimlachte even bij de herinnering aan haar weerbarstige dochter. 'Ze tweette dat ze een tijdje weg moest, dus het kwam niet als een heel grote verrassing...'

'Maar?'

'Maar toch voelde het niet goed. Kenton was alleen in de flat. De hele nacht. Als ze echt weg had gewild, had ze hem bij mij gebracht, daar ben ik zeker van. Ik zou natuurlijk moeilijk hebben gedaan – ik heb zelf problemen genoeg – maar ze weet dat ik nooit geweigerd zou hebben. Ik zou hebben gedaan wat ik kon.'

Helen twijfelde er niet aan. Het was duidelijk dat Sinead van haar kleinzoon hield. Het was het enige positieve in dit hele verhaal.

'Dus u maakte zich zorgen?'

Sinead knikte en vervolgde: 'Maar ik wilde de politie niet in de arm nemen, want ik was bang dat Roisin dan problemen zou krijgen. Ze had niet veel en ze is afhankelijk van haar uitkering om haar zoontje eten te kunnen geven.'

Bryan verschoof ongemakkelijk; Sineads oordeel over hem kwam luid en duidelijk door.

'Wat dacht jij ervan, Bryan?' Helen richtte haar aandacht op hem. 'Toen je hoorde dat Roisin was verdwenen?'

Bryan haalde zijn schouders op. Het was duidelijk dat hij dit zo snel mogelijk achter de rug wilde hebben.

'Was je verbaasd?'

'Het zal wel.'

'Waarom?'

'Omdat... omdat dit alles was wat ze had. De flat, het kind.'

'Je zoon?'

'Ja, oké.'

Helen keek naar hem. Ze had het gevoel dat er meer achter zat, dat zijn norse houding niet alleen te wijten was aan de voor hem ongemakkelijke situatie.

'Jullie woonden niet samen toen ze verdween?'

'Nee, we waren uit elkaar.'

'Hoe lang al voordat...'

'Een maand of zes.'

'En waar woonde je op dat moment?'

'Bij vrienden.'

Helen begon zich te ergeren aan zijn koppige afstandelijkheid, maar ze verbeet haar irritatie en hield vol.

'Heeft ze ooit iets tegen je gezegd wat je naderhand verdacht vond? Was ze bang voor iemand? Zat ze in de problemen?'

'Nee,' antwoordde hij schokschouderend.

Helen nam dit in zich op en vroeg toen: 'Wie had er een sleutel van Roisins flat toen ze verdween?'

Helen bracht het luchtig, maar het was een van de dingen die ze het belangrijkst vond.

'Ik, uiteraard,' antwoordde Sinead.

'Bryan?'

'Mijn sleutels heeft ze teruggevraagd.'

'Heb je jouw sleutel nog, Sinead?'

'Natuurlijk. Ik heb al haar spullen in dozen gepakt,' zei ze een beetje verontwaardigd.

'Ik wil alles wat je hebt graag zien. Ik hoop dat je dat begrijpt,' antwoordde Helen.

Sinead keek even naar Helen. Het was duidelijk dat ze er moeite mee had om de gekoesterde bezittingen van haar dochter uit handen te geven. Maar toen stond ze op en ging met McAndrew naar boven. Het gezonde verstand had gewonnen.

‘Is er wel eens ingebroken?’ Helen wendde zich weer tot Bryan.

Bryan schudde zijn hoofd.

‘Heeft ze soms iets gezegd over iemand die daar rondhing? Heeft ze ooit de sloten moeten vervangen? Liet ze merken dat ze zich onveilig voelde?’

‘Nee, niets van dat alles,’ zei Bryan. ‘Er was niets aan de hand.’

‘Jullie moeten de namen opschrijven van iedereen met wie ze contact had,’ ging Helen verder toen Sinead er weer bij kwam. ‘We moeten iedereen nagaan en kijken of iemand van hen reden had Roisin kwaad toe te wensen.’

Het stel beloofde te helpen. Eindelijk waren ze het met elkaar eens. Helen stond op, bedankte hen voor hun tijd en liep naar de deur. In de gang bleef ze staan kijken naar de dozen met bezittingen – drie stuks – die nu Roisins korte leven omvatten. Opeens werd ze overspoeld door verdriet, voor haar en voor haar zoon, en ze was blij dat ze met een woord van afscheid kon vertrekken. Toen ze wegliep, draaide ze zich nog eens om en keek door het raam van de woonkamer naar de achtergebleven familie. Bryan maakte aanstalten om weg te gaan, Sinead zat met haar hoofd in haar handen en achter haar zat Kenton in volslagen onwetendheid vrolijk te spelen.

87

Ze lag zoals gewoonlijk te slapen. Hij schoof het luikje dicht, trok de grendels open en deed de deur van het slot. Ondanks hun verbeterde relatie was hij nog steeds heel voorzichtig en bleef hij nooit hangen. Hij had al eens de prijs betaald voor onvoorzichtigheid.

'Summer?'

Hij schudde zijn hoofd en deed de deur achter zich dicht en op slot. Summer was nooit een ochtendmens geweest. Soms vond hij dat irritant en andere keren amusant. Vandaag had hij een toegeeflijke bui.

'Tijd om op te staan. We hebben niet veel tijd, maar ik kan iets lekkers voor het ontbijt maken als je daar zin in hebt. Ik zou pannenkoeken kunnen bakken...'

Ze was altijd dol geweest op pannenkoeken. Waarom zou hij haar niet af en toe verwennen?

'Summer?'

Hij liep snel naar haar toe. Toen hij bij het bed was, boog hij zich over haar heen.

'Zeg eens wat, Summer. Voel je je niet goed?'

Hij trok het laken weg, maar daaronder bleek slechts een opgerolde deken te liggen. Voordat hij dat kon verwerken, hoorde hij snelle voetstappen achter zich. Hij wilde zich omdraaien, maar het was al te laat. Hard metaal sloeg tegen zijn achterhoofd en hij viel zwaar op de vloer.

Hij probeerde omhoog te komen, maar het duizelde hem. Ruby aarzelde niet en sloeg nog eens met de lange metalen poot op zijn hoofd. De poot was zwaar en normaal zou ze moeite hebben gehad om hem omhoog te krijgen, maar onder invloed van de adrenaline zwaaide ze er nu vrijelijk mee en liet hem voor de derde keer op zijn hoofd neerkomen. Dit keer ging hij gestrekt en stond niet meer op.

Ruby liet het wapen vallen, zakte op haar knieën en stak haar hand in zijn broekzak. Hij was een gewoontedier en bewaarde de sleutels altijd in zijn rechterbroekzak. Maar hij was voorovergevallen en ze zaten vast onder zijn lichaam. Opeens raakte Ruby in paniek. Waarom had ze daar niet aan gedacht? Kon het door zoiets stoms, zoiets voor de hand liggends, nog mislukken?

Hij kreunde en bracht zijn hand naar zijn achterhoofd. Met al haar kracht zette Ruby haar schouder onder zijn heup en wrikte zijn lichaam van de grond. Hij was zwaar – zwaarder dan ze had verwacht gezien zijn magere lijf – en even hielden ze elkaar in evenwicht en wiebelden bijna komisch heen en weer. Toen rolde ze hem met een woeste grom om. Ze stak haar hand in zijn zak, vond de sleutels en rukte ze eruit.

Meteen ging ze op de deur af. Haar hand trilde toen ze de sleutel in het slot probeerde te steken. Haar ontvoerder kreunde nog eens. Ruby sloot haar ogen en bedwong het trillen in haar hand, en dit keer vond de sleutel de juiste groef en gleed naar binnen. Ze draaide hem hard naar links. Maar hij zat vast. Wanhopig draaide Ruby zo hard ze kon de andere kant op. Maar er was nog steeds geen beweging in te krijgen. Ze keek neer op de sleutelring en besefte ze dat ze de verkeerde sleutel had.

Ze trok aan de sleutel, maar die zat nu vast. Haar ontvoerder kwam inmiddels weer in beweging. Ruby hoorde hoe hij achter haar langzaam omhoogkwam. Ze voelde zich verlamd; pure doodsangst beroofde haar van het vermogen zich te bewegen. Hij vloekte en spuwde en zijn verwarring en shock werden verdrongen door woede. Als ze nog langer aarzelde…

Ruby trok uit alle macht aan de sleutel en die schoot plotseling los, zodat ze achteruit struikelde, op haar ontvoerder af. Ze voelde zijn hand naar haar been grijpen, krabbelende vingers die zochten naar een goede grip. Ze schopte hem ruw weg en schoot weer naar de deur.

Ze koos de tweede sleutel en stak hem in het slot. Toen draaide ze hard, maar het slot was oud en zwaar en weerstond koppig haar inspanningen. Met beide handen en gillend van wanhoop dwong ze de sleutel tegen de klok in te draaien en… eindelijk kwam er beweging in het slot. Ruby trok de deur open.

Haar eerste ingeving was om het op een rennen te zetten, maar die weerstond ze en ze draaide zich om met de bedoeling de sleutel uit het slot te trekken. Als ze hem kon opsluiten, was ze veilig. Ze trok aan de sleutels, maar te hard en ze schoten uit haar hand en kwamen maar een paar centimeter van haar ontvoerder op de grond terecht. Ze deed een paar passen naar hem toe, maar kwam abrupt weer tot stilstand. Hij zat al op handen en knieën en kroop naar haar toe. Ze griste de sleutels weg, draaide zich om en rende voor haar leven.

Ze sprintte door de korte, donkere gang en kwam al snel bij een tweede afgesloten deur. Dat had ze verwacht. Hij deed deze deur altijd heel zachtjes dicht, waarschijnlijk om haar niet te laten horen dat hij er was, maar ze had het toch gehoord en ze had de tweede sleutel aan de bos gezien. Die sleutel schoof ze in het slot – haar hand was nu vaster – en ze zwaaide de deur open en rende haar vrijheid tegemoet.

Tot haar verrassing zag ze een lange tunnel voor zich. In haar gretigheid om hier weg te komen, ging ze harder lopen. Door de inspanning raakte ze uitgeput, want ze had in geen dagen een voet verzet en was niet gewend aan deze plotselinge uitbarsting van activiteit. Maar ze voelde de vrijheid wenken en dwong zichzelf door te gaan.

Toen kwam ze abrupt tot stilstand en staarde niet-begrijpend naar wat voor haar lag. Ze was bij een kruising aangekomen. Voor zich zag ze drie andere gangen, en allemaal strekten ze zich uit in de duisternis. Een ervan moest de uitweg zijn uit deze hel. Maar welke?

Ze schraapte de allerlaatste restjes moed en energie bij elkaar en schoot de rechtergang in, waar ze snel in een inktzwarte duisternis verdween.

88

Het eerste wat opviel, was de geur. Een overweldigende stank van vocht, opgepept met slechte afvoeren en de zware lucht van frituur. Rechercheur Sanderson verliet de woonkamer vol schimmelplekken en keek de keuken in, waar ze onmiddellijk zag dat het plafond een dikke, in de loop van jaren opgebouwde laag vet en sigarettenrook vertoonde.

Het Koerdische gezin dat in deze armzalige flat woonde, hield haar argwanend in het oog en zei weinig. Sanderson ging ervan uit dat het illegale immigranten waren, maar was niet van plan daar een punt van te maken. Ze leken geen bedriegers en waren zeker niet in het land van melk en honing aangekomen. Ze vroeg zich af of ze thuis beter af waren geweest, maar besloot het niet te vragen.

Sanderson was hier niet om ze problemen te bezorgen – ze zat achter een grotere vis aan. De laatste twee uur hadden zij en de stoïcijnse rechercheur Lucas de leiding gehad over een controle van alle panden die Simpson in heel Hampshire bezat. Ze hadden op de deuren geklopt, zich naar binnen gepraat en vragen gesteld aan de argwanende bewoners. Het was zo'n enorme klus dat Sanderson en Lucas zelf ook aan de slag waren gegaan. Sanderson had aangeboden samen de ronde te doen – om elkaar gezelschap te houden en voor de veiligheid – maar dat had Lucas geweigerd.

'We zijn er sneller doorheen als we apart werken.'

Sanderson had daarmee ingestemd en gedaan alsof ze het een geldige reden vond. Maar ze wist dat er iets anders aan de hand was. Rechercheur Lucas had haar hand overspeeld toen ze Sanderson had afgeblaft en zich een gezag had aangemeten dat ze nooit echt had gehad. En de laatste paar dagen was er veel veranderd. Brigadier Fortune was vaak weg en als hij op het bureau was, leek hij afwezig, terwijl Helen Grace er altijd was en krachtig leiding gaf aan het onderzoek. Dat gaf Sanderson, als oude bondgenoot van inspecteur Grace, een duidelijk voordeel en liet Lucas weer in de schaduw verdwijnen. Als Lucas slim was, deed ze haar best om met Sanderson op goede voet te raken en misschien zelfs haar verontschuldigingen aan te bieden, maar Sanderson vermoedde dat dat er niet in zat. Te jong en te onzeker om zwakte te kunnen tonen.

Dus gingen ze allebei op eigen houtje de deuren langs. Het Koerdische gezin sprak slechts gebrekkig Engels en na een paar vruchteloze vragen was Sanderson klaar met haar inspectie van de flat. Er woonden hier veel meer mensen dan veilig en waarschijnlijk wettelijk toegestaan was – een uitgebreide familie in vier benauwde kamertjes, in omstandigheden die niet eens basaal konden worden genoemd. Simpson had zich gehouden aan een paar verplichtingen die de wet van hem als huisbaas verlangde. De deuren waren brandvertragend, er hingen rookmelders in elke kamer – inclusief de badkamer, die vaak werd vergeten om de kosten te drukken – en de huurders hadden een behoorlijk huurcontract. Maar verder gingen de liefde en aandacht die Simpson aan zijn huurders besteedde niet. De flats die Andrew Simpson bezat of verhuurde waren krotten – een ander woord was er niet voor. Het behang had lang geleden losgelaten, de vloerplanken kwamen steeds meer bloot te liggen naarmate de smerige vloerbedekking sleet, de gloeilampen hingen naakt en zonder enig omhulsel in de vreugdeloze kamers.

Niet voor de eerste keer die dag werd Sanderson overvallen door schuldgevoelens om haar eigen aangename leventje. Ze was niet rijk, maar ze had een behoorlijke flat, een autootje, mooie kleren – alle benodigdheden voor een modern stadsleven. Deze mensen hadden alleen maar armoede en verloedering. Ze schaamde zich dat mensen die van zo ver waren gekomen het hiermee moesten doen. Maar de schuldgevoelens gingen vergezeld van woede. Woede jegens Andrew Simpson. Veel huisbazen maakten zich schuldig aan verwaarlozing, maar dit hoorde thuis in een andere categorie. Ze wist dat Simpson een onaangename, inhalige en onsmakelijke man was, maar toch schokte het Sanderson dat hij bereid was zijn medemensen als beesten te behandelen.

89

Ruby's hart stond stil zodra ze het zag. De gang liep dood. Ze was door de rechtergang gerend en aan het eind bleek dat ze de verkeerde keus had gemaakt. De donkere tunnel zag eruit alsof hij in een mijn thuishoorde met zijn ruwe aarden vloer en muren met werklampen aan de houten balken die het plafond ondersteunden, en hij kwam uit in een soort opslagruimte, die was volgestouwd met plastic flessen, lege zakken en ander afval. Ze draaide zich abrupt om en rende zo snel ze kon terug naar de kruising. Haar longen brandden en ze ademde met horten en stoten, maar ze moest blijven rennen. Ze kreeg maar één kans.

Het gekreun van haar ontvoerder klonk luider dan eerder. Had hij inmiddels haar cel uit weten te komen? Kwam hij op haar af? Even werd Ruby verlamd door besluiteloosheid. De angst dat hij haar te pakken zou krijgen, beroofde haar van alle energie en overtuiging.

Voetstappen. Nu hoorde ze beslist voetstappen. Ze draaide zich om en holde door de middelste gang. Haar benen dreigden het te begeven, maar ze werd voortgedreven door haar wil om te leven. Zo rende ze verder, de gang door en de hoek om. Dit moest toch zeker de juiste gang zijn? Deze tunnel was langer dan de vorige en ze voelde koele lucht in haar gezicht. Koele, frisse lucht. Dit móést hem zijn.

Ruby kwam een bocht om en de tranen sprongen in haar ogen, tranen van pure angst. Deze gang liep ook dood. Er was een soort ventilatieopening, maar geen uitweg. Even werd ze bevangen door wanhoop, maar opeens viel haar iets in. Misschien was die ventilatieopening toch een uitweg. Ze stak haar vingers door het rooster en trok zo hard ze kon, met haar been tegen de ruwe muur om extra kracht te zetten. Niets. Het rooster zat vast met talloze zware schroeven en zonder schroevendraaier kon ze er niets tegen beginnen. Ruby legde haar bonzende hoofd tegen het rooster en de frisse lucht tegen haar betraande gezicht leek haar te bespotten. Was dit dan het einde? Als hij haar vond, zou hij haar vermoorden, daar was Ruby zeker van. Ze zou nooit meer haar familie en haar vrienden zien, nooit meer daglicht zien.

Het was nu helemaal stil. Ze spitste haar oren. Geen gekreun meer. Geen voetstappen. Toen kwam er een gedachte bij haar op. Stel dat hij de rechtergang had genomen en de linkergang onbewaakt had achtergelaten? Haar voetsporen moesten in de zachte aarde op de vloer hebben gestaan. Was het dus niet logisch dat hij door die gang achter haar aan was gegaan?

Ruby sloop langs de muur naar de kruising en stond elke tweede stap stil om te luisteren. Haar ogen schoten heen en weer en ze spitste haar oren, maar hij was nergens te bekennen. Ze ging een eindje verder. En nog verder. Ze was nog maar tien meter van de kruising. Ze probeerde haar ademhaling onder bedwang te krijgen en zette zich schrap voor een laatste uitbarsting van energie. Het was nu of nooit.

Ze schoot uit haar schuilplaats en ging scherp rechtsaf de hoek om. Zonder enige aarzeling sprintte ze door de linkergang. Hij zou haar waarschijnlijk wel hebben gehoord, dus er zat niets anders op dan zo hard mogelijk te rennen.

Een geluid deed haar opkijken en opeens kwam ze met een schok tot stilstand. Hij was niet de rechtergang in gegaan – hij was recht op de uitgang af gestormd. En nu stond hij voor haar en blokkeerde de uitweg.

Ruby draaide zich om en wilde wegrennen, maar hij sprong in een flits naar haar toe. Ze voelde zijn ruwe hand haar hoofd naar achteren trekken en wankelde toen hij haar een stomp in haar gezicht gaf. De klappen regenden op haar neer en Ruby zakte op de grond. Ze deed geen poging zich te verdedigen. Ze sloot gewoon haar ogen, ving de klappen op en wachtte geduldig op de dood.

90

'Oké, laten we eens naast elkaar leggen wat we hebben.'

Het was lunchtijd en Helen had het team bij elkaar geroepen in de recherchekamer. Sanderson en Lucas waren terug van hun tocht langs de huizen en McAndrew had Roisins bezittingen bekeken – het was al een tijdje geleden dat het hele team hier bij elkaar was. Helen keek naar hen toen ze bijeenkwamen en lette erop wie naast wie stond, wie wie vermeed en nog veel meer. Het was haar duidelijk dat er nog steeds onrust heerste binnen het team. Een kloof? Kliekjes? Het was nog te vroeg om er iets van te zeggen, maar het verontrustte haar. Ze had geen tijd – Ruby had geen tijd – voor intern geruzie.

'We hebben dus drie slachtoffers en één vermiste vrouw. Pippa Briers is drie tot vier jaar geleden vermoord en Roisin Murphy ongeveer twee jaar geleden. Isobel Lansley is het meest recente slachtoffer. Jim Grieves schat dat ze ergens binnen de laatste achttien maanden aan haar eind is gekomen. Ze hebben allemaal hetzelfde signalement, zwart haar en blauwe ogen, en ieder slachtoffer heeft een opvallende tattoo van een blauw vogeltje op haar linkerschouder. Rechercheur McAndrews is na intensief werk met Roisins familie en ex te weten gekomen dat Roisin die tattoo niet had toen ze verdween. Hetzelfde geldt voor Pippa.'

'En Lansley?' vroeg rechercheur Lucas.

'We moeten het haar ouders nog vragen. Die wonen in Namibië, al een paar jaar, maar we hebben hen op de hoogte gesteld van de ontwikkelingen en laten ze hierheen komen,' antwoordde rechercheur Grounds.

'Zo snel mogelijk, alsjeblieft,' spoorde brigadier Fortune hem aan.

'We kunnen dus aannemen dat de moordenaar de vrouwen getatoeëerd heeft,' ging Helen verder. 'Waarom? Om duidelijk te maken dat ze van hem zijn? Om ze op iemand anders te laten lijken? Voor zijn genoegen? Wat is de betekenis?'

Stilte in het team, dus Helen ging door.

'Hoe belangrijk is hun uiterlijk? Waarom deze vrouwen? Ik wil dat Lucas en McAndrew de taak op zich nemen om het leven van deze vrouwen na te gaan en te zien of we kunnen vaststellen waar hij met ze in contact kan zijn gekomen. Wat waren hun vaste bezigheden, waar werkten ze, waar gingen ze uit, waar sportten ze? We moeten alles te weten komen, zodat we kunnen zoeken naar overeenkomsten.'

McAndrew en Lucas knikten, hoewel ze geen van beiden erg blij keken. Dat kon Helen niet schelen, ze zou dit team dwingen samen te werken.

'Het volgende is toegang. Volgens Sinead Murphy had Roisin vier sleutels van haar flat. Sinead had er een in haar tas en de andere drie zijn na Roisins verdwijning in haar flat aangetroffen. We hebben ze gevonden tussen haar ingepakte bezittingen.'

'Dus ze kende haar ontvoerder?' opperde brigadier Fortune.

'Dat is mogelijk, want er waren geen sporen van braak of van een worsteling in de flat. Maar Roisin ging met maar weinig mensen om en ze heeft het nooit gehad over mensen die haar zorgen baarden of die ze pas had leren kennen. We moeten dus ook denken aan mensen die je binnen zou laten. Mensen in uniform – politieagenten, ambulancebroeders, meteropnemers, welzijnswerkers. Zouden deze vrouwen dat soort mensen binnenlaten? We gaan terug naar de familie en kijken wat we te weten kunnen komen.'

'Hoe krijgt hij ze weg?' Eindelijk deed rechercheur Stevens zijn mond open. Hij zei niet veel, dacht Helen bij zichzelf, maar het was een heel goede vraag.

'In het haar van Isobel Lansley zaten sporen van iets kleverigs. We hebben het naar het lab gestuurd en het bleek een industrieel oplosmiddel te zijn,' antwoordde Helen. 'Het heet trichloorethyleen.'

'Waar wordt het voor gebruikt?' vroeg Sanderson.

'Voor allerlei dingen,' antwoordde Helen. 'Het schoonmaken van werkoppervlakken, het ontvetten van metalen onderdelen, je vindt het in schoensmeer en chemicaliën die in de stomerij worden gebruikt en vroeger gebruikten mensen het om high te worden.'

'Raak je er bewusteloos van?'

'Het werd in de jaren twintig aangewend als alternatief voor chloroform om mensen te verdoven, voordat de industrie het ging gebruiken, dus het staat wel vast dat het je kan uitschakelen. Net als bij chloroform is een doorweekte lap over mond en neus voldoende.'

Het team viel weer stil. Deze laatste ontwikkeling was sinister en zeer verontrustend.

'Om dat te doen, moet je heel dicht bij ze komen.' Rechercheur Lucas nam de draad weer op. 'Maar in Ruby's flat was niets kapot, er was geen spoor van een worsteling, dus...'

'Ze moet genoeg vertrouwen in hem hebben gehad om hem dichtbij te laten komen,' vulde brigadier Fortune aan.

'Het kan ook zijn dat de slachtoffers al sliepen,' wierp Sanderson tegen. 'We weten dat Ruby uit was geweest. Het kan zijn dat ze al in slaap was gevallen en...'

Nog meer stilte.

'We gaan terug naar de flats,' zei Helen. 'Ik weet dat het al een tijd geleden is, maar controleer of mensen die er al lang wonen zich kunnen herinneren of ze 's avonds laat mensen in uniform bij de flat hebben gezien. Of andere dingen die ze ongewoon vonden. Er moet een reden zijn waarom die vent nooit een spoor achterlaat. Hoe komt hij binnen?'

Het team ging uit elkaar, aan het werk gezet door brigadier Fortune, die nieuwe energie leek te hebben opgedaan. Helen keek ze na. Er was slechts bescheiden voortgang geboekt, maar eindelijk hadden ze een paar stukjes van de puzzel en dat had het moreel van het team een hoogstnoodzakelijke oppepper gegeven. Misschien begonnen ze eindelijk iets te begrijpen van de modus operandi van de moordenaar.

Helens overpeinzingen werden onderbroken toen haar telefoon ging. Tot haar verbazing zag ze dat het James was. Haar benedenbuur, een knappe jonge dokter in het South Hants-ziekenhuis. Die had aanvankelijk toenadering gezocht, maar had weer afstand genomen toen duidelijk werd dat Helen geen zin had om hem aan de zoveelste inkeping op zijn beddenpoot te helpen. Verbaasd nam Helen op.

'James?'

'Je kunt maar beter hierheen komen, Helen.'

'Waarom? Wat is er aan de hand? Vertel me alsjeblieft niet dat er weer lekkage is.'

'Er zijn mensen in je flat.'

'Wie?'

'Politiemensen. Een stuk of zes. Je moet nú komen.'

91

Helen sprong met drie treden tegelijk de trap op. Toen ze op de bovenste verdieping was, transpireerde ze een beetje, maar ze aarzelde niet en stormde naar binnen. Ze had het ergste verwacht, maar toch viel ze stil bij wat ze voor zich zag.

Haar flat – haar geliefde flat – werd binnenstebuiten gekeerd. Zes politiemensen, allemaal met beschermende overalls aan, haalden alles overhoop. Ze trokken laden open, keken onder tafels en pakten haar laptop en iPad in.

'Wil iemand me uitleggen wat hier verdomme aan de hand is?' brulde Helen, en ze hield haar identiteitsbewijs omhoog. 'Ik ben inspecteur bij de politie van Hampshire, dit is mijn flat en jullie zijn hier verkeerd.'

'We zijn juist precies waar we moeten wezen,' zei een vrouw van middelbare leeftijd met slecht geknipt haar, die op haar beurt haar politiepas omhooghield. 'Brigadier Lawton, corruptiebestrijding.'

Helen staarde naar de pas, maar kon het niet bevatten.

'Corruptiebestrijding?'

'Precies, en we hebben een doorzoekingsbevel voor deze flat.'

Helen griste de papieren uit Lawtons hand en keek ze door, zoekend naar het wie, wat en waarom. Zoals ze had kunnen weten, werd ze er niet veel wijzer van.

'Wat doen jullie hier? Wat zoeken jullie?'

De zoekers namen niet eens de moeite om antwoord te geven.

'Ik ben op het moment bezig met een groot onderzoek. Ik weet niet wat jullie dénken dat jullie aan het doen zijn, maar ik kan jullie verzekeren dat de politie van Hampshire jullie terug zal schoppen naar het gat waar...'

'Rustig aan, inspecteur Grace. We weten wie u bent en wat u aan het doen bent. U moet weten dat we door iemand van uw eigen korps zijn ingeschakeld, dus misschien kunt u ons gewoon ons werk laten doen en de scheldkanonnades bewaren voor iemand anders?'

Met een boos gezicht ging Lawton weer aan het werk. Helen stond als aan de grond genageld, geschokt door deze onthulling. Ze wist nog steeds niet wat ze van plan waren, maar het was haar nu wel duidelijk wie er uiteindelijk verantwoordelijk voor was.

92

'Je hebt het recht niet om dit te doen. Wat er in het verleden ook tussen ons is gebeurd, je kunt niet zomaar leugens over me gaan verspreiden.'

Woedend stond Helen voor het bureau van Ceri Harwood.

'Ik ga een officiële klacht indienen bij Fisher...'

'Wat geeft je het idee dat ik leugens verspreid?' vroeg Harwood koeltjes. Helen werd van haar stuk gebracht door de rust in haar stem, maar ging toch door.

'Corruptiebestrijding? Meen je dat nou? Ik denk dat mijn staat van dienst wel aantoont aan welke kant ik sta.'

Ze verwees naar Harwoods voorganger, hoofdinspecteur Whittaker, die terecht door Helen van corruptie was beschuldigd.

'Daarom is het ook zo vreemd dat je dit gedaan hebt, Helen.'

Nog steeds die rustige toon.

'Wat bedoel je daarmee?'

'Ik wil je graag iets laten horen,' antwoordde Harwood. 'Het origineel ligt bij de afdeling Corruptiebestrijding, vandaar al die bedrijvigheid van vanmorgen. Ik heb een kopie gemaakt voor ons eigen dossier.'

Helen verstrakte toen Harwood een draagbaar recordertje aanzette. Wat was dit voor gemeen spelletje?

Stilte, toen wat geschuifel en daarna stemmen. Helen herkende onmiddellijk haar eigen stem en die van inspecteur Tom Marsh. Even was ze met stomheid geslagen. Waarom had hij in godsnaam hun gesprek opgenomen? Hij had geen idee gehad dat Helen bij hem in Northamptonshire op de stoep zou staan...

Ze was erin geluisd. Inspecteur Marsh zat in het complot en hij had het gesprek opgenomen waarin Helen hem vroeg geheime informatie aan haar door te geven, om een lopend undercoveronderzoek in gevaar te brengen, om het leven van politiemensen op het spel te zetten. De lijst met mogelijke aanklachten was eindeloos. En Harwood had alles op de band staan.

'Ik heb je gezegd je erbuiten te houden. Nee, ik heb je bevel gegeven niet achter Robert Stonehill aan te gaan,' ging Harwood verder. 'Maar je hebt niet geluisterd. Ik weet nog niet hoe je zijn dossier te pakken hebt gekregen, maar daar kom ik nog wel achter.'

Helen dacht meteen aan Charlie. Waar had ze haar bij betrokken?

'Dossier?' vroeg Helen zo neutraal mogelijk.

'Houd je niet van de domme, Helen. Je kunt alleen weten dat inspecteur Marsh erbij betrokken is als je het volledige dossier hebt gelezen.'

'Ik kan me geen dossier herinneren.'

'Goeie god, Helen, als je niets beters weet te verzinnen, hangen ze je echt aan de hoogste boom. Ze gaan op dit moment met een stofkam door je appartement. Zodra ze het noodzakelijke bewijs hebben gevonden, is het afgelopen met jou. En geen moment te vroeg.'

Helen staarde haar meerdere aan. Er was vandaag iets anders aan haar. Zelfs op het moment van haar triomf zag ze er moe en leeg uit. Alsof haar eigen haat haar van binnenuit had opgevreten. Ze had een ingewikkelde val uitgezet voor Helen en die was erin getrapt. Waarom keek ze dan zo moedeloos?

'Was iets ervan waar? De knokpartij in Northampton? Roberts relatie met de politie?'

'Ik vrees dat dat geheime informatie is.'

En dat zou ongetwijfeld ook zo blijven. Helens woede bereikte een hoogtepunt toen ze bedacht hoe haar persoonlijke leven en haar grootste kwetsbaarheid tegen haar waren gebruikt. Haar bloed kookte. Ze had Harwoods wraakzucht onderschat en dit was de beloning voor haar nonchalance.

'Zolang dit duurt, zul je uiteraard worden ontheven van je eigen onderzoek...'

'Ik dacht het niet.'

Harwood lachte.

'Ik heb bewondering voor je lef, Helen, maar ik geloof niet dat die beslissing aan jou is. Zodra we hier klaar zijn, heb ik een gesprek met Fisher om je schorsing officieel te maken. Hij is uiteraard van dit alles op de hoogte...'

'Dan zal hij ongetwijfeld ook weten wat een domme zet dat zou zijn. Het zou behoorlijk wat negatieve publiciteit opleveren, waar of niet? Je hebt me al eerder geschorst, en kijk wat er toen gebeurd is: ik vond Ella Matthews terwijl jullie in kringetjes ronddraaiden. Daar heb ik Emilia Garanita laatst nog aan herinnerd. Ik weet zeker dat de *Evening News* er heel vreemd van zou opkijken als de meest succesvolle politiebeambte van Southampton Central wordt geschorst terwijl er een groot onderzoek loopt. Ze zullen daar ongetwijfeld ook graag willen horen dat ik het slachtoffer ben van een campagne van niet-aflatende pesterij, ondanks een volkomen gebrek aan bewijs dat ik iets verkeerds heb gedaan, en dat allemaal vanwege jouw persoonlijke vendetta tegen me...'

'Ben je gek geworden? Je bent op heterdaad betrapt!' Harwood ging in de tegenaanval.

'Een hypothetisch gesprek tussen twee politiemensen, waarbij niets van belang is onthuld...'

'Je hebt een geheim dossier te pakken weten te krijgen. In weerwil van een direct bevel.'

'Waar is dat dossier dan?'

Voor het eerst aarzelde Harwood. Bespeurde Helen daar iets van twijfel?

'Als ik dat dossier in handen heb gekregen, kom er dan mee voor de dag. Dan kun je me schorsen. Tot die tijd stel ik voor dat je teruggaat in je hok en mij mijn werk laat doen. Het leven van een jonge vrouw staat op het spel. Alles en iedereen die onze zoektocht naar haar belemmert, kan maar beter bereid zijn de gevolgen onder ogen te zien als het verkeerd afloopt. Ik zou dat niet op mijn geweten willen hebben. En ik zou ook niet willen dat mijn gezicht bij dat verhaal zou staan.'

Een lange stilte. Harwood zei niets, maar Helen zag dat ze twijfel had gezaaid. Harwood zou nooit iets doen wat haar imago of professionele reputatie zou schaden. Veiligheid voor alles, dat was haar motto, zoals Helen maar al te goed wist.

'Je blijft voorlopig met het onderzoek belast,' gaf Harwood eindelijk toe. 'Maar je werkt volledig mee met het corruptieonderzoek. Om te beginnen geef je me al je wachtwoorden en codeercodes, zodat de anticorruptie-eenheid volledige toegang heeft tot je laptops, telefoons, tablets en wat dies meer zij. Je gaat ook niet terug naar je flat en bespreekt dit met geen enkele dienstdoende politiebeambte. Als je een van deze bevelen op enige manier in de wind slaat, kun je je penning inleveren. Is dat duidelijk?'

Helen beende door de gang, nog steeds kokend van woede. Het leven verraste haar voortdurend met zijn inventieve sadisme, maar dít had ze niet verwacht. Harwood moest wel een grondige hekel aan haar hebben om haar zo te behandelen. Ze was vastbesloten Helen kapot te maken, maar ook al hing haar toekomst bij

Southampton Central aan een zijden draadje, Helen voelde alleen maar een vastberaden trots.

Opeens wist ze precies wat ze moest doen om de strijd voor eens en altijd in haar voordeel te beslechten.

93

Brigadier Lloyd Fortune verschoof ongemakkelijk op zijn stoel. Hij hield niet van oproepen aan het publiek en deze was aangrijpender dan ooit. Op de schermen achter hen vormde het gezicht van een stralend glimlachende Roisin de achtergrond voor Sinead Murphy's emotionele verzoek om informatie. Sinead had er drie zinnen uit weten te krijgen voor ze in tranen uitbarstte en sinds dat moment verliep de oproep met horten en stoten. Het geheel kwam goed over op de tv en zou misschien geheugens opfrissen of een beroep doen op iemands geweten, maar het was moeilijk om aan te zien. Het was alsof Sinead als een vis was gefileerd, alsof al haar optimisme en kracht door deze tragische wending van het lot uit haar lichaam waren gesneden. De gelukkige herinneringen aan Roisin, waar ze nu over vertelde, leken haar nog meer pijn te doen. Ze dienden om anderen ertoe te brengen zich te melden met informatie, maar Lloyd was bang dat ze alleen haar eigen schuldgevoelens onderstreepten en haar ellende vergrootten.

Toen ze over Kenton begon, werd het nog erger. Sinead was bijna onverstaanbaar, zo erg zat ze te snikken, en het was aan Lloyd om tussenbeide te komen. Maar dat was moeilijk zonder ongevoelig en bikkelhard over te komen. Ondanks het feit dat hij er goed uitzag en heel welsprekend was, had Lloyd een hekel aan camera's en stond hij niet graag in de schijnwerpers. Ze maakten hem zenuwachtig; hij had de neiging dicht te slaan uit angst een raar figuur te slaan, en hij wist uit ervaring dat hij daardoor afstandelijk en hooghartig overkwam. Hij probeerde er altijd onderuit te komen als hij werd benaderd om afgebeeld te worden op posters die tot doel hadden meer zwarte mensen en leden van etnische minderheden bij de politie te krijgen, meestal zonder succes. Iedereen leek hem voortdurend op de voorgrond te willen zetten, vandaar de eindeloze mediatrainingen die hij had gehad, en ook nu had Harwood erop gestaan dat hij de leiding nam bij de oproep, ook al had Helen Grace dat eigenlijk moeten doen.

Sinead was nu helemaal stilgevallen, dus boog Lloyd zich eindelijk naar haar toe, legde een geruststellende hand op haar arm en richtte haar aandacht weer op het script dat ze hadden opgesteld voordat de persconferentie begon. Sinead keek hem aan van onder wimpers vol tranen, schraapte haar laatste restje zelfbeheersing bij elkaar en ging verder.

'Roisin was een prachtige... liefhebbende moeder en dochter.'

Weer een lange pauze terwijl Sinead diep ademhaalde.

'Ze is wreed van ons weggenomen en iemand weet waarom. Als u enige informatie hebt over de verdwijning van mijn Roisin... alstublieft, neem dan contact op met de politie. Ze heeft zo veel moeten meemaken in haar korte leven. Een vader die haar in de steek heeft gelaten. Een vriend die hetzelfde deed. Ze verdiende zo veel meer, maar heeft dat nooit gekregen.'

Eindelijk keek ze op van de tafel en recht in de dichtstbijzijnde tv-camera.

'Laat deze moord niet ongestraft blijven.'

94

'Laat deze moord niet ongestraft blijven.' Die snotterende teef leek hem recht aan te kijken toen ze het zei. Hij vloekte heftig; wat wisten zij en haar slet van een dochter van pijn en verdriet?

Door de inspanning kwam de pijn in volle hevigheid terug. Hij lag op de bank in de smerige woonkamer met een pak ijs tegen zijn achterhoofd. Op de vloer lagen lege pakjes Naproxin, een supersterke ibuprofen die hij een paar jaar eerder voorgeschreven had gekregen. Hij had vier keer de aanbevolen dosis genomen, maar het leek niet veel uit te halen. Het was als de ergste migraine die hij ooit had gehad, een diep, aanhoudend kloppen in zijn achterhoofd.

Erger dan dat alles was echter de pijn van Summers verraad. Hoe had ze hem zo gemakkelijk om de tuin weten te leiden? En op zo'n wrede manier? Het had geleken of ze naar hem was teruggekeerd, of ze hem gelukkig wilde maken, maar in werkelijkheid was ze zorgvuldig voorbereidingen aan het treffen voor haar aanval en had ze gewacht tot hij zijn hart had opengesteld en zijn behoedzaamheid had laten varen.

Ondanks zijn hersenschudding had hij haar bij haar haren teruggesleept naar de cel en daar had hij haar een onbarmhartig pak slaag gegeven. Hij vond het schokkend dat hij geen idee had hoe lang hij daarmee was doorgegaan en of ze het had overleefd.

Uiteindelijk was hij moe geworden en toen werd pas duidelijk hoe ver haar bedrog was gegaan. Dat ze de metalen poot onder het bed vandaan had gehaald en een van de stoelen onder de zijkant van het bed had geschoven om te verhullen dat het kapot was, zodat ze hem kon overvallen. Wat een sukkel was hij geweest. Al die make-upspullen die hij bij Boots had gekocht, waren bedoeld om iets van metaal in handen te krijgen. Waarom had hij dat niet doorgehad?

Hij stond op van de bank, stopte nog twee tabletten Naproxin in zijn mond en zwoer dat hij nooit meer zo naïef zou zijn. Ze had hem één keer te pakken gehad, dat liet hij niet weer gebeuren. Van nu af aan werd alles heel anders.

95

Ruby lag in het donker. Ze zweette en rilde, een verwarde reactie van haar lichaam op het ernstige bloedverlies en de gebroken botten. Tijdens de aframmeling had ze al snel het bewustzijn verloren; herhaalde stoten in haar gezicht en nek hadden meteen een eind gemaakt aan enige tegenstand. Toen ze eindelijk weer bij bewustzijn kwam, werd de pijn kortdurend op afstand gehouden door de schok – en de ontzetting – bij het besef dat ze nog leefde. Voor de eerste keer in haar leven wenste ze oprecht dat ze dood was.

Had hij haar kaak gebroken? Haar ribben? Ze wist het niet. Alles deed pijn en alles plakte; geronnen bloed kleefde koppig aan haar mond, gezicht en haar. Waarom had hij haar niet vermoord? Ze had hem aangevallen. Ze zou hem hebben gedood als ze meer tegenwoordigheid van geest had bezeten. Zou hij terugkomen om het karwei af te maken?

Opeens duwde Ruby zich omhoog. Ze deed het zonder erbij na te denken, puur instinctief, voortgedreven door de gedachte aan nog meer klappen. De pijn schoot door haar heen, van haar ribbenkast naar het middelpunt van haar hersenen, maar ze wist op handen en knieën te komen. Ze moest meteen overgeven, maar ze was in beweging en lette daar dus niet op, draaide weg en kroop naar het bed. Dat werd nog steeds ondersteund door de stoel en leek nu een schuilplaats te bieden. Snel kroop ze eronder en trok de deken naar beneden, zodat hij haar niet meer kon zien.

Ze was er niet veilig, maar het voelde beter om uit het zicht te blijven. Ruby klemde haar handen in elkaar en merkte dat ze eens te meer verwarde gebedjes mompelde. De woorden liepen in elkaar over en de betekenis was onduidelijk, maar aan het gevoel erachter kon geen twijfel bestaan. Dit keer bad Ruby niet om vrijlating. Ze bad om de dood.

96

Rechercheur Sanderson keek om zich heen, bedacht op gevaar. De garagebox die ze in het vizier had, stond aan het eind van een met naalden bezaaid steegje in Portswood. Er was geen straatverlichting en er hingen geen camera's – je kon hier van de aardbodem verdwijnen zonder dat iemand het doorhad. Ze vervloekte zichzelf omdat ze in haar eentje verder was gegaan met het onderzoek naar Simpsons bezittingen – ze had nooit moeten toestaan dat haar veiligheid in gevaar kwam door bureaupolitiek. Dat was de eerste regel in het boek.

Ze draaide zich om, op het punt om weg te gaan en deze smerige steeg te verlaten. Ze had grote verwachtingen gehad van dit pand. Het stond op een afgelegen en eenzame plek en was niet meegenomen in hun eerste onderzoek naar Simpsons onroerende goed. Om onduidelijke redenen stond dit pand op naam van Simpsons overleden vrouw. Dat kon gewoon een vergissing zijn of om belasting te ontduiken, maar dat betwijfelde Sanderson. Over alles wat Simpson deed, was heel goed nagedacht. Niets werd aan het toeval overgelaten. Maar bij aankomst was snel duidelijk geworden dat in dit deel van de stad geen potentiële getuigen te vinden waren en ze had weinig kans om binnen te komen. Er was maar één ingang en die was versperd met hangsloten en kettingen – er was geen manier om het gebrek aan een huiszoekingsbevel te omzeilen.

Halverwege de steeg bleef Sanderson staan. Haar blik ging naar een raampje aan de zijkant van het gebouw. Het was smerig en zat vol barsten, en het hing open. Het was niet groot, maar de tengere Sanderson kon er wel door.

In de buurt lag een eenzame afvalcontainer. Wat had daarin gezeten? Etensafval? Een dode hond? Het was niet meer vast te stellen, maar dat leek de maden niet te kunnen schelen. Ze slikte de misselijkheid weg, sloeg het deksel dicht, sjorde de container onder het raam en klom erop. Van hieraf was het maar een kleine sprong naar het raamkozijn. De eerste keer gleden haar vingers weg en viel ze bijna van de container, maar de tweede keer greep ze zich stevig vast. Ze zette de punten van haar schoenen in de gaten die in de voegen waren gevallen, krabbelde snel omhoog en tien seconden later was ze binnen.

Toen ze op de vloer terechtkwam, rees er een stofwolk omhoog. Het stof kroop in haar neus en ogen, zodat ze hevig ging niesen. Het geluid leek door de verlaten garage te weergalmen en onderstreepte haar kwetsbaarheid. Ze haalde haar iPhone uit haar zak en keek met behulp van de zaklampfunctie om zich heen.

Mijn god, was wat dit voor hol?

Elke vierkante centimeter werd in beslag genomen door dozen, die van de vloer tot aan het plafond waren opgestapeld. Ze hadden allemaal een etiket. Sanderson bekeek de dichtstbijzijnde doos. Ondanks het stof zag het etiket er nieuw uit en was het opschrift vers. Sanderson aarzelde. Ze wist dat het een juridisch wespennest werd als ze de inhoud van die dozen bekeek, vooral als wat ze ontdekte gebruikt ging worden bij een rechtszaak, maar ze bedacht dat dat toch al het geval was nu ze had ingebroken. Bovendien was Ruby nu hun eerste prioriteit.

Ze deed een paar handschoenen aan en maakte de doos voorzichtig open. Wat had ze verwacht aan te treffen? Bebloede kleren? Spullen om iemand te ontvoeren? Een in bloed geschreven bekentenis? Wat ze ook gehoopt had, de inhoud verraste haar volledig. De hele doos zat propvol banden. Videobanden.

Sanderson had tot dusver geen camera's gezien in Simpsons panden, dus ze wilde er meteen meer van weten. Toen ze naar de rug van een band keek, werd ze nog nieuwsgieriger; er stond in blauwe pen 'september 2013' op. Ze bekeek een stuk of tien andere banden en er verscheen een patroon: 'juni 2013', 'augustus 2013'. Ze deed een doosje open en bekeek de band, waarop geen etiket zat, en toen zag ze de binnenkant van de doos.

Ze bleef als verstijfd staan. Er stond iets in pen op de binnenkant, een enkel woord dat alles veranderde.

'Ruby'.

97

Charlie wist dat er iets mis was zodra ze het huis binnenkwam. Ze was net terug van de krantenkiosk – in de *Evening News* van die dag stond een groot artikel over de tatoeage van een vogeltje in de zaak van de 'strandlijken' en Charlie keek ernaar uit om de details te lezen – maar er klopte iets niet. Het voelde verkeerd. Was dat een overblijfsel van de jaren die ze bij de politie had gewerkt? Of het resultaat van haar ontvoering door Marianne? Haar zintuigen waren op dat moment bijzonder scherp en ze wist dat ze niet alleen was in het huis.

Ze stond heel stil en probeerde haar ademhaling, die luid en snel was, onder controle te krijgen. Haar politieknuppel lag boven, onder in een la, dus ze draaide zich om en sloop terug naar de voordeur, waarbij ze ervoor oppaste niet op de krakende vloerplank aan de linkerkant te gaan staan. Vroeger zou ze een indringer zonder aarzeling of angst tegemoet zijn getreden, maar daar kon met haar dikke buik geen sprake van zijn. Maar toen ze haar hand op de deurknop legde...

'Charlie.'

Een vrouwenstem. De stem van Helen. Charlie draaide zich om, klaar om haar baas de wind van voren te geven omdat ze haar zo had laten schrikken, maar toen ze de bezorgdheid op haar gezicht zag, slikte ze haar woorden in.

'Het spijt me. Ik wilde je niet laten schrikken. Ik moest je spreken, maar ik kon niet het risico nemen je openlijk te benaderen.'

Nieuwsgierig nam Charlie haar mee naar de woonkamer.

'Wat is er aan de hand?'

Helen gebaarde dat ze moesten gaan zitten. Toen ze eenmaal op de bank hadden plaatsgenomen, schoof ze dicht naar Charlie toe.

'Harwood heeft de corruptiebestrijders ingeschakeld. Ze doorzoeken op dit moment mijn flat.'

'Maar waarom...'

'Die hele kwestie met Robert...' Helen zweeg even toen de wreedheid van Harwoods intrige weer tot haar doordrong. 'Die hele zaak was een val.'

Charlie staarde haar ongelovig aan.

'Ik geloof niet dat er een knokpartij is geweest in Northampton, en ik geloof ook niet dat Robert daar ooit gewoond heeft,' ging Helen verder. 'Het is allemaal in scène gezet om mij te verleiden tot een poging om geheim materiaal in handen te krijgen...'

'Grond voor ontslag.'

Helen knikte. Charlie schudde haar hoofd. Zou Harwood echt zo ver zijn gegaan?

'Wat hebben ze tegen je?'

'Een opname van mijn gesprek met inspecteur Marsh. Op zichzelf is dat niet genoeg. Ze moet bewijzen dat ik het dossier heb, vandaar de doorzoeking van mijn flat.'

Nu wist Charlie wat Helen kwam doen.

'Ik doe het meteen.' Ze stond op.

'Dank je,' antwoordde Helen en ze liep terug naar de keuken. In de deuropening bleef ze staan.

'O, Charlie, je moet het slot van je achterdeur vervangen. Kinderspel.'

Charlie nam het verwijt goedgemutst op en haastte zich naar boven. Het anticorruptieteam kon wel of niet het verband tussen

Helen en haar hebben gelegd, maar het had geen zin het risico te nemen. Ze dankte god dat Helen het gefotokopieerde dossier bij haar in bewaring had gegeven. Had ze dat niet gedaan, dan was ze inmiddels geschorst of nog erger. En dan hadden Charlie en Sally Mason zich ook in de gevarenzone bevonden. Steve zou het waarschijnlijk niet erg hebben gevonden, maar Charlie was niet van plan haar carrière zo te laten eindigen. Ze was het iedereen verschuldigd om hier voor eens en altijd een eind aan te maken.

Ze leek wel twee linkerhanden te hebben toen ze de branders onder de blokken in de open haard aanstak. Het was vreemd om in dit jaargetijde de open haard aan te doen, maar dat kon nu eenmaal niet anders. Uiteindelijk kreeg ze een lucifer aan en vatte de paraffine vlam, en een paar minuten later had ze een knetterend vuurtje. Charlie aarzelde niet en gooide de bladzijden van het rapport en vervolgens de hele dossiermap op de vlammen. Ze was vreemd gespannen terwijl ze toekeek hoe de papieren vlam vatten en omkrulden, alsof er elk moment politiemensen binnen konden vallen. Maar alles bleef stil in het huis en in de straat en niet veel later was er alleen nog maar as over. Charlie vroeg zich af of dat genoeg was. Ze hadden een stokje gestoken voor Harwoods eerste poging om Helen neer te halen, maar hoe complex was haar plan? Hadden ze iets over het hoofd gezien? Het was absurd om aan Southampton Central zonder Helen te denken, maar toch leek Harwood dat te willen bereiken. En Charlie wist uit ervaring dat Harwood over het algemeen alles kreeg wat ze echt graag wilde.

98

Het was een overval. Zodra hij de deur opendeed, stond ze bij hem en schoof ruw haar politiepas in zijn gezicht.

'Goedemorgen, meneer Simpson. Niet aan het werk vandaag?'

Even zei Alan Simpson niets, te geschokt door de plotselinge verschijning van een rechercheur om antwoord te geven. Hij zwaaide even heen en weer, alsof hij niet erg vast op zijn benen stond.

'Ik ben naar uw kantoor geweest,' ging Sanderson verder, 'maar daar zeiden ze dat u laat was. Ik hoop dat ik niet ongelegen kom.'

'Helemaal niet,' antwoordde hij snel.

'Mooi. Want ik heb nog een paar vragen voor u over Ruby Sprackling. Mag ik binnenkomen?'

Sandersons verzoek werd gevolgd door een beladen stilte. Was dat angst in Simpsons ogen? Argwaan? Sanderson keek over zijn schouder naar binnen. Daar was het een rotzooi. Maar was het schaamte of iets ergers dat Simpson ertoe bracht de deur wat verder dicht te trekken en haar het zicht te benemen?

'Hebt u een huiszoekingsbevel?'

'Nee. Maar het zal niet veel tijd in beslag nemen om er een te halen...'

'Dan stel ik voor dat we dit ergens anders doen.'

Sanderson staarde hem aan en probeerde met duidelijke irritatie en argwaan een reactie van hem los te krijgen, maar hij keek haar met een stalen gezicht recht in de ogen.

'Het wordt een hoop papierwerk als we naar het bureau gaan,' antwoordde Sanderson. 'En dat zal nog meer van uw tijd vergen. Het zou echt eenvoudiger zijn als ik gewoon even binnenkwam...'

'We doen het op het bureau. Hebt u een auto?'

'Ja,' zei Sanderson gelaten.

'Laten we dan gaan,' zei Simpson, en hij trok de deur vastberaden achter zich dicht.

99

Ruby kwam met een schok bij, opgeschrikt door een geluid van boven. Hoe lang was ze buiten westen geweest? En wat betekende dat geluid?

Hij was sinds het pak slaag niet meer bij haar geweest en dat verbaasde haar. Ze vroeg zich af wat hij in zijn schild voerde. Ze had vanaf die afschuwelijke dag waarop ze hem voor het eerst had ontmoet al het gevoel dat hij zich inhield, dat hij iets verdrong. Af en toe had ze een glimp opgevangen van zijn gevoelens – flitsen van verlangen en woede – maar hij had zich altijd weten te beheersen. Alsof hij nooit zijn zelfbeheersing verloor. Maar dat was niet meer zo. Toen hij haar onder handen had genomen, had Ruby echte razernij gezien, een verlangen om haar kapot te maken, en daarom had het haar toen ze bijkwam zo verbaasd dat ze nog leefde. Wat kon hem nog tegenhouden nu ze zijn fantasie de grond in had geboord, nu ze hem had verraden?

Bij die gedachte liepen de rillingen Ruby over de rug. Ze was niet bang meer voor de dood, maar ze werd misselijk bij de gedachte dat ze nog meer pijn zou moeten lijden. Het voelde nu al alsof het grootste deel van haar botten gebroken was, maar wie kon zeggen hoeveel pijn hij haar nog kon bezorgen als hij daar zin in had? Ze sloot haar ogen en probeerde de gedachte dat hij nog eens wraak zou komen nemen te verdringen.

Jammerend dacht ze aan zijn verlangen. Alsjeblieft God, dat niet...

Een zachte streling van koele lucht zorgde ervoor dat Ruby zich omdraaide. Toen zag ze de kapotte baksteen. Ze schoof naar de muur en trok de stukken los. Vervolgens haalde ze de brieven en kaarten uit het geheime gat en legde ze naast zich op de grond. Ze twijfelde er niet aan dat ze hier zou sterven. Ze kon alleen nog een bericht achterlaten, een soort teken dat ze in deze vreemde, kunstmatige wereld had geleefd – en was gestorven. Ze vond de viltstift, haalde de dop eraf en schudde er heftig mee. Toen begon ze te schrijven op een leeg stukje papier.

Niets.

Ze schudde nog eens met de pen en likte met haar tong over de punt. De bittere smaak van inkt monterde haar wat op en ze begon te schrijven. Maar na vijf letters – 'Mijn n' – was de inkt op en hoe ze het ook probeerde, er kwam niets meer uit de pen. Hij was kurkdroog.

Ruby lag neerslachtig, woedend en totaal uitgeput tussen de brieven. Ze deed geen poging ze weer te verstoppen – wat had dat voor zin? Ze waren nu alles wat ze had. Haar enige verbinding met een wereld buiten die van haar ontvoerder. Ze zou ze laten waar ze waren, om haar heen op de grond. Ze zou de rest van haar dagen slijten in het gezelschap van drie dode meisjes.

100

De vrouw kwam de smerige badkamer binnen. Ze deed de deur op slot en begon zich uit te kleden. Al snel was ze naakt. Ze ging voor de gebarsten spiegel van het kastje naar zichzelf staan kijken. Naar de spiegel toe gebogen draaide ze heen en weer, alsof ze op zoek was naar onvolkomenheden. Toen dit zelfonderzoek haar begon te vervelen, stapte ze in het bad. Ze trok het doorzichtige plastic douchegordijn om het bad heen en zette de douche aan. Uit de douchekop kwam een miezerig straaltje water, dat over haar gezicht, hals en lichaam stroomde.

Helen zette de band stil. De jonge vrouw in de opnamen was Ruby. En het hele tafereel was van bovenaf gefilmd, vanuit het standpunt van een soort god.

'Zitten er camera's in alle rookdetectors? Of alleen in die in de slaapkamers en de badkamers?' vroeg Helen. Ondanks haar minachting klonk haar stem neutraal.

Andrew Simpson, geflankeerd door zijn advocaat, zei niets.

'We hebben hier een volledige lijst van alle panden in je bezit. Als je wilt dat we de ronde doen en ze allemaal controleren, doen we dat. De huurders zullen met belangstelling horen dat je ze bespio...'

'Alleen in de slaapkamers en de badkamers.'

'In hoeveel panden?'

Nog een stilte, en toen: 'Twintig.'

Helen schudde haar hoofd. Ze wilde Simpson laten weten wat ze van hem dacht, in de hoop dat ze hem op stang kon jagen. Maar hij bleef haar met die dode ogen zitten aanstaren. Sanderson had er altijd vraagtekens bij gezet dat negentig procent van Simpsons huurders vrouwen waren. Nu bleek dat logisch te zijn.

'Hoe lang is dat al aan de gang? En voordat je erover denkt tegen me te liegen,' ging Helen snel door, 'ik heb een team in je garagebox in Valmont Road. Maak je dus maar geen illusies – we weten straks precies hoe ver je "activiteiten" gingen.'

Simpson staarde naar zijn handen – Helen zag tot haar grote interesse dat ze vol kleine sneetjes zaten – en keek toen op.

'Al meer dan tien jaar.'

'Hoeveel banden heb je?'

'Honderden.'

'Waarom doe je het, Andrew?'

Simpson zweeg en keek naar zijn advocaat, die kort knikte.

'Ik vind het fijn om naar ze te kijken,' zei hij zachtjes.

'Hoe voel je je als je naar die banden kijkt?'

'Wat denk je?'

'Masturbeer je tijdens het kijken?'

'Soms.'

'Waarom windt je dat op? Komt het door hun lichaam? Door het feit dat ze niet weten dat je meekijkt? Of door de macht die je over hen hebt?'

Simpson keek haar even aan.

'Geen commentaar.'

'Je zult toch wat beters moeten verzinnen, Andrew.' Sanderson nam het stokje over. 'Ik ben in je garagebox geweest en ik weet dat het een obsessie is. Waarom doe je het?'

'Mijn cliënt heeft geweigerd daar antwoord op te geven, dus ik stel voor dat we verdergaan,' kwam de advocaat tussenbeide. Hij was een man van bijna zestig, dik en arrogant – een veelzeggend bewijs van Simpsons natuurlijke afkeer van vrouwen. Hij vond het leuk om naar ze te kijken, maar zou nooit een vrouw als advocaat willen hebben. Sanderson keek naar haar aantekeningen en veranderde van koers.

'Waarom heb je ons naar Nathan Price verwezen toen we voor het eerst vragen stelden over Ruby Sprackling?'

'Ik heb jullie vragen beantwoord. Jullie vroegen naar hem, ik vertelde de waarheid. Hij had de sleutels van Ruby's flat…'

'Je hebt geen extra set laten maken? Voor het geval je naar binnen moest om te kijken of de rookmelders wel werkten?'

'Nee,' antwoordde Simpson, die weigerde te reageren op haar sarcasme.

'We zullen geen extra sets in je huis of in je bezit aantreffen?'

'Nee, dat zeg ik toch.'

Sanderson leunde achterover en keek hem aan met een gezicht dat een en al ongeloof uitstraalde.

'Waar was je vrijdagnacht?'

'Thuis.'

'Woon je alleen?'

'Ja.'

'En je was de hele nacht alleen?'

'Precies.'

'Ben je nog met de auto weggeweest?'

'Nee.'

'Bezit je nog andere voertuigen?'

'Nee.'

Maar hij keek onzeker toen hij het zei. Helen keek naar Sanderson, die een korte aantekening maakte.

'We hebben ook beelden van Roisin Murphy, Pippa Briers en Isobel Lansley aangetroffen in je verzameling. De drie dode vrouwen van het strand. Ooit in Carsholt geweest?'

'Ik houd niet van het strand,' protesteerde Simpson.

'We zullen zien. Het zand daar bestaat uit een heel specifieke verzameling mineralen. Als we er sporen van in je huis of auto vinden, weten we waar het vandaan komt. Hoeveel banden heb je van Ruby?'

Simpson keek verrast bij deze plotselinge koerswijziging.

'Je kunt eerlijk tegen me zijn, Andrew.'

Simpsons gezicht vertrok even toen hij zijn naam hoorde. Misschien hield hij er niet van dat vrouwen hem bij zijn voornaam noemden? Of misschien hield hij niet van zijn voornaam? Of zat het dieper? Helen nam zich voor dat tot op de bodem uit te zoeken.

'Ik weet het niet.'

'Veel? Een paar? Ergens ertussenin?'

'Veel.'

'Vond je haar leuker dan de anderen?'

Andrew ontweek haar blik.

'Je weet dat ze een moeder en een vader, een zus en een broer heeft die haar missen, toch? Mensen die van haar houden.'

Helen zweeg even om haar woorden goed tot hem te laten doordringen.

'Ik weet dat je haar wilde hebben, Andrew. Ik weet dat je haar hebt ontvoerd. Maar ik vraag je nu haar te laten gaan. Laat zien dat je een groter hart hebt dan de mensen zeggen. Laat zien dat je genade kunt tonen.'

Simpson keek naar Helen alsof hij haar probeerde te doorgronden. Helen vond het vreselijk om een man als Simpson iets te moeten vragen, maar als hij van onderdanige vrouwen hield, dan moest het maar.

'Ik heb geen idee waar ze is. Ik weet niets over die meisjes.'

'O, ik zou zeggen van wel,' antwoordde Helen. 'Ik zou zeggen dat je een heleboel over ze weet. Hoe ze er in hun blootje uitzien, hoe ze eruitzien als ze op het toilet zitten. Hoe ze eruitzien als ze vrijen, als ze masturberen. Dat weet jij allemaal, Andrew. En nog meer.'

Simpson staarde weer naar zijn handen om Helens felle blik te ontwijken. Zag ze daar iets van schaamte?

'En raad eens? Binnenkort weet de hele wereld dat. Ze zullen je niet sparen als je in het getuigenbankje staat, Andrew. Ze zullen vragen naar de filmpjes, naar het ondergoed en de sieraden die je gestolen hebt, naar wat je deed als je aan die meisjes dacht. Stel je even voor hoe dat zal zijn. De rechter, de jury, de pers en al het publiek op de tribune zullen naar je kijken als ze je dwingen te praten over wat je graag deed...'

'Inspecteur, wilt u mijn cliënt alstublieft niet intimideren,' probeerde de advocaat tussenbeide te komen.

'Maar ik kan je helpen, Andrew,' ging Helen onverschrokken door. 'Ik kan je al die blikken besparen. Al die vernedering.'

Andrew Simpson keek nog steeds niet op.

'Maar dan moet je me wel helpen. Dan moet je vertellen waar ik Ruby kan vinden. Als ze nog leeft, kunnen we een deal sluiten. Laat haar vrij, beken schuld en die details komen nooit verder dan deze kamer. Dan blijft het ons geheim.'

Eindelijk keek Simpson naar Helen op. Tot haar schrik zag ze een uitdagende blik in zijn ogen.

'Ik weet niet waar ze is.'

'Heb je niets beters te zeggen?'

'Je hebt geen enkel bewijs tegen me,' snauwde hij.

'Deze vrouwen waren allemaal huurders van je. Je hebt ze gestalkt, je hebt ze bespioneerd, je wist alles van ze af. Hun dagindeling, hun gewoonten, hun kwetsbare plekken. Ze zijn uit jouw huizen verdwenen, zonder worsteling, zonder inbraak, omdat jij de sleutels had. Je hebt ze ontvoerd en vastgehouden en toen je ze zat was, heb je ze vermoord.'

'Je weet helemaal niets.'

'Ik weet dat je een smerige perverseling bent. Je moeder leeft nog, nietwaar, Andrew? Wat denk je dat zij ervan zal vinden als dit allemaal uitkomt?'

'Loop naar de hel.'

'Ik heb geen tijd voor spelletjes. En Ruby ook niet. Dus ik vraag het nog eens: waar is ze?'

'Ik heb alles gezegd wat ik tegen jou ga zeggen. En als je me nog een keer bedreigt, stomme teef dat je bent...'

'WAAR IS ZE?'

Helen boog zich over de tafel en greep Simpson bij de kraag. Maar Sanderson stond meteen overeind en trok Helen weg bij Simpson, die instinctief een vuist had geheven om zich te verweren.

'Ik geloof dat we het maar even hierbij zullen laten,' zei Sanderson snel om Simpsons verontwaardigde advocaat de pas af te snijden. 'Intussen adviseer ik uw cliënt er goed over na te denken of hij toch niet wil meewerken.'

Sanderson zette de band stil, maar bleef nog even staan voor ze achter Helen aan naar buiten liep.

'Het is het enige wat hij nog kan doen.'

101

Toen Ceri Harwood thuiskwam, zat Tim op haar te wachten. Hij had de hele dag geprobeerd contact met haar op te nemen – uiteindelijk had ze haar telefoon uit moeten zetten. Maar ze wist dat ze alleen het moment uitstelde waarop ze met hem zou moeten praten.

Het was een lange dag geweest. De confrontatie met Helen Grace had Ceri ontmoedigd en, wat nog erger was, zorgen gebaard. Ze had maanden over dat moment gefantaseerd, al sinds ze met de hele zaak was begonnen, en het bleek een grote teleurstelling te zijn. Helen had veel te uitdagend geklonken, veel te zeker dat ze ook deze aanval zou overleven. Het feit dat de anticorruptie-eenheid geen spoor van het vermiste dossier had gevonden, maakte de zaak alleen maar erger.

'Ik heb je gebeld.'

'Dat weet ik,' antwoordde Ceri zonder enig enthousiasme. Ze liet haar tas op de grond vallen en zakte op de bank neer. Ze wist dat ze dit gesprek moest voeren, maar ze had er totaal geen zin in. Ze was hondsmoe. Het enige waar ze aan kon denken, was in bed kruipen en de wereld buitensluiten.

'We moeten praten.'

Bestond er een onaangenamer zin?

'Ga je gang,' zei Ceri, die naar het plafond bleef staren.

‘Het spijt me enorm, Ceri. Dat je dat moest zien. Dat je er op die manier achter moest komen. Ik… ik had eerder iets tegen je moeten zeggen. Dat was ik ook van plan, maar het lijkt wel of we nooit tegelijkertijd op dezelfde plaats zijn.’

‘Dus het is mijn schuld?’

‘Natuurlijk niet. Natuurlijk niet, schat.’

‘Waag het niet.’

De blik van Ceri was zo hard dat Tim zijn handen opstak om zijn fout te erkennen.

‘Ik wil alleen maar zeggen dat ik het je had moeten vertellen. Maar het leven dat we leiden, brengt gewoon met zich mee dat we niet zo veel tijd samen doorbrengen als vroeger.’

Daar zat een heleboel waarheid in, maar Ceri vertikte het om dat toe te geven.

‘Ik geef helemaal niemand de schuld,’ ging hij verder. ‘Ik moet me met mijn zaak bezighouden en jij hebt een ongelooflijk veeleisende baan.’

‘Waarom heb je haar mee hiernaartoe genomen?’ wilde Ceri weten, die zijn smoesjes zat was.

‘Omdat ik stom ben. Omdat ik niet goed nadacht.’

‘Waarom zij?’

Een lange stilte. Ceri hield haar man nauwlettend in de gaten terwijl hij zocht naar de juiste woorden. Dit was de enige vraag waarop ze echt antwoord wilde hebben.

‘Omdat ik haar graag mag. En omdat ze bij me wil zijn.’

‘En het feit dat ze jong en mooi is, heeft er niets mee te maken.’

‘Nee, dat is het niet. Ik weet dat je me niet gelooft. Maar ik ben niet achter haar aan gegaan. Zij heeft mij benaderd.’

‘Wat fijn voor je.’

‘Alsjeblieft, Ceri, ik probeer het uit te leggen. Ik wil je niet kwetsen. Het is de eerste keer dat ik je ontrouw ben. Ik had nooit gedacht dat ik dat ooit zou doen. Ik wilde niet zo’n man zijn.’

'Je zult wel teleurgesteld zijn.'

'Maar ze wilde bij me zijn. En dat trok me enorm aan.'

'En ik wilde dat niet?'

'Wel dan?'

Ceri was zo geschokt door de vraag dat ze aanvankelijk niet goed wist wat ze moest zeggen.

'Natuurlijk wil ik dat. Je bent mijn man.'

'Dat ben ik al heel lang niet meer.'

'Dat is wel duidelijk.'

'Ik had het niet over mij, Ceri.'

Ceri staarde hem aan. Hij keek nu helemaal niet meer berouwvol, en dat bracht haar nog meer van haar stuk.

'We hebben elkaar de laatste paar jaar amper gezien. We wonen samen, maar... we leven volkomen langs elkaar heen. In het weekend doen we dingen met de kinderen, maar wanneer zien we elkaar eigenlijk echt?'

'Je hebt het misschien niet gemerkt, maar ik heb vorig jaar een van de grootste zaken in mijn carrière gehad.'

'Dat weet ik. Ella Matthews was heel belangrijk. Maar dat is tien maanden geleden. En ik zie je nu niet vaker dan toen.'

'Kom op nou, Tim, je weet wat er na de schietpartij is gebeurd. De publiciteit, het onderzoek van de klachtencommissie...'

'Dat is allemaal al lang afgelopen. Ella Matthews is niet het probleem. Het is deze plek.'

'Dit huis?'

'Southampton. Het gaat helemaal niet goed sinds we hierheen zijn verhuisd.'

'Ik dacht dat je het hier fijn vond. We wonen dicht bij je ouders, de kinderen vinden het hier heerlijk, je kunt fijn gaan zeilen...'

'Oké, het gaat niet goed met jou.'

Ceri keek naar hem. Ze wilde zijn bewering weerleggen, roepen en schreeuwen tegen dat stomme gezicht met zijn veelbetekenende blik. Maar er school enige waarheid in wat hij zei. Haar blik ging even naar haar tas in de gang en toen weer naar Tim.

'Ik heb iemand anders dit huwelijk in gebracht. Daarvoor neem ik de volledige verantwoordelijkheid en ook voor de pijn die dat voor jou heeft opgeleverd. Maar jij hebt hetzelfde gedaan.'

'Helemaal niet.'

'Jij denkt dat de hele wereld in de ban is van Helen Grace. Je loopt er altijd over te klagen. Maar jij bent zelf degene die een obsessie voor haar hebt, Ceri. Jij hebt ons uit elkaar gedreven. En als je dat niet onder ogen ziet, hebben we geen schijn van kans.'

102

'Ik heb gefaald.'

Helen stond in de hotelkamer van Daniel Briers.

'Ik ben ervan overtuigd dat je gedaan hebt wat jou het beste leek,' antwoordde Daniel.

Helen keek op en probeerde te beoordelen of hij boos op haar was, maar de klank van zijn stem was moeilijk te doorgronden. Ze wilde dat hij zei dat hij haar vergaf, dat hij haar gevoelens van schaamte en ontoereikendheid wegnam. Maar hij zweeg.

'We zullen Simpson morgenochtend nog eens ondervragen. Kijken of een nacht in de cel enig effect op hem heeft. Er staat hem een lang proces te wachten, dus als hij een beetje gezond verstand heeft, werkt hij mee...'

Geloofde Helen dat zelf? Simpson had zo uitdagend gekeken, zo vastbesloten om geen enkele schuld te bekennen. Zou hij dat volhouden in de hoop de dans te ontspringen? Of was er iets anders aan de hand? Was hij zo uitdagend omdat hij onschuldig was? Het leek onwaarschijnlijk – hij voldeed in zo veel opzichten aan het daderprofiel – en toch bleef de gedachte aan Helen knagen.

Daniel bleef zwijgen, dus nam Helen weer het woord.

'Hoe dan ook, het spijt me dat ik de situatie erger voor je heb gemaakt. Als ik rustig was gebleven, had ik hem misschien zover kunnen krijgen dat hij meewerkte. Het is niet goed te praten. Soms... krijg ik gewoon een rood waas voor mijn ogen. Ik kan het niet helpen. Het zit in mijn genen.'

Helen wist niet helemaal zeker hoeveel ze hem moest vertellen of hoeveel Daniel al over haar wist, maar ze voelde zich gedwongen het fiasco in de verhoorkamer te verklaren.

'Als ik tegenover een kerel als Simpson zit, is het soms alsof ik weer twaalf ben. Ik voel de hulpeloosheid en de wanhoop die iemand als Ruby moet doormaken en... ik zie mezelf en Marianne. In die flat. Ik herinner me de dingen die mijn vader deed, de dingen die hij wilde doen, de dingen die Marianne moest doen om me te beschermen. Ik zie die mannen, ik denk aan haar en dan... dan breek ik vanbinnen.'

Helen keek niet op, wilde Daniels reactie niet zien. Ze wilde hem alleen voor eens en altijd vertellen wie ze was.

'Iets in me wil ze kapotmaken. Ik weet dat het afschuwelijk klinkt, maar het is waar. De arrogantie en de gewelddadigheid van die lui maken me ziek. Ik zou in staat moeten zijn me te beheersen, maar die gevoelens zijn er altijd. De haat in mijn hart. Ik wil dat niet voelen, maar ik kan het niet helpen. Klinkt dat ook maar enigszins begrijpelijk?'

Eindelijk keek ze op. Waar hoopte ze eigenlijk op? Begrip? Verwijten? Boosheid? Ze zou met alle drie genoegen nemen, maar tot Helens verbazing zat Daniel naar buiten te kijken. Zijn gezicht was een schok voor Helen – hij keek verveeld.

Na een lange stilte keek Daniel weer naar haar. Eindelijk drong tot hem door dat ze was opgehouden met praten.

'Sorry, hier heb je geen behoefte aan,' zei Helen, bij wie boosheid om voorrang streed met een diepe schaamte. Ze had nog nooit over haar meest intieme gevoelens gepraat.

'Nee, ik wil graag meer over je horen,' antwoordde Daniel snel, maar Helen zag dat hij loog.

'Ik had hier niet moeten komen...'

'Helen, wacht...'

Maar Helen was al bij de deur. Ze draaide de knop om en mompelde: 'Het spijt me, Daniel.'

En toen was ze weg.

103

Helen liep zo snel ze kon weg van het hotel. Sukkel die ze was. Stomme, naïeve, wanhopige sukkel. En dat moest een politievrouw voorstellen. Iemand die gebruikmaakte van de kwetsbaarheid en het verdriet van een rouwende vader en daar iets voor zichzelf in hoopte te vinden. Ze had alleen aan zichzelf gedacht. Nee, dat klopte niet. Ze had gehoopt troost te vinden, een gevoel van rust, een plek waar ze thuis was.

Wat moest hij wel niet van haar denken? Ze had de situatie totaal verkeerd beoordeeld en haar eigen behoeften toegeschreven aan een man die helemaal niets voor haar voelde en totaal niet met haar bezig was. Haar zwakte verveelde hem, en wie kon hem dat kwalijk nemen? Hij had al genoeg op zijn bordje.

Helen kwam bij haar motor. Ze wist niet waar ze heen ging, maar ze wilde hier weg, weg van het toneel van haar meest recente vergissing. Maar toen ze haar helm losmaakte, gebeurde het. In haar zijspiegel zag ze een snel naderende gestalte. Hij kwam totaal onverwachts uit de schaduw en was al bijna bij haar. Zonder enige aarzeling draaide ze zich om en liet de helm een snelle, vastberaden boog beschrijven. De man bracht zijn handen omhoog, maar te laat – de helm kwam krachtig in aanraking met zijn hoofd. Hij deed een paar wankele passen naar achteren en Helen liet de helm vallen, stortte zich op hem en dwong hem tegen het plaveisel. Ze hief haar vuist en liet die in een snel gebaar neerkomen in zijn nek.

Maar de klap verloor aan kracht en haar arm vertraagde bij de neerwaartse boog toen ze haar aanvaller herkende.

Jake.

Haar vuist schampte zijn nek slechts en hij bracht zijn handen naar zijn gezicht om een tweede poging af te weren. Een diepe snee boven zijn linkeroog bloedde hevig.

'Jezus christus, Jake. Wat doe je in godsnaam? Ik had je bijna vermoord.'

'Vertel mij wat,' antwoordde hij boos. Hij duwde haar van zich af en kwam onvast overeind.

'Wat doe je hier in vredesnaam? Waarom overval je me zo?'

'Was je bij hém?'

En opeens vielen de puzzelstukjes in elkaar.

'Lieve god, ben je me gevolgd?'

Jake keek haar uitdagend aan, maar hij ontkende het niet.

'Hoe lang doe je dat al?'

'Bijna een week.'

Helen boog haar hoofd. Had ze het gevoel gehad dat ze gevolgd werd? Ja, die auto toen ze terugkwam uit Northampton. Ze had al deze en andere vage gevoelens van onrust weggestopt. Ze had er nooit echt in geloofd – ze stond haar mannetje – en ze had nooit verwacht dat het Jake zou kunnen zijn. Hadden ze daar geen afspraken over gemaakt?

'Houd je van hem?' Met die vraag maakte Jake meteen een eind aan die illusie.

'In godsnaam, Jake, zo zit het helemaal n…'

'Houd je van hem?'

'Loop naar de hel,' bitste Helen, en ze draaide zich om en stapte op haar motor.

'Ga alsjeblieft niet weg. We moeten praten.'

Na een korte aarzeling zette Helen haar helm op.

'Er is niets meer te zeggen.'

Ze startte de motor en schoot weg. Jake werd steeds kleiner in haar spiegels. Als hij helemaal verdween, had ze dat op dat moment helemaal niet erg gevonden. Deze avond had slechts één ding bewezen. Haar leven was één grote, slechte grap. En de goden zouden het nooit zat worden om haar uit te lachen.

104

Ze trok de laptop uit de tas en zette hem behoedzaam op de keukentafel. Ze was alleen – het was verpletterend stil in huis – maar toch aarzelde ze. Was het zwak om hieraan toe te geven? Of was het slechts de erkenning van een fundamentele waarheid?

Tim was een uur geleden vertrokken. Hij had gezegd wat hij te zeggen had en was weggegaan. Het ging nu allemaal heel snel en hoewel er nog eindeloos gepraat zou moeten worden – het hele toneelspel van een op de klippen gelopen huwelijk – wist ze nu al dat Tim een besluit had genomen. Er was geen weg terug. Hij hield niet meer van haar. Het leek vreemd om dat zo recht voor zijn raap te denken, maar dat betekende niet dat het niet waar was. Hij had iemand gevonden die hem gelukkig en blij maakte. Dat deed zijn vrouw niet meer.

Gek genoeg wilde Ceri niet voor hem vechten. Niet omdat ze niet van hem hield, want dat deed ze wel en de gedachte dat hij haar aan de kant had gezet, was enorm pijnlijk, maar omdat ze er nooit de zin van had ingezien om een verloren strijd aan te gaan. Waarom zou ze het allemaal nog pijnlijker maken? Ze berispte zichzelf om die gelaten houding – hoorde een bedrogen vrouw niet te vechten voor haar man? – maar opeens leek ze er de energie en de wil niet meer voor te hebben. Wat was er toch met haar aan de hand?

Ze liep naar de koelkast en schonk zichzelf een glas water in. De hele dag was een emotionele achtbaan geweest, van diepe ellende naar een vreemd gevoel van verwachting, en ze had even een moment nodig om op adem te komen. Ze leek vandaag voortdurend op het punt om in lachen of in huilen uit te barsten. Ze vermande zich, liep terug naar de keukentafel en ging zitten.

Ze drukte op de knop en de laptop kwam zoemend tot leven. Meteen verscheen er een schermpje waarin gevraagd werd om het wachtwoord. Ceri's vingers zweefden boven het toetsenbord. Het was erg genoeg dat ze Helens laptop mee naar huis had genomen – ze had hem 'geleend' van haar contact bij Corruptiebestrijding – maar het was nog veel erger om daadwerkelijk haar privébestanden te openen.

Helen had haar alle wachtwoorden gegeven, dus typte Ceri met een rillinkje van schuldbesef het eerste in. Meteen kwam Helens bureaublad op het scherm. Ze klikte op het eerste bestand en kreeg weer een schermpje, waarin om een code werd gevraagd. Harwood voerde hem trouw in en het bestand verscheen op het scherm. Maar het was niet erg interessant, alleen een contactformulier. Harwood schudde haar hoofd en bleef bestanden openen en sluiten, waarbij ze meer wachtwoorden moest invoeren en zich steeds dieper in Helens systeem begaf.

Ze zocht nu toegang tot het best beveiligde materiaal, waarin Helens geest en ziel werden blootgelegd. Ze las gretig het gedetailleerde verslag uit de tijd dat ze Robert Stonehill stalkte en vriendschap met hem sloot. Ze las de vele e-mails die ze hem gestuurd had en waarin ze wanhopig probeerde uit te vinden waar hij was. En daarna stuitte ze op de echte schat. Een dagboek dat Helen af en aan had bijgehouden sinds ze bij de politie was gegaan en waarin ze schreef over haar trots op het uniform, over het gevoel van veiligheid en macht dat ze van haar baan kreeg en over haar diepste twijfels over zichzelf naarmate ze carrière maakte.

Het was al laat, maar Ceri las verder en verslond Helens bekentenissen over woedeaanvallen, afkeer van zichzelf en zelfverwijten, die opdoken tussen de momenten van geluk en optimisme. Helen was echt een gekwelde ziel, dacht Ceri, ondanks al haar succes. Ze werd gedreven door een verlangen om demonen uit te drijven die haar altijd zouden blijven plagen. Na al die jaren in die flat en in opvanghuizen was ze een gekwetste en kwetsbare vrouw. Het was een enorme voldoening voor Ceri om te beseffen dat sommige van die wonden nooit helemaal zouden helen.

Ze zat in het donker met het onaangeroerde glas water voor zich en klikte op de volgende pagina. Ze ging zo op in haar onderzoek naar Helen Grace dat ze niet eens meer wist waar ze was. Haar woordenwisseling met Tim was ze al lang vergeten en op dat moment was het alsof hij niet eens bestond.

105

Het is moeilijk om niet op te vallen als je het formaat hebt van een kleine walvis. Daarom werd hoogzwangere politievrouwen dan ook terecht meestal kantoorwerk toebedeeld.

Het was vroeg in de morgen en de bewoners van Georges Avenue kwamen langzaam voor de dag. Er werden gordijnen opengetrokken, kopjes thee leeggedronken en de vroege vogels stapten in hun auto's en bestelbusjes, af en toe met een vragende blik naar de zwangere vreemde die tegen de lantaarnpaal leunde.

Opeens was Charlie moe en voelde ze zich een sukkel. Ze hadden maar één auto en hoewel Steve hem vandaag niet nodig had, had Charlie er toch geen gebruik van gemaakt. Steve was gek op die auto en hield hem in topconditie. Hij was niet iemand die alles in de gaten hield, maar het hogere getal op de kilometerteller dat een rit naar en van Northampton tevoorschijn zou hebben getoverd, zou hem zeker niet zijn ontgaan. Dus had ze een taxi genomen, toen de trein en toen weer een taxi, die haar uiteindelijk had afgezet in een dorp in Northamptonshire waar ze alleen maar kon wachten. Het had haar geld gekost, haar voeten deden zeer en ze voelde hoofdpijn opkomen, en toch... Ze had zich gedwongen gevoeld om hiernaartoe te gaan. Ze had ongewild een rol gespeeld in een samenzwering die Helen de kop kon kosten. Als er een kans was dat ze de uitkomst kon beïnvloeden, moest Charlie die aangrijpen.

Ze hoorde de voordeur dichtgaan en keek op. Inspecteur Tom Marsh bleef even staan voor hij naar zijn auto liep, draaide zich om en zwaaide naar zijn vrouw, die nu voor het raam verscheen. Charlie beende op hem af.

'Kan ik u helpen?' Inspecteur Marsh keek haar vragend aan. 'Komt u voor Rose?'

'Nee, Tom, ik kom voor jou.'

Opeens keek Marsh een beetje onzeker. Uit haar ooghoek zag Charlie de vrouw toekijken van achter het raam. Ze vroeg zich af aan welke romantische misdaden Marsh zich al had schuldig gemaakt en of ze daar gebruik van kon maken. Het zou er in de ogen van zijn vrouw – of zijn buren – niet erg goed uitzien als hij werd aangesproken door een boze zwangere vrouw.

'Het spijt me, maar ik weet niet wie u bent en ik moet naar mijn werk.' Hij probeerde langs haar heen te lopen. Maar Charlie greep stevig zijn arm vast en hield hem staande.

'Je kent me niet, maar ik ben een politiebeambte en een vriendin van inspecteur Grace.'

Charlie zag tot haar genoegen dat hij verbleekte.

'Jij hebt een rol gespeeld in een geniepig samenzwerinkje en ik wil met alle liefde je vrouw daarover inlichten – ze lijkt me nu al heel nieuwsgierig – maar dan zou je moeten opbiechten dat je ervoor betaald bent. Weet ze dat je smeergeld aanneemt?'

Marsh wierp een bezorgde blik op zijn vrouw. Haar gezicht was één groot vraagteken en Charlie zag geamuseerd dat er zweetdruppels op Marsh' voorhoofd verschenen.

'Maar ik zal je die vernedering besparen als je me vertelt waar en wanneer Harwood voor het eerst contact met je heeft opgenomen. Als je me dat op schrift kun geven...'

'Harwood? Ik ken geen Harwood.'

'Kom op, Tom. Ik weet dat ze je heeft gewaarschuwd dat Helen naar je toe zou komen en je heeft gevraagd het gesprek op te...'

'Ik heb nooit contact gehad met een vrouw,' viel Marsh haar in de rede. De voordeur ging open en Marsh keek er bezorgd naar.

'Met wie dan? Wie heeft je gezegd het gesprek op te nemen?'

'Een inspecteur die zei dat hij Latham heette, maar dat heb ik nooit geloofd. Maar ik zou hem herkennen als ik hem nog eens zag. Een lange zwarte kerel met een accent alsof hij van de South Coast kwam.'

'Een lange zwarte kerel?'

'Je bent toch niet doof of zo?' zei Marsh bits en hij draaide zich om naar zijn bezorgde vrouw.

'Wat is er aan de hand, Tom?' vroeg Rose Marsh, die strak naar Charlie en haar dikke buik keek.

'Het spijt me dat ik u gestoord heb. Ik krijg helemaal niemand te pakken op nummer tachtig en ik vroeg me af of u wist wanneer ze weer thuis zijn.'

Charlie glimlachte onhandig en liep weg. Het kon haar niet veel schelen of de vrouw haar leugentje geloofde. Een kleine echtelijke ruzie was wel het minste wat Marsh verdiende. Toen ze haar telefoon tevoorschijn haalde om een taxi te bellen, was Charlie al aan het bedenken wat ze nu ging doen.

Het was tijd voor een gesprek onder vier ogen met Lloyd Fortune.

106

De twee mannen zaten zwijgend aan het ontbijt. Lloyd had altijd het ontbijt klaargemaakt voor zijn vader – thee, zachtgekookte eieren, bruin geroosterd brood, steeds hetzelfde – en vaak vond hij die routinematige klus rustgevend. Maar vandaag was hij gespannen.

Hij had die nacht amper geslapen. En de nacht daarvoor was niet veel beter geweest. Sinds het gebeuren bij Ceri Harwood thuis bevond hij zich in de greep van een diep gevoel van onrust. Het feit dat ze hem had willen verleiden was al erg genoeg, maar het was slechts het voorspel geweest voor een veel ernstiger en schrikbarender ontwikkeling. De solide Ceri Harwood, die had volgehouden dat hij er alleen maar op vooruit zou gaan als hij meedeed met haar plan om de 'kanker' die Helen Grace vormde weg te snijden uit Southampton Central, stond op instorten nu persoonlijke trauma's en professionele teleurstellingen samenkwamen in een storm van ongekend formaat. Wat was hij een idioot geweest om haar op haar woord te geloven. Maar ze had er zo zeker van geleken en terwijl ze op hem inpraatte, was het of de weg voor Lloyd openging. Als hij Helen opvolgde, zou hij de jongste inspecteur zijn die het politiekorps van Hampshire ooit had gehad. Eindelijk zou hij zijn vader recht in de ogen kunnen kijken.

Hij keek op van zijn onaangeroerde ontbijt en zag dat Caleb naar hem zat te staren.

'Ben je bang voor mij, zoon?'

'Natuurlijk niet,' antwoordde Lloyd meteen, maar het klonk niet erg overtuigend.

'Waarom wil je dan niet met me praten?'

Lloyd keek naar zijn bord. Hier kon hij zo veel antwoorden op geven. Bang om veroordeeld te worden. Bang om niet goed genoeg te zijn. Bang om niet bemind te worden. Maar hoe kon hij dat zeggen tegen zijn vader?

'Je zit nu al dagen te herkauwen op dat probleem op je werk. Praat erover. Misschien kan ik je helpen.'

'Pa...'

'Alsjeblieft, zoon. Ik vind het heel vervelend om te zien dat mijn lievelingskind ongelukkig is.'

Lloyd voelde dat hij bloosde van verlegenheid en schaamte. Ouders hoorden niet te praten over 'lievelingskinderen'. Zijn schuldgevoelens werden er tien keer erger door.

'Ik ben bang dat ik je heb teleurgesteld.'

'Dat heb je nog nooit gedaan. Ik laat het niet altijd merken en ik weet dat ik je achter de vodden zit, maar...'

'Ik heb jou tekortgedaan en mezelf ook.'

De bitterheid in zijn stem kwam luid en duidelijk over. Caleb zei niets, maar hij keek behoedzaam naar zijn zoon, met een bezorgd gezicht.

'Ik heb me onprofessioneel gedragen, zelfs de wet overtreden. Om een hogere rang en meer prestige na te jagen. Maar... ik heb verkeerd gehandeld, pa. Ik heb iemand opgeofferd om er zelf beter van te worden.'

Zo, dat was eruit.

'Wat ik gedaan heb, druist in tegen alles wat jij me hebt geleerd, alles wat ik wilde zijn. En nu kan ik je niet meer in de ogen kijken.'

Lloyd bleef naar zijn bord kijken, terwijl hij wachtte op verwijten. Maar tot zijn verrassing voelde hij hoe de ruwe hand van zijn vader zijn kin optilde. Hij keek in het verweerde gezicht en hij zag genegenheid, geen oordeel.

'Voor wie heb je het gedaan, zoon? Voor mij? Of voor jezelf?'

'Dat komt op hetzelfde neer,' zei Lloyd eerlijk. Meteen zag hij iets van – wat was het? schaamte? spijt? – over het gezicht van zijn vader trekken.

'Als je iemand de schuld wilt geven, geef dan mij maar de schuld,' zei Caleb zachtjes.

'Jij hebt hier niets mee te maken. Ik heb het zelf gedaan.'

'Dat is niet waar. Ik heb er wel mee te maken. Ik heb je altijd zo op de huid gezeten omdat ik wilde dat je een betere man zou worden dan ik was.'

Tot zijn schaamte voelde Lloyd de tranen in zijn ogen springen. 'Hoe bedoel je? Je bent de beste man die ik ken.'

'Zeg dat niet.' Calebs stem trilde toen hij dit zei. Maar trilde hij uit woede of door iets anders?

'Ik weet dat je altijd tegen me hebt opgekeken, Lloyd,' ging hij langzaam verder, 'en dat vind ik geweldig van je. Maar ik ben zo hard voor je geweest en heb zo veel van je geëist om wat ik was.'

'Je hebt elke dag voor ons gewerkt. Tot je gezondheid weg en je lichaam op was...'

'Dat kwam niet door het werk,' viel hij Lloyd in de rede. 'Niet door het werk.'

'Waardoor dan?' vroeg Lloyd, die werd overvallen door een heel onzeker gevoel.

Na een lange stilte hoorde hij zijn vader uiteindelijk zeggen: 'Ik heb dit nooit aan iemand verteld. Zelfs niet aan je moeder, God hebbe haar ziel. Maar ik was een dief.'

Lloyd staarde hem ongelovig aan. Hij wist wat de woorden betekenden, maar hij kon ze niet plaatsen.

'In die dagen moest je ergens bij horen als je in de haven werkte. Bij een team. Bij een bende.'

Lloyd keek hem aan en vroeg zich af wat er ging komen.

'Ik koos voor het laatste en stal links en rechts goederen die door mijn handen gingen. Ik gaf ze door en kreeg er extra geld voor. Dat geld had ik voor jullie nodig, maar dat betekent niet dat ik er geen spijt van heb. Die keer dat ik mijn rug brak. Ik ben toen niet gevallen. Een rivaliserende bende had me voor straf in elkaar geslagen. Ik deed wat ik moest doen om te overleven en als ik hard voor je was, komt dat omdat ik wilde dat je zo veel meer werd dan ik. Begrijp je dat?'

Lloyd knikte, maar zijn gevoelens konden zijn lichaam niet bijhouden. Hij wist niet wat hij moest denken of voelen.

'Ik heb mezelf gehaat omdat ik loog tegen jou en je moeder. Zelfs tegen die nietsnutten van een broer en een zus van je. Maar probeer te begrijpen... Soms merk je dat je te ver bent gegaan en dat je niet meer terug kunt. Dus vergelijk jezelf niet met mij. Je bent tien keer beter dan ik ooit zal zijn.'

Nu stonden er tranen in Calebs ogen. Lloyd huilde ook, zonder enige gêne, met zijn hand op de arm van zijn vader. Hij huilde om de leugens die hem waren verteld, om het gevoel van ontoereikendheid dat hij zo veel jaar had gehad. Maar hij huilde vooral om zijn eigen domheid, want hij wist dat hij zijn carrière had opgeofferd omdat hij een valse god had aanbeden.

107

Helen voelde hoe Sanderson haar van kop tot teen opnam, op zoek naar iets wat op instabiliteit of gewelddadigheid kon wijzen. Ze zaten weer tegenover Andrew Simpson en hoewel er niets hardop was gezegd, wist Helen dat haar ondergeschikte zich bewust was van het gevaar van een tweede explosie bij Helen. Ze kon het Sanderson niet kwalijk nemen. Na een slapeloze nacht zag Helen er nog vermoeider en geïrriteerder uit dan de avond tevoren. Geen wonder dat haar collega zenuwachtig was.

Simpson zat er net zo passief bij als anders, hoewel hij veel meer gespannen was. Hij bleef maar met zijn hand over zijn gezicht gaan en zijn slapen masseren, hij leek gestrest en ongelukkig. Hij zag eruit alsof hij pijn had.

'Nou, wil je het goede nieuws horen of het slechte nieuws, Andrew?'

Simpson keek Helen op zijn hoede aan, niet wetend wat voor spelletje ze vanmorgen wilde spelen.

'Het goede nieuws voor jou is dat onze zoekteams elke vierkante centimeter van je onroerend goed hebben doorzocht en geen spoor hebben gevonden van Ruby Sprackling. Het slechte nieuws is dat ze genoeg bewijzen voor illegale filmopnames en het delen van pornografische bestanden hebben aangetroffen om het hele kantoor van de officier van justitie in rep en roer te brengen.'

Zag Helen de strakke glimlach van de advocaat een beetje trillen? Ze hoopte het.

'Het komt er dus op neer dat ze vanmiddag de aanklacht gaan opstellen, tenzij ik ze een heel goede reden kan geven om dat niet te doen.'

'Wat bedoelt u?' Eindelijk deed de advocaat zijn mond open.

'Medewerking. Ik wil elk bestand, elke video en elk detail van de levens van deze meisjes met je doornemen. Ik wil precies weten wat ze deden en wat jij deed. Je hoeft natuurlijk niet op stel en sprong een beslissing te nemen. Je zult moeten overleggen met je raadsman...'

'Oké.' Het kwam er zachtjes, maar vastbesloten uit.

'Luider alsjeblieft, meneer Simpson. Voor de opname.'

'Oké, ik werk mee,' zei hij vermoeid.

Helen zag tot haar genoegen dat hij zijn uitdagende houding liet varen. Misschien had een nachtje cel toch het gewenste effect gehad. Ze keek naar Sanderson en knikte ten teken dat ze kon beginnen. Haar ondergeschikte had ook een slapeloze nacht gehad, maar had die veel effectiever besteed door zich te buigen over de tien jaar dat Simpson vrouwen had bespioneerd en gestalkt.

'Houd je van nieuwe dingen, Simpson? Of ben je meer een gewoontedier?'

Simpson keek Sanderson vragend aan voordat hij eindelijk antwoord gaf. 'Allebei, geloof ik.'

'Maar als het om die meisjes gaat?'

'Nieuwe dingen, denk ik.'

'Waarom?'

'Ik raak snel verveeld.'

'Als je telkens dezelfde meisjes ziet?'

Hij haalde zijn schouders op, maar ontkende het niet.

'Dus er zit variatie in wat je bekijkt. En er zijn altijd zat vertrekkende en nieuwe huurders.'

‘Zeker.’

‘Heb je een vast type, Andrew?’

Het leek een terloopse vraag, maar Helen merkte dat Sanderson zich voor de volle honderd procent concentreerde op zijn antwoord, net als zij.

‘Op je bandjes staan allerlei meisjes. Groot, klein, wit, zwart, donkerharig, blondines. Heb je een voorkeur voor een bepaald type?’

‘Ik vind alles leuk… maar misschien blondines. Vooral als het blond geverfd is, zodat het andere haar, nou ja…’

Zijn stem stierf weg toen hij zag hoe de twee vrouwen naar hem keken. Voor het eerst sinds ze hem kenden, bloosde hij.

Helen stond op.

‘Ik leg op de band vast dat inspecteur Grace de kamer verlaat. Rechercheur Sanderson gaat door. Denk aan de afspraak die we gemaakt hebben, Simpson. We willen alles precies weten.’

Ze keek hem strak aan en hij beantwoordde haar blik en knikte zachtjes. Nog voor Helen de kamer uit was, stelde Sanderson de volgende vraag, maar Helen zat al met haar gedachten ergens anders. Sandersons lange nacht had één onaangenaam, maar onmiskenbaar feit aan het licht gebracht: Simpson had geen echte voorkeur. De moordenaar die ze zochten, ontvoerde vrouwen met zwart haar en blauwe ogen, maar Simpson leek steeds nieuwe dingen te willen in plaats van een specifieke lichaamsbouw, haarkleur of oogkleur. Het was bijna alsof het uiterlijk van de meisjes voor hem niet belangrijk was, alleen het feit dat hij ze ongestoord kon bespieden. En dat betekende dat de angst die aan haar knaagde waarschijnlijk gegrond was: Andrew Simpson had de strandmoorden niet gepleegd. En hij had ook Ruby Sprackling niet ontvoerd.

108

'Ik heb besloten om Andrew Simpson op borgtocht vrij te laten als we zijn medewerking niet meer nodig hebben.'

Het verzamelde team reageerde verrast en verontrust. Ze hadden wel geruchten van dien aard gehoord, maar Helens verklaring was toch een schok.

'Hij wordt natuurlijk wel in de gaten gehouden en er lopen nog andere aanklachten tegen hem. Als hij volledig meewerkt en ons helpt het onderzoek tot een goed eind te brengen, zouden we die aanklachten kunnen wijzigen. Maar tenzij jullie iets anders van me horen,' zei Helen zonder acht te slaan op de boze gezichten van sommige vrouwelijke medewerkers, 'is Andrew Simpson niet langer onze voornaamste verdachte.'

Er was een korte uitbarsting van gepraat en reacties toen haar woorden doordrongen. Helens blik dwaalde naar Lloyd Fortune. Als haar brigadier had hij naast haar moeten staan en samen met haar leiding moeten geven aan het onderzoek, maar hij was de laatste tijd vreemd afwezig, zowel lichamelijk als geestelijk. Net als zij leek hij uitgeput.

'Andrew Simpson was niet kieskeurig in zijn keuze van meisjes en rechercheur Sanderson en ik zijn allebei van mening dat hij niet meer voldoet aan het daderprofiel.'

'Dus we zijn terug bij af,' merkte rechercheur Lucas onnodig op.

'Niet helemaal,' sprak Helen haar snel tegen, zich bewust van het effect dat doodlopende onderzoekslijnen kunnen hebben op het moreel van een team. 'We weten wat de moordenaar zoekt. En we weten dat hij deze meisjes met geoefend gemak ontvoert, wat suggereert dat hij in hun huis kon komen of het vertrouwen van de meisjes genoot.'

'Dat laatste is onwaarschijnlijk omdat ze zo veel van elkaar verschilden,' voegde rechercheur McAndrew eraan toe.

'Laten we die theorie eens bekijken,' ging Helen verder. 'Pippa Briers was een werkende vrouw. Roisin een alleenstaande moeder met een uitkering. Ruby Sprackling was een losgeslagen kind. Isobel Lansley lijkt een introverte studente te zijn geweest die zelden haar flat uit kwam. Hoe is het met haar ouders?'

'Ze vliegen vandaag hierheen en zouden tegen de middag hier moeten zijn,' antwoordde rechercheur Edwards.

'Mooi. We hebben dus vier heel verschillende vrouwen die kilometers van elkaar vandaan woonden, maar die hetzelfde uiterlijk hebben en alleen woonden. Hoe krijgt hij ze te pakken? Laten we beginnen met Pippa.'

'Die woonde in Merry Oak, werkte bij Sun First Travel in West-Quay. Ze ging graag uit in Bedford Place,' meldde Lucas snel.

'Zoek uit wie haar dokter was. Haar tandarts. Vrienden, leesclubs, begin bij het begin en werk van daaruit verder. En Roisin?'

'Die woonde alleen in een sociale huurflat in Brokenford. Een aantal vriendjes, soms tegelijkertijd. Roisin hield van aandacht. Ze heeft nooit gewerkt, ging naar een paar gratis babygroepjes en eens per week naar het postkantoor om haar uitkering op te halen. De rest van de tijd besteedde ze aan etalages kijken, drinken en dromen van een ander leven.'

'Oké, zoek de vriendjes op, tot de laatste man. Zoek uit wie er bij het postkantoor werkte en wie bij de moeder-en-babygroepjes kwam. Over Ruby weten we al veel, maar laten we alles nog eens nagaan: oude schoolvrienden, de vriendjes van Shanelle Harvey, iedereen die wist waar ze woonde en hoe. Wat weten we over Isobel?'

Er viel een ongemakkelijke stilte, die uiteindelijk werd verbroken door rechercheur McAndrew.

'Eigenlijk heel weinig. Ze woonde alleen en was heel erg op zichzelf. Ze had vijftien volgers op Twitter.'

Helen zag dat een paar jongere mensen een meewarig gezicht trokken. Voor hen was iemand met vijftien volgers in sociaal opzicht dood.

'Student bij het Oceanography Centre. Was halverwege haar studie toen ze verdween. Haar ouders betaalden, dus ze hoefde niet te werken om rond te komen. Volgens de verhalen die we tot dusver hebben gehoord, ging ze naar de colleges en dan rechtstreeks weer naar huis.'

'Oké, we richten ons op haar. Ze dronk niet, ging niet naar clubs, had geen noemenswaardig sociaal leven. Met welke mensen had ze dan wel contact, wie had haar in aanraking kunnen brengen met de andere vrouwen? Hoe doet hij het? Hoe komt hij binnen? Isobel had sporen van trichloorethyleen in haar haar. Is dat belangrijk? Heeft de dader door zijn werk de beschikking over dit verdovende middel of een derivaat ervan? Ga alles net zo lang na tot we resultaat hebben.'

Er viel een korte stilte toen Helen was uitgesproken.

'Waar wachten jullie op?'

Het team kwam in actie en haastte zich weg om de aanwijzingen na te gaan. Helen was woedend op zichzelf omdat ze zo veel tijd had verspild aan Price en Simpson. Ze had niet echt een keus gehad, maar daar had Ruby niets aan. Helen wist dat ze het zichzelf nooit zou vergeven als dat meisje doodging. Zou deze laatste worp met de dobbelstenen eindelijk resultaten opleveren, of waren ze al te laat?

109

De deur zwaaide open en Ruby werd met een schok wakker. Hoe lang had ze geslapen? Wat voor dag was het? Waarom was hij teruggekomen?

Opeens kwam het bed in beweging. Hij had het vastgepakt en gooide het op zijn kant om Ruby te kunnen zien, die eronder was weggekropen. Ze knipperde tegen het felle licht, en nu haar schuilplaats was weggerukt, lag ze open en bloot voor hem. Langzaam raakten haar ogen gewend aan het licht en ze zag tot haar verrassing dat hij leek te trillen van woede. Het was alsof er helemaal geen tijd voorbij was gegaan.

'Luister goed, Summer, want dit is je laatste kans.'

Zijn stem klonk ruw en onaangenaam.

'Je hebt me erg teleurgesteld. Heel erg. Als ik een beetje gezond verstand had, zou ik je gewoon vergeten. Maar ik ben bereid je te vergeven. Ik weet dat je spijt hebt van je fout.'

Ruby zei niets. Ze wist niet waar hij heen wilde met dat krankzinnige gepraat en ze was dit spelletje opeens heel erg moe.

'Maar ik laat me niet meer door jou kwetsen. Als je me nog eens teleurstelt, word je gestraft. Begrijp je dat?'

'Hoe zou je me straffen?' vroeg Ruby onwillekeurig, maar met een stem waar de strijdlust vanaf droop. Ze zei het zelf, maar ze had geen idee waar die strijdlust vandaan kwam.

'Drijf me niet te ver. Je hebt al genoeg kwaad...'

'Ga je me net zo straffen als je Roisin hebt gestraft?'

Ze pakte Roisins onhandig getekende kerstkaart van de vloer en stak hem die toe.

'Of zoals je Pippa hebt gestraft.'

Ze gooide hem Pippa's provisorische dagboek toe, overweldigd door een felle woede. Hij deinsde meteen achteruit, alsof de papieren giftig waren.

'Zij was een vergissing...'

'En wat ben ik dan?'

'Probeer me niet te beduvelen, Summer.'

'Ik ben Ruby Sprackling...'

'Je naam is Summer...'

'Ik ben Ruby Sprackling en ik haat je met heel mijn hart.'

Zijn hand schoot uit en dwong Ruby steeds verder achteruit, tot ze hard in aanraking kwam met de muur. De lucht werd uit haar longen geslagen en zijn hand kneep steeds harder.

'Nog één woord en ik vermoord je, ik zweer het je,' bracht hij uit en de druppels spuug kwamen op Ruby's gezicht terecht.

'Je kunt me nergens meer mee dreigen,' snauwde Ruby terug. 'Wat jou betreft ben ik al dood.'

Ergens wist Ruby een grimmige, zegevierende glimlach vandaan te toveren. Die had het gewenste effect. Hij liet haar als een baksteen vallen en keek toe hoe ze op de grond terechtkwam.

Hij liep snel bij haar vandaan, bleef staan, draaide zich om en haastte zich terug, waarna hij haar drie keer in de ribben trapte. Toen ze wegrolde van de schoppen, bukte hij en greep haar bij de kraag.

'Hier krijg je spijt van.'

Hij liet haar weer vallen, liep naar het nachtkastje en pakte de inhalator.

'Nee.'

Ruby kroop over de vloer naar hem toe, één hand smekend uitgestrekt. Maar hij was te snel, liep vlug de kamer door en deed de deur open.

'Vaarwel, Ruby.'

De deur sloeg achter hem dicht.

110

Vloekend liep hij weg van de cel. Hij ging de tweede deur door en nam de linkergang naar de derde en laatste deur. Toen hij die open en weer op slot had gedaan, klom hij via de ladder weer naar boven.

Het was nog een grotere troep in het huis dan gewoonlijk en dat paste perfect bij zijn stemming. Hij voelde zich alsof zijn heftig kloppende hoofd uit elkaar zou barsten. Woest schopte hij de keukenstoel opzij en voor hij wist wat hij deed, had hij hem opgepakt en tegen de muur gesmeten. De stoel brak in verscheidene stukken, maar hij voelde niets. Alleen een verpletterende leegte.

Hij voelde de duisternis al weer oprukken. Die bekende gevoelens van verlatenheid. En een diepe, diepe eenzaamheid. Hij was al sinds zijn geboorte vervloekt, dat wist hij. Als zoon van een hoer had hij te midden van die totale verloedering nooit zijn kindertijd overleefd als Summer er niet was geweest. Hij had haar aanbeden voor haar liefde, haar geduld, haar liefheid. Nu had hij bittere spijt van haar goede daden. Waarom had ze hem niet laten sterven? Waarom had ze hem dít laten meemaken?

Was hun liefde een vloek? Ze was altijd aanwezig geweest in zijn leven, had hem geleerd de vele gevaren daarvan te omzeilen, had hem geleerd liefde te geven en te ontvangen. De laatste tijd was ze er natuurlijk niet meer, maar ze kwam altijd bij hem terug. Uiteindelijk kwam ze altijd terug.

Hij griste de stukken van de stoel van de vloer en ramde ze in de al propvolle afvalbak, waardoor een deel van de inhoud eruit viel, en besefte ten volle hoe dom hij was. Waarom liet hij zich zo gemakkelijk beetnemen? Ze was daar ergens, altijd zo dichtbij dat hij er elke keer in trapte als een van die meisjes in zijn leven verscheen en deed alsof ze haar was. Hij geloofde in haar. Hij kon het toch niet alweer mis hebben, of wel? Hij had deze maandenlang in het oog gehouden, had de leegte in haar leven gezien, was getuige geweest van de ruzies met haar zogenaamde familie. Ze kenden haar niet, ze begrepen haar niet, maar hij wel en hij had gezien hoe ze naar hem zocht. Hoe ze haar betere helft zocht. Maar stel dat hij het toch mis had? Hij was er zo zeker van geweest...

Die gedachte beroofde hem van al zijn kracht en opeens liet hij zich op de vloer zakken. Ineengedoken tussen de stukken hout, het rottende voedsel en de viezigheid begon hij te huilen. Hij huilde nooit, maar vandaag kon hij het niet helpen. Hij huilde om alle teleurstellingen en alle pijn die hij in de loop der jaren had moeten doorstaan. Om elke valse start en elk vals idool. En om het meisje dat hij had liefgehad en dat hij was kwijtgeraakt.

111

Emilia Garanita zette met een ferme druk op de knop haar computer uit en pakte haar tas. Ze was al laat – het zou thuis inmiddels wel een vrolijke chaos zijn – en ze had een onbevredigende dag gehad, waarop ze het 'strandlijken'-verhaal nieuw leven had willen inblazen door te doen alsof er nieuwe ontwikkelingen waren.

Ze was al halverwege de deur toen de telefoon op haar bureau overging. Eigenlijk wilde ze hem het liefst negeren – dit was een totaal verspilde dag – maar oude instincten laten zich niet gemakkelijk verloochenen. Voor een journalist kan ieder telefoontje een verhaal worden. Dus liep ze de kamer door en nam op.

'Garanita.'

'Telefoon. Een vrouw. Over de vogeltatoeage.'

De moed zakte Emilia nog wat verder in de schoenen. Sinds dit verhaal in de *Southampton Evening News* was verschenen, waren ze opgebeld door een eindeloze reeks gekken, opportunisten en mensen die detectiveje wilden spelen en allemaal zinloze theorieën opperden. De een was nog meer van het padje af dan de ander – Emilia had inmiddels spijt dat ze Helen Grace hiermee had geholpen.

'Verbind maar door,' blafte Emilia, die dit zo snel mogelijk achter de rug wilde hebben.

'Hallo?'

De stem aan de andere kant van de lijn klonk gebarsten en trillerig.

'Emilia Garanita. Wat kan ik voor u doen?'

'Ben jij die journaliste?'

'Dat klopt.'

'Die vraagt naar die vogeltattoo?'

'Ja.'

Een stilte, en toen: 'Is er een beloning?'

Inwendig slaakte Emilia een diepe zucht. Dit gesprek ging een deprimerend bekende kant uit.

'Alleen als de geboden informatie tot een veroordeling leidt.'

'Ja of nee?' Er klonk nu een scherpte door in de stem die Emilia's aandacht trok.

'Ja.'

'Hoeveel?'

'Twintigduizend pond.'

'Wanneer zou ik dat krijgen?'

'Dat kunnen we bespreken als u naar mijn kantoor komt. Maar ik zou eerst moeten weten waaruit uw informatie bestaat.'

'Mijn dochter had zo'n tattoo. Ze is nu dood. Maar ze had beslist zo'n tattoo.'

Emilia ging weer aan haar bureau zitten, haalde haar mobiele telefoon uit haar zak en opende de app waarin ze aantekeningen kon maken.

'Hoe zag ze eruit?'

'Mager, een beetje sletterig, dat wel, maar ze had iets. Net als haar moeder.' De gebarsten stem grinnikte nu, maar het klonk verbitterd in plaats van vrolijk.

'Haarkleur? Ogen?'

'Ze was een opvallende meid. Zwart haar en grote blauwe ogen.'

Emilia's vinger bleef even boven het schermpje van haar telefoon hangen.

'Hoe zei u dat ze heette?'

'Ze heette Summer, God hebbe haar ziel.'

'En u zegt dat ze dood is?'

'Overdosis. Haar broer heeft haar gevonden.'

'Ze had een broer?' vroeg Emilia, die de opwinding niet uit haar stem kon weren. 'Hoe heet hij? En waar is hij nu?'

Er viel een lange stilte en toen zei de vrouw: 'Dat vertel ik als we elkaar zien. Voor niets gaat de zon op, liefje.'

Daarmee verbrak ze de verbinding.

112

Ruby lag doodstil op de vloer. Ze rilde onbeheerst, maar ze deed geen poging naar het bed te kruipen. Haar longen brandden, haar keel zat dicht en ze voelde zich veel te zwak om op te staan.

Het gevecht was voorbij. Waarom had ze hem uitgedaagd? Had ze gedacht dat ze hem kon breken? Nee, Ruby wist dat haar verbale aanval de laatste daad was van een wanhopig meisje. De laatste opleving van haar weerstand. Ze zou haar moeder of vader nooit meer zien. En Cassie en Conor. Als die haar ooit terugzagen, zou dat hier zijn, wegrottend in deze afschuwelijke kelder.

Vroeger raakte ze in paniek als ze geen adem kreeg, een erfenis van al die tochtjes naar het ziekenhuis die ze als kind had moeten maken, maar nu verwelkomde ze het gevoel. Ze had nooit veel gevraagd in het leven, had nooit veel verwacht, maar nu hoopte ze op een genadig einde. Langzame verstikking zou een zegen zijn, een manier om hem te beroven van verdere wraaknemingen en vernederingen. Het had op zich niet veel te betekenen, maar was toch een kleine overwinning.

Als ze nu kon wegzakken, hier op de vloer, dan zou ze haar familie misschien toch terugzien. Misschien was er een hiernamaals of een plek waar ze rust kon krijgen. Dat was toch zeker niet onmogelijk? Ze had nooit in zoiets geloofd, maar nu…

Maar ze geloofde het niet. Nooit had ze daarin geloofd. In haar leven had ze geleerd geen gelukkig einde te verwachten. Diep in haar hart wist Ruby dat ze tot het bittere eind zou blijven lijden. Er was geen ontsnapping voor haar mogelijk en deze plek, dit vreemde poppenhuis, werd haar graf.

113

Lloyd liep naar zijn auto terwijl de gedachten door zijn hoofd tolden. Het onderzoek dat de afdeling Corruptiebestrijding naar Helen had ingesteld, was in volle gang en toch had ze nog steeds de leiding over het team en leidde ze het vol zelfvertrouwen en energie. Intussen was Ceri Harwood nergens te bekennen; ze had zich ziek gemeld. Lloyd had erover gedacht haar te bellen, maar zijn gezonde verstand had hem ervan weerhouden. Nu alles zo onzeker was, was het beter om op een afstand te blijven. Maar hij werd enorm onrustig van het gebrek aan duidelijkheid. Had hij op het verkeerde paard gewed? Lloyd zette de twijfel van zich af en trok het portier open. Hij had belangrijk werk te doen aan de zaak-Ruby Sprackling.

Hij sloeg het portier dicht en draaide de contactsleutel om. Voordat hij kon wegrijden, werd het portier aan de passagierskant opengerukt en stapte er een vrouw in. Lloyd keek opzij en zag tot zijn verbazing Charlie, die het zichzelf gemakkelijk maakte en het portier rustig dichttrok.

'Zullen we een eindje gaan rijden, Lloyd?'

Ze wachtte tot ze het bureau een heel eind achter zich hadden gelaten. In de beladen stilte voor ze begon te praten, probeerde Lloyd te bedenken of ze het kon weten – en zo ja, hoe – maar hij kwam er niet achter. Desondanks wist hij met absolute zekerheid dat ze naast hem zat om de tegenaanval in te zetten. Ze was een trouwe bondgenoot van Helen Grace, altijd geweest, en haar plotselinge verschijning kon alleen het begin van een nieuwe en mogelijk beslissende fase in deze geheime oorlog inleiden.

'Ik geloof niet dat je een slecht mens bent, Lloyd. Dat hoop ik tenminste. Maar met wat jij gedaan hebt, heb je zowel jezelf als het korps verlaagd.'

Lloyd zei niets, maar keek haar even van opzij aan. Droeg ze soms een microfoon, ging het daarom?

'Niemand weet dat ik hier ben,' ging Charlie verder alsof ze zijn gedachten kon lezen. 'En ik neem dit niet op. Volgens mij kan dit beter onder vier ogen worden afgehandeld, vind je ook niet?'

Na een paar tellen knikte Lloyd. Ze klonk oprecht, maar kon hij haar vertrouwen?

'Ik weet niet of ze je geld heeft aangeboden of promotie of zoiets, en om eerlijk te zijn kan het me ook niet echt schelen. Maar deze zaak komt binnenkort aan het licht. Dat zal veel commotie geven, dus iedereen moet weten wat hij gaat vertellen. Het is in deze situaties gebruikelijk dat degenen die lager op de ladder staan boeten voor de incompetentie of corruptie van hun meerderen. Maar ik wil niet dat dat gebeurt. Ik weet wie dit in gang heeft gezet. Ik ben alleen geïnteresseerd in haar.'

'Oké,' antwoordde Lloyd voorzichtig.

'Ik zal niet tegen je liegen, Lloyd, je bevindt je op behoorlijk glad ijs. Maar er is een manier om jezelf te redden en misschien je baan te behouden. Je zou het kunnen zien als verraad, maar het is het enige wat je kunt doen. Je moet haar aangeven bij de mensen van Corruptiebestrijding en ze alles vertellen wat je weet. Zeg dat je ertoe gedwongen werd, zeg dat ze dreigde je te ontslaan als je niet meedeed. Als je de boel een beetje mooier moet maken om je hachje te redden, dan moet dat maar, maar over haar moet je de waarheid vertellen. Wanneer ze naar je toe is gekomen, wat ze van je gevraagd heeft, wanneer je contact hebt opgenomen met inspecteur Marsh.'

Daar was het. Het eerste stukje hard bewijs. Het werd heel nonchalant door Charlie te berde gebracht, maar op Lloyd had het een vernietigend effect.

'Ik heb met Tom Marsh gesproken. Bij zijn huis in Bugbrooke. Daar heb ik ook zijn vrouw ontmoet, Rose, aardig mens. Hij gaat meewerken om zijn hachje te redden en ik wil jou met kracht adviseren hetzelfde te doen. Je hebt tot het eind van de dag om te beslissen. Zet me hier maar af.'

Lloyd remde en bracht de auto tot stilstand op een busbaan. Toen Charlie uitstapte, zei ze: 'O, en dit gesprek heeft nooit plaatsgevonden.'

Ze sloeg het portier dicht en liep snel om de auto heen om in de rij te gaan staan voor de bus. Lloyd reed weg en keek intussen om zich heen naar bewakingscamera's, die hun ontmoeting konden hebben gefilmd. Hoewel hij normaal heel koelbloedig bleef als hij onder druk stond, merkte Lloyd tot zijn verrassing dat zijn overhemd vochtig was van het zweet.

Onder het rijden overdacht hij de verschillende mogelijke scenario's, het ene nog slechter dan het andere. Harwood had gedreigd hem kapot te maken als hij niet meedeed. En Charlie gooide hem voor de leeuwen als hij Harwood er niet bij lapte. Hij kon hier niet zonder kleerscheuren uit komen, maar Charlie had de zaak op scherp gezet en hij zou moeten beslissen.

Hij moest een kant kiezen.

114

Normaal gesproken was hij de dominante figuur op deze plek. De plek waar hij de volledige controle had. Daarom voelde het zo vreemd om nu in het nadeel te zijn, om slecht op zijn gemak en geïntimideerd voor haar te staan.

Toen hij de drie bekende zoemtoontjes had gehoord, was Jake meteen naar de deur gerend. Hij had verwacht dat Helen een tijdje weg zou blijven, dat ze hem zou straffen met haar afwezigheid, maar hier was ze, de volgende morgen al. Toen ze binnenkwam, was haar stemming moeilijk te doorgronden – ze hield haar hoofd gebogen – maar ze leek allereerst bezorgd om hem, wat hem opmonterde. Ze vroeg naar zijn verwondingen en hij vertelde haar over zijn nachtelijke tochtje naar de afdeling Spoedeisende Hulp. Hij had een paar hechtingen boven zijn oog gekregen, maar de wond zou snel helen en er was geen blijvende schade.

Het was wel duidelijk dat Helen zo snel mogelijk weer weg wilde, dus het verbaasde Jake niet dat ze meteen ter zake kwam en vroeg hoe lang hij haar had gevolgd. Jake besloot niets voor haar te verzwijgen – een volledige en eerlijke bekentenis was wel het minste wat hij haar verschuldigd was – maar toen de details naar buiten kwamen, werd hun allebei pijnlijk duidelijk hoe diep zijn gevoelens voor haar waren. Het was niet zijn bedoeling geweest om zo veel voor haar te gaan voelen, maar het was gebeurd en het resultaat was dat Helen hem niet meer recht kon aankijken.

'Jake, ik ben je echt dankbaar voor alles wat je voor me gedaan hebt...'

'Doe dit alsjeblieft niet, Helen.'

Jake zag waar dit heen ging en wilde Helen tegenhouden voordat ze haar beslissing onder woorden kon brengen.

'Je hebt me meer geholpen dan je weet,' ging Helen onverstoorbaar door. 'Meer dan ik verdiend heb. Maar we weten allebei dat hier een eind aan moet komen.'

'Natuurlijk. We kunnen terug naar de oude situatie, strikt zake...'

'Ik bedoel dat aan "ons" een eind moet komen,' viel Helen hem in de rede. 'We zijn een grens overgegaan die we nooit hadden mogen overschrijden.'

'Waarom zouden we niet?' antwoordde Jake toen zijn opkomende woede het eindelijk won van zijn schaamtegevoel.

'Omdat ik dat niet wil. En het is niet eerlijk tegen jou om te doen alsof het anders is.'

'Dat is gelul. Ik ken je, Helen. Je bent niet anders dan andere mensen, maar je blijft iedereen wegjagen.'

Helen keek naar hem alsof hij gek was, maar hij had gezien hoe kwetsbaar ze was, hoe groot haar behoefte aan troost en liefde was, dus dan was zij toch zeker degene die gek was?

'Het spijt me, Jake, maar ik heb mijn besluit genomen. Ik wil je niet kwetsen, dat is nooit mijn bedoeling geweest, maar ik kom hier niet meer.'

'Dan blijf je voor altijd alleen,' snauwde hij terug. Hij wilde niet verbitterd klinken, maar het was toch zo. 'Je trots en je angst zullen ervoor zorgen dat je voor altijd eenzaam zult zijn.'

Terwijl hij dat zei, rukte hij de voordeur open. Haar aanwezigheid leek hem nu te bespotten en hij wilde dat ze uit zijn ogen ver dweeen. Toen ze vertrok en voor altijd uit zijn leven wegliep, kon hij het niet laten nog één laatste schot af te vuren.

'Veel geluk, Helen. Je zult het nodig hebben.'

115

Charlie duwde de voordeur achter zich dicht en leunde ertegenaan. Ze had zich de hele dag al wat vreemd gevoeld, heel onrustig, en nu was ze gewoon uitgeput. Was het dom geweest om Lloyd rechtstreeks aan te vallen? Ze kende hem niet zo goed en wie had kunnen zeggen of hij niet boos op haar beschuldigingen had gereageerd of zelfs helemaal over de rooie was gegaan? Ze was blij dat ze er niet al te lang over had nagedacht, anders zou ze het waarschijnlijk niet hebben gedaan. En dat zou verkeerd zijn geweest; zij had ongewild een rol gespeeld in de valstrik die voor Helen was opgezet en ze was vastbesloten geweest om dat recht te zetten. Ze wilde niet weerhouden worden door lafheid of voorzichtigheid. Niet dat Steve het zo zou hebben gezien, want er had van alles kunnen gebeuren.

Het enige wat ze nog wilde, was op de bank liggen, maar vreemd genoeg wilden haar benen niet bewegen. Haar batterijen waren op, zoals haar vader zou zeggen, en ze bleef waar ze was, tegen de voordeur aan geleund.

Er was beslist iets mis. Ze voelde zich nu wel heel erg vreemd, ongemakkelijk zelfs. De baby was die dag niet zo actief geweest als anders, en eerst had ze zich daar zorgen om gemaakt, maar toen ze af en toe kramp kreeg, begon het haar te intrigeren. Waren dit gewoon harde buiken, of het echte werk? Ze was niet iemand die meteen in paniek raakte, maar ze voelde zich vandaag toch wel heel erg anders.

Ze keek naar beneden en zag tot haar verrassing een donkere vlek in haar legging. Ze voelde aan haar bovenbenen en merkte dat die nat waren. Toen ze nog wat verder onderzoek deed, kon er geen twijfel meer bestaan. Haar vliezen waren gebroken. Het was zover.

De baby naar wie ze zo lang had verlangd, was eindelijk onderweg.

116

Ze had nooit gedacht dat het kon mislukken. Daar had ze nooit rekening mee gehouden. Dus toen het toch gebeurde, wist ze niet goed wat ze moest doen.

Er werd aanhoudend gebeld, maar Ceri Harwood had er aanvankelijk niet op gereageerd. Tim was gekomen, gedreven door schuldgevoel of onzekerheid, voor een van hun 'gesprekken'. Hoewel ze weinig hoop had dat het meer was dan louter voor de vorm, wilde ze tijdens een dergelijk zwaar gesprek niet gestoord worden door een postbode of een vertegenwoordiger.

Maar het bellen was overgegaan in herhaaldelijk kloppen op de deur. Het was duidelijk dat ze thuis waren, want de bovenramen stonden open en het licht in de woonkamer was aan, dus het had geen zin zich te verstoppen. Met een afwijzende zin op het puntje van haar tong deed Ceri de deur open, maar de woorden verstierven in haar mond. Ze kon aan hun slechte pakken en sombere gezichten precies zien wie ze waren, maar toch was het een schok toen ze zeiden: 'Corruptiebestrijding. Mogen we binnenkomen?'

Ceri Harwood. Klassevertegenwoordiger. De beste van haar klas op Hendon. De jongste vrouwelijke hoofdinspecteur bij de Metropolitan Police. En nu stond ze voor een totale mislukking. Erger nog, dit werd haar ondergang.

'Tim, we moeten dit een andere keer afmaken. Er zijn een paar proceduredingetjes die opgelost moeten worden.'

Maar hij zag dat ze loog. Was ze verbleekt? Ze had het gevoel van wel. Of misschien was ze gewoon een slechte toneelspeelster en kon ze de angst die haar nu in zijn greep had niet verhullen.

'Kunnen we dit hier doen?' vroeg ze terwijl haar echtgenoot bleef toekijken en absoluut geen aanstalten maakte om weg te gaan.

'Op het bureau is beter,' kwam het nuchtere antwoord.

'Is dat echt noodzakelijk?' vroeg Ceri, en haar hogere rang deed zich gelden toen ze hem strak aankeek.

'Ja,' luidde de botte verontschuldiging. 'We hebben liever dat u bereidwillig meegaat, maar als we u moeten arresteren...'

'Oké, oké.'

Nu het zover was gekomen, had het geen zin tijd te rekken. Ze pakte haar tas en knikte naar Tim, en tot haar verbazing voelde ze tranen in haar ogen branden. Toen ze hiermee begonnen was, was ze er zo zeker van geweest dat de actie het gewenste resultaat zou opleveren, dat ze Helen Grace zou verdrijven uit Southampton Central en weer de hoofdrol zou spelen. Succesvol, onaanraakbaar, zegevierend. Op de drempel bleef ze even staan en lachte schaapachtig naar Tim, en op dat moment wist ze dat ze definitief verslagen was. Het was afgelopen.

117

Woest bediende hij het apparaat, zodat iedereen in de buurt kon zien hoe boos hij was op zichzelf en op de wereld. Zoals gebruikelijk was het een komen en gaan van mensen, maar terwijl hij normaal gesproken een vriendelijk woord met ze wisselde, bediende hij ze vandaag in stilte en smoorde zijn norse gezicht ieder gesprek in de kiem.

Bij een plotselinge, scherpe pijnscheut keek hij naar beneden. Omdat hij zo afgeleid was, had hij niet op het apparaat gelet en nu had het mes een flinke jaap in zijn duim gemaakt.

'Verdomme.'

De felle vloek luchtte niet echt op. Het bloed sijpelde uit de diepe snee. Hij zette het apparaat uit, liep haastig naar achteren en wikkelde een paar papieren handdoekjes om zijn duim. Het bloed kwam door het lichtgroene papier heen, maar het leek eerder zwart dan bruin.

Waarom kon hij niets goed doen? Waarom was hij zo'n mislukkeling? Moest hij dan voor altijd blijven zoeken en alleen ellende en een verpletterende eenzaamheid op zijn weg vinden? Hoe bestond het dat hij het zo mis had gehad? Hij zag nu wel in dat ze Summer niet was. Hij had geprobeerd zichzelf te overtuigen, tegen alles in gehoopt dat haar kilheid en haar ruwe manier van doen te wijten waren aan een restant boosheid om hun lange scheiding.

Maar in werkelijkheid was ze gewoon een akelige, waardeloze slet. Waarom had hij zo veel zorg, aandacht en – ja – liefde aan haar verspild, alleen om keihard afgewezen te worden door iemand die alleen maar terug wilde naar haar chagrijnige stieffamilie, die haar beschouwde als een grote lastpak? Hij wist genoeg van haar af om te weten dat ze iedereen die haar probeerde te helpen afwees en belachelijk maakte. Waarom had hij dat niet gezien als een teken aan de wand? Waarom had hij zichzelf zo blootgegeven?

Het bloed sijpelde nog steeds uit de snee. Hij kon die dag onmogelijk nog werken, dus hij kon de zaak net zo goed sluiten. Het was natuurlijk veel te vroeg en er zouden ongetwijfeld winkelende mensen zijn die verbaasd zouden staan over zijn ongebruikelijke afwezigheid. Zijn eerste ingeving was om te zeggen dat ze naar de hel konden lopen, maar toen deed de voorzichtigheid, zijn parool, zich weer gelden. Dus toen hij de kassa had uitgezet, begon hij een briefje te schrijven om 'ziekte personeel' de schuld te geven voor de tijdelijke sluiting. Het was een moeizaam proces – hij was er niet aan gewend om met zijn linkerhand te schrijven – en hij was er nog mee bezig toen het belletje hem erop wees dat er een klant binnenkwam.

'We zijn gesloten,' blafte hij zonder op te kijken.

'Volgens het bordje bent u open, en dit duurt maar heel even.'

Haar stem was zacht en vriendelijk. Maar hij keek niet op en concentreerde zich nog meer op zijn briefje.

'Kunt u me alstublieft nog even helpen?'

Met een zucht legde hij zijn pen neer. Het had geen zin problemen te maken terwijl hij haar zo gemakkelijk even kon helpen en weer weg kon sturen. Hij keek op en stak zijn hand uit.

'O, u bloedt. Gaat het wel?'

Haar stem paste bij haar gezicht, dat mooi en fijnbesneden was. Ze sprak met een plaatselijk accent, maar dat was subtiel en iets in haar ogen stelde je meteen op je gemak.

'Kan ik u ergens mee helpen?'

Hij kon nog steeds geen woord uitbrengen. Het leek onmogelijk en toch was het waar. Alsof de kosmos toch luisterde. Dit prachtige, lieve meisje dat hem een vriendschappelijke hand toestak, was gewoon zijn winkel en zijn leven in komen lopen. Zoals hij zich altijd had voorgesteld. Hij liet toe dat ze zijn wond bekeek, maar intussen bleef hij haar onafgebroken aankijken, verlamd door die delicate neus, haar lange zwarte haar en die doordringende blauwe ogen.

118

Alastair en Gemma Lansley stonden als aan de grond genageld en waren bijna niet in staat om adem te halen. Helen hield ze scherp in de gaten. Ze zag dat ze net als Daniel Briers moeite hadden te geloven dat hun dochter dood was. Maar ze hadden gedaan wat ze moesten doen en waren vanuit Windhoek overgevlogen om geconfronteerd te worden met de akelige realiteit dat Isobel vermoord was. Ze lag voor hen op de tafel in het mortuarium, haar lichaam discreet bedekt, maar haar bleke, magere gezicht onthuld. Haar doffe ogen staarden omhoog naar haar ouders, maar boden hun geen greintje van de liefde waaraan ze zo veel behoefte hadden. Ze was al meer dan een jaar dood.

Tot haar verrassing zag Helen dat Alastairs ogen vol tranen stonden, maar dat die van Gemma droog bleven, alsof ze nog niet hadden opgenomen wat ze zagen. Meestal was het andersom en probeerde de man uit alle macht sterk te blijven voor zijn vrouw. Maar dat was hier niet het geval. Helen had bij het voorafgaande gesprek al vastgesteld dat Alastair een heel hechte band had met zijn dochter – zijn enige dochter. Toen hij en zijn vrouw na hun pensioen in het buitenland waren gaan wonen, had Alastair gehoopt dat Isobel uiteindelijk ook zou overkomen voor een leven in de zon, maar ze was trouw gebleven aan Southampton en haar studie. Alastair had in haar laatste tweets en berichtjes iets van cynisme en zelfs vermoeidheid opgemerkt, wat misschien wees op een veranderde kijk op haar omgeving, en dat had zijn hoop op een hereniging aangewakkerd. Maar nu bleek dat die berichtjes door iemand anders waren geschreven, een onthulling die zo groot en ontzettend was dat dit oudere echtpaar er geen raad mee wist.

Na de identificatie nam Helen ze mee naar de familiekamer.

'Ik weet dat dit moeilijk is, maar u moet me zo veel mogelijk vertellen over Isobel. Over haar vrienden, haar studierooster, haar gewoonten. We gaan ervan uit dat Isobel haar ontvoerder niet kende, maar dat het iemand was met wie ze in haar dagelijks leven in contact is gekomen.'

'Dat hadden wij u ook wel kunnen vertellen,' zei Gemma Lansley kortaf. 'Isobel had niet veel vrienden.'

'Gemma...' mompelde haar man. In zijn stem klonk een licht waarschuwende ondertoon door.

'Ze moeten de feiten weten, Alastair.' Ze ging meteen tegen hem in, maar voor het eerst trilde haar stem. 'Het heeft geen zin de dingen mooier voor te doen dan ze zijn.'

Er viel een stilte en toen keek Alastair Helen recht aan.

'Toen Isobel... toen ze een tiener was, is ze het slachtoffer geworden van een verkrachter.'

'Gaat u verder.'

'Ze liep van school naar huis en nam een kortere weg over de hei. De man... de verantwoordelijke man is gepakt en veroordeeld.'

'Tot acht jaar met aftrek wegens goed gedrag,' voegde Gemma er verbitterd aan toe.

'Maar het had een blijvende invloed op Isobel. Ze had een hekel aan open ruimtes, ze was niet graag buiten. Ze kwam amper haar flat uit en wilde haar woonruimte niet delen. Ze had moeite anderen te vertrouwen, geloof ik dat de psychiater zei. Daarom woonde ze alleen.'

'Dus ze had een beperkte sociale kring?' vroeg Helen.

'"Beperkt" is het juiste woord,' zei Gemma. 'Ze verbrak opzettelijk de banden met familie, vrienden...'

'Alsjeblieft, Gemma, daar hebben we niets aan...'

'Met iedereen die om haar zou kunnen geven.'

Gemma Lansley zweeg, overweldigd door verdriet en ellende.

'Dus ze zou geen onbekende hebben binnengelaten in haar flat?'

'Luistert u wel, inspecteur?' antwoordde Gemma ijzig. 'Zelfs mensen die ze wel kende liet ze niet in haar flat. Ze voelde zich alleen veilig als ze alleen achter een dichte deur zat.'

Helen knikte en opeens voelde ze een enorm medeleven met de stekelige Gemma. Haar verbittering was het gevolg van het feit dat haar dochter de deur voor haar had dichtgegooid. Had ook zij gehoopt op een verzoening, op een hechtere band?

'Dus ze was erg bezig met haar veiligheid?' vroeg Helen vriendelijk.

'Natuurlijk. Ze overdreef het niet, daar had ze het geld niet voor, maar ze had een heel goed slot en een spionnetje in de deur voor het geval er iemand aanbelde. En tegen bezorgers zei ze altijd dat ze de spullen voor de deur moesten achterlaten. Ze vond het vreselijk om in contact te moeten komen met vreemden.'

'En toch moet ze dat elke dag gedaan hebben op weg van en naar de colleges.'

'Dat klopt, maar dat ging op haar voorwaarden. Ze nam altijd dezelfde route op dezelfde tijden van de dag en ze kende de gezichten op die route buitengewoon goed. Niet dat ze ooit tegen iemand zou praten, uiteraard.'

Helen verstrakte; ze voelde dat er een doorbraak aankwam.

'Weet u wat haar route was?'

'Natuurlijk. We hebben hem verscheidene malen met haar gelopen als we hier waren. We verbleven uiteraard in een hotel.'

‘Dat is heel nuttig, en als u ertoe in staat bent, wil ik u graag vragen een van mijn rechercheurs te vertellen wat die route was. Het kan van cruciaal belang zijn om te weten waar ze naartoe ging en op welk moment van de dag.’

Gemma knikte zonder enig enthousiasme.

‘U denkt dat degene die dit gedaan heeft… dat die haar gezien heeft onderweg van en naar…’ Alastair was niet in staat deze onprettige gedachte af te maken.

‘Als ze weinig vrienden had en erg bezig was met haar veiligheid, dan kan het inderdaad zijn dat hij haar naar huis gevolgd is.’

Alastair sloot zijn ogen – hij kon de gedachte niet aan – maar Gemma keek Helen recht aan. Ze wilde, ze moest de details weten.

‘Heeft hij haar pijn gedaan? Is er… gevochten?’

‘We denken van niet. Toen we de huurders ondervroegen, kon niemand zich herinneren dat hij zoiets gehoord had. Er was geen spoor van braak, geen teken van een worsteling…’

‘Maar dat kan toch niet,’ viel Alastair haar in de rede. ‘Ze liet niemand binnen. Ze moeten met geweld zijn binnengedrongen.’

‘Tenzij ze een sleutel hadden.’

Gemma’s idee bleef tussen hen in hangen. Helen was al tot dezelfde conclusie gekomen, maar ze had die niet hardop onder woorden willen brengen.

‘Zou ze iemand een sleutel hebben gegeven? Een vertrouwde vriend? Iemand die gezag over haar uitoefende?’ vroeg Helen.

‘Absoluut niet. Al hadden ze gedreigd haar van de universiteit te sturen. Ze zou haar veiligheid nooit op die manier in gevaar hebben gebracht,’ zei Alastair meteen. ‘Ik denk echt dat u op het verkeerde spoor…’

‘Ze heeft een ander slot genomen,’ zei Gemma opeens.

‘Wanneer?’ vroeg Helen meteen.

'Een maand of... zes voordat u zegt dat ze...'

'Verdween. Waarom heeft ze dat gedaan?'

'Iemand had haar slot onklaar gemaakt. Door er secondelijm in te spuiten. We dachten toen dat het een kinderstreek was, maar nu...'

Er begon lijn in het verhaal te komen.

'Dus ze liet een ander slot installeren?'

'Ja. Ik weet nog dat het een heel gedoe was. Ze vroeg haar mentor van de universiteit om erbij te zijn omdat ze niet alleen wilde zijn met de slotenmaker. Hij dacht kennelijk dat ze gek was, maar hij deed het toch.'

'Weet u nog wie de slotenmaker was?'

'Nee, maar het bonnetje zal wel bij haar spullen zitten. In dat opzicht was ze heel geordend.'

'Weet u nog hoeveel sleutels er werden geleverd?'

'Twee, geloof ik. Ze had er een aan haar sleutelbos en droeg er een om haar hals als back-up.'

'Sliep ze met die sleutel om?'

'Nee, zo gek was ze nou ook weer niet. Hoezo?'

'Het zou belangrijk kunnen zijn, maar laten we ons concentreren op de sleutels. Dus u gelooft dat er twee waren en dat ze die altijd in haar bezit heeft gehad.'

'Nee, dat is niet helemaal waar,' wierp Alastair tegen. Helen keek naar hem.

'Ze heeft er een paar extra laten maken. Dat weet ik omdat ze er een naar ons stuurde. De andere heeft ze aan haar huisbaas gegeven, geloof ik. Zeer tegen haar zin, maar dat waren de regels.'

'En weet u waar ze de extra sleutels heeft laten maken?'

Er viel een lange stilte, waarin beide ouders hun geheugen afzochten naar een half vergeten herinnering, een onbeduidende gebeurtenis van meer dan een jaar geleden, voordat Alastair uiteindelijk opkeek en vermoeid zei: ‘Ik ben bang dat we daar geen idee van hebben.’

119

Andrew Simpson keek scherp op toen Helen de kamer in kwam stormen. Hij en Sanderson zaten al uren opgesloten in een van de verste verhoorkamers, wat te ruiken was aan zijn muffe lichaamsgeur, en de dossiers verspreidden zich als een snelgroeiende schimmel.

Helen boog zich over de tafel en kwam zonder verdere plichtplegingen ter zake.

'Isobel Lansley heeft andere sloten laten installeren.'

Simpson staarde haar aan, nog steeds verrast door haar plotselinge binnenkomst, en toen knikte hij langzaam.

'Iemand had lijm in haar slot gespoten, geloof ik. Dus liet ze het vervangen. Wat is daarmee?'

Hij schoot direct in de verdediging, bang voor de zoveelste aanval.

'Waarom weet je dat nog?'

'Hoe bedoel je?'

'Het interesseert je geen moer hoe je huurders leven en in wat voor krotten ze dat moeten doen. Waarom zou je je zo'n detail herinneren?'

'Omdat het in het dossier staat, het financiële dossier, bedoel ik. Elke keer als er zoiets gebeurt, breng ik een... kleinigheid in rekening. Voor de administratieve rompslomp.'

Dat geloof ik graag, dacht Helen bij zichzelf, maar ze slikte de insinuerende opmerking in.

'Dit is echt belangrijk, Andrew. Heeft een van de andere meisjes – Ruby, Roisin of Pippa – op een gegeven moment een ander slot genomen?'

Andrew dacht lang na.

'Roisin in ieder geval. Dat moest ze van haar toenmalige vriendje, geloof ik. En we kunnen de dossiers van de andere twee erop nakijken...'

Helen zag tot haar genoegen dat Sanderson het dossier van Pippa Briers al door zat te bladeren. Haar vinger ging in duizelingwekkende vaart langs de kolommen.

'Hier. Een administratieve post van vijfentwintig pond. Is dat het?' vroeg ze aan Simpson.

Hij keek ernaar.

'Ja, dat is het.'

'Gedateerd op de maand voordat ze verdween.'

'Dat kwam door Nathan Price,' zei Helen toen de stukjes langzaam op hun plek vielen. 'Ze was bang voor haar ex, dus liet ze een ander slot installeren om hem buiten te houden.'

'En kijk hier eens.'

Sanderson hield haar nu het dossier van Ruby voor.

'Een administratieve post van vijfentwintig pond. Zes weken geleden. Iets meer dan een maand voor haar verdwijning.'

'Dat verbaast me helemaal niets,' merkte Simpson op. 'Die meid was ongelooflijk slordig. Ze is de sleutel waarschijnlijk verloren of ze liet hem stelen. Ze wist van voren niet of ze van achteren leefde.'

'Hij maakte een extra sleutel.'

Helen huiverde toen ze het hardop zei.

'Veronderstel eens dat ze allemaal in dezelfde zaak sleutels lieten bijmaken, ergens in het centrum, op een plek waar ze allemaal vaak kwamen. Wat weerhoudt hem ervan een extra sleutel voor zichzelf te maken terwijl hij die van hen maakt?'

'Helemaal niets.'

'En als ze dan de sleutels kwamen ophalen, hoefde hij alleen maar de winkel te sluiten en ze naar huis te volgen.'

'Hij is het prototype van een stalker,' zei Sanderson, die Helens redenering volgde. 'Zodra hij weet waar ze wonen, kan hij ze op zijn gemak in de gaten houden. Hij kan van alles te weten komen over hun gezinssituatie, of ze partners of flatgenoten hebben, wat hun dagelijkse routine is...'

'Maar wat deze vent onderscheidt van een gewone stalker, is dat hij een sleutel heeft,' voegde Helen eraan toe. 'Hij kan hun flat in wanneer hij maar wil. Hij zou zelfs de ontvoering kunnen naspelen terwijl ze van huis waren om te zorgen dat die perfect verloopt.'

'Geen sporen van een worsteling, geen sporen van braak.'

'Dat is ook logisch,' antwoordde Helen toen de afschuwelijke eenvoud hiervan tot haar doordrong. '*Hij was namelijk al in de flat als ze thuiskwamen*. Hij wachtte ze op in een kast, op zolder, in een logeerkamer. Hij wachtte tot ze terug waren en sliepen.'

Helen kon het amper geloven, maar het was volmaakt logisch.

'Ze dachten dat ze thuis veilig waren. Maar eigenlijk waren ze net in zijn val gelopen.'

120

Hij bleef een flink eind achter om niet opgemerkt te worden. Uiteindelijk had hij zijn spraakvermogen teruggevonden en kunnen reageren op haar bezorgdheid om de snee in zijn duim voordat hij haar klusje aannam – een eenvoudige nieuwe hak onder een laars – en beloofde die de volgende ochtend vroeg al klaar te hebben omdat ze zo vriendelijk voor hem was geweest.

Toen ze was vertrokken, had hij in zichzelf tot twintig geteld en toen had hij de lampen in de winkel uitgedaan, het bordje aan de deur omgedraaid om duidelijk te maken dat de winkel gesloten was en haastig de deur achter zich op slot gedaan. De ervaring had hem geleerd niet te treuzelen bij dit onderdeel - als je te voorzichtig was, liep je het risico de prooi tussen de winkelende mensen uit het oog te verliezen. Je moest haar alleen de tijd geven om uit de buurt van de winkel te komen.

Hij keek naar links en naar rechts en zag haar honderd meter verderop op haar gemak etalages bekijken. Met haar keurige, marineblauwe pakje en haar pittige paardenstaart viel ze nogal op tussen de nietsnutten die normaal deze buurt bevolkten. Toen ze klaar was met dagdromen, liep ze door. En hij liep mee, steeds op discrete afstand.

Ze drentelde langzaam naar huis. Ze was klaar met haar werk

– ze zag er echt heel netjes en professioneel uit – maar er wachtte thuis kennelijk niemand op haar. Ze bleef nog voor een paar etalages staan en kocht een exemplaar van *The Big Issue*, maar het leek alsof ze tijd rekte. Alsof ze wachtte tot er iets zou gebeuren. Of tot er iemand langs zou komen.

Ze liepen over Bedford Place en daarna door Portswood naar de goedkope flats in de buurt van de universiteit. Hoewel ze er heel verzorgd uitzag, was ze kennelijk niet erg rijk, anders zou ze niet in het afvoerputje van de stad wonen. Ook dat was net iets voor haar, dacht hij bij zichzelf, en hij onderdrukte een glimlach. Je wordt ouder, maar je verandert niet echt.

Hij bleef abrupt staan. Hij was heel even opgegaan in zijn herinneringen en was per ongeluk te dicht bij haar gekomen. Ze was blijven staan bij een deur, nog geen tien meter van hem af. Als ze zich nu omdraaide, zou ze hem zien. Dus versnelde hij zijn pas en hij wist haar gelukkig voorbij te lopen zonder haar aandacht te trekken. Hij stak de weg over en riskeerde een blik over zijn schouder. Net op tijd om haar een vervallen uitziende flat binnen te zien gaan.

Op de hoek van de straat vond hij een redelijke uitzichtpost achter een heg. Met grote belangstelling zag hij lampen aangaan op de eerste verdieping. Hij wist niet goed of hij weg moest gaan of moest blijven. De werkdag liep ten einde en het zou niet lang duren voor er mensen door de straten liepen. Hij kon niet het risico nemen dat hij in het oog liep of, nog erger, dat iemand melding maakte van zijn aanwezigheid. Maar zoals altijd nam zij het besluit voor hem door voor het raam op de eerste verdieping te verschijnen.

Nu ging hij zeker niet weg. Hij stond precies op het goede punt om naar haar te kunnen kijken, om haar te bewonderen, om elk detail van haar leven in zich op te nemen. Ze maakte geen aanstalten om de gordijnen dicht te trekken, maar bleef gewoon naar de straat onder haar staan kijken. Op zoek naar hoop. Op zoek naar liefde.

Op zoek naar hem.

121

'Waarom heb je tegen me gelogen?'

'Hoe bedoelt u?'

'Ik heb je met zoveel woorden gevraagd of Roisin ooit haar sloten had laten vervangen en jij ontkende dat. Maar ze had het wel gedaan, nietwaar, Bryan?'

Roisins onhandige ex-vriend probeerde Helen mee te tronen naar een rustiger deel van de garage, maar ze bleef waar ze was.

'Waarom heb je tegen me gelogen?'

Bryan wierp een blik op de andere monteurs, die met onverholen nieuwsgierigheid keken naar de opvallend aantrekkelijke vrouw die hun stagiair de wind van voren gaf. Zag hij daar iets van respect in hun ogen?

'Vanwege Jamie,' mompelde hij uiteindelijk.

'Wie is Jamie?'

'Roisins ex. De ex vóór mij, bedoel ik. Ze hadden samengewoond. Hij had nog steeds de sleutel. Ik... ik kwam erachter dat hij af en toe langskwam en zichzelf binnenliet, begrijpt u...'

Hij hoefde niet verder te gaan. Roisin had behoefte aan genegenheid en het kon haar niet heel veel schelen van wie ze die kreeg.

'Dus heb je haar de sloten laten vervangen.'

'Ik kon haar er niet van weerhouden contact met hem te hebben, als ze dat wilde. Maar ik vertikte het om hem te laten denken dat hij maar kon komen en gaan wanneer hij wilde, dat hij op elk uur van de dag of nacht zomaar binnen kon komen.'

'Je weet dat liegen tegen de politie een ernstige zaak is.'

'Dat weet ik heus wel... Ik wilde het ook niet, maar ik ging er niets over zeggen terwijl zíj naast me zat.'

Hij bedoelde Roisins moeder, zijn voormalige schoonmoeder. Had hij zijn mond gehouden om niet voor gek te staan, of om Sinead Murphy niet te hoeven vertellen dat haar dochter het niet zo nauw nam met de trouw en dat ze nogal gul was met haar gunsten? Helen hoopte het laatste.

'Wie heeft het nieuwe slot erin gezet?'

'Een vriend van mij, Stuart Briggs. Die werkt bij LockRite.'

'Ik moet zijn gegevens hebben.'

'Dat kan, maar hij heeft hier niets mee te maken.'

'Dat zullen we nog wel eens zien. Hebben jullie nog sleutels laten bijmaken?'

'Ja. We kregen er maar twee bij het slot en haar moeder moest er een hebben, dus...'

'Waar? Waar heb je dat laten doen?'

Het lukte Helen niet te verhullen hoe belangrijk ze dit vond.

'Roisin heeft het gedaan. Maar ik mocht natuurlijk wel dokken.'

'Waar, Bryan?'

'Ze heeft me de bon laten zien, maar daar stonden alleen de kosten op. Vijf pond of zo. Het was niet meer dan een kassabonnetje.'

Helen staarde Bryan aan, maar wist dat ze niet wijzer van hem zou worden. Wie hun moordenaar ook was, hij was heel nauwgezet, precies en enorm voorzichtig. Een vakman. Daardoor groeide Helens vastberadenheid om hem te pakken alleen maar. En naarmate meer stukjes van de puzzel in elkaar pasten, kwam ze dichter bij het moment dat ze eindelijk tegenover elkaar zouden staan. Op zulke momenten dacht Helen nooit aan haar eigen veiligheid – ze wist dat ze in het harnas zou sterven – en ze keek uit naar de confrontatie. Ze waren op weg naar de climax, daar was Helen zeker van, en ze was vastbesloten om daarbij te zijn.

122

'Ik verwacht niet dat je me vergeeft en dat verdien ik ook niet. Ik zou kunnen proberen je uit te leggen waarom ik het heb gedaan, maar daar ga ik me niet toe verlagen. Wat ik heb gedaan, was verkeerd, zo eenvoudig is het, dus ik zal mijn spullen pakken en mijn ontslagbrief schrijven, en dan heb je geen last meer van me.'

Lloyd Fortune had niet één keer opgekeken terwijl hij dit zei en de woorden waren in één lange stroom naar buiten gerold. Hij wilde dit kennelijk zo snel mogelijk achter de rug hebben.

Hoewel hij en Helen in haar kantoor zaten met de deur dicht, wist Lloyd dat het team de boel in de gaten hield en hij wilde zo snel mogelijk ontsnappen aan al die nieuwsgierige en veroordelende blikken.

'Ik wil toch graag weten waarom, Lloyd,' antwoordde Helen langzaam. 'Ik vind namelijk dat je een goede politieman bent en in wezen een fatsoenlijke vent, dus ik wil graag weten waarom.'

Lloyd boog zijn hoofd. Hij was al bang geweest dat ze zo zou reageren.

'Maar daar hebben we nu geen tijd voor. Ik heb eerder meegemaakt dat mensen ontslag namen omdat ze persoonlijke fouten hadden gemaakt, mensen die ik nu erg mis, dus ik wil je vragen die brief niet te schrijven.'

Lloyd keek naar haar op, helemaal van zijn stuk gebracht.

'We zijn bezig met een groot onderzoek en jij zou me daarbij moeten helpen. In plaats daarvan ben je met andere dingen bezig geweest. En dat is pas echt onvergeeflijk.'

Lloyd slikte de kritiek, hij wist dat die gerechtvaardigd was.

'Maar we hebben hier nu alle beschikbare mensen nodig. En ik geloof in tweede kansen. Dus eerst gaan we Ruby zoeken. Daarna kijken we wat we met jou doen. Oké?'

'Sleutels. Laten we ons concentreren op de sleutels.'

Het hele team was naar de recherchekamer geroepen. Helen leidde de discussie, geflankeerd door Lloyd Fortune en rechercheur Sanderson.

'We denken dat hij zich zo toegang verschaft, dus we moeten elke sleutelmaker in Southampton controleren. Dat is veel werk, maar we hebben geen andere keus. We werken vanuit het centrum naar buiten. Om de zoektocht een beetje beter behapbaar te maken, beginnen we met de winkels waar Isobel Lansley langs kwam op weg van en naar de universiteit. McAndrew?'

'Dit is een volledige beschrijving van haar route,' antwoordde de betrouwbare rechercheur, die aan elkaar geniete A4'tjes doorgaf. 'Hierop staat de hele route op straatnaam en er is ook een kaartje bij waarop hij in rood staat aangegeven. Ze verliet haar flat in Dagnall Street, ging rechtsaf op Chesterton Avenue en kwam daar langs een reeks winkels. Daarna liep ze over Paxton Road naar het stadscentrum, stak door naar WestQuay en ging verder door Lower Granton Street. Van daaruit...'

McAndrew liep de rest van de route door, met bijzondere aandacht voor mogelijk belangwekkende gedeelten. Helen had er een paar mensen van de afdeling data-analyse bij gehaald en die bleken nu een godsgeschenk. Met snel typewerk toverden ze verscheidene sleutelmakers op de route tevoorschijn. Sanderson schreef ze op het bord en wees mensen aan om ze te controleren.

Hoewel ze slechts stapje voor stapje vorderden, zag Helen tot haar genoegen dat het team eindelijk behoorlijk ging samenwerken. Zelfs Sanderson en Lucas leken met elkaar overweg te kunnen.

Toen de gekozen mensen hun jassen pakten en haastig vertrokken, richtte Helen het woord tot de achterblijvers.

'De rest van jullie concentreert zich op de andere meisjes. We moeten overlappingen vinden met Isobels route om de zoektocht nog verder te beperken. Misschien liep Pippa door Chesterton Avenue naar het centrum en we weten dat ze in winkelcentrum WestQuay werkte, dus dat zijn al twee mogelijkheden. Laten we hun gewoonten bestuderen en kijken wat dat oplevert. Roisin werkte niet en Ruby ook niet, dus wat deden die de hele dag?'

Helen zweeg even voor ze een eind aan de bijeenkomst maakte, ingenomen met de vastberadenheid die nu op de gezichten van de leden van haar team te lezen stond.

'Vind het verband en we vinden onze dader.'

123

‘Ik wil even vooropstellen dat ik absoluut niet wil dat mijn naam hierbij genoemd wordt. Ik heb al genoeg problemen.’

‘Natuurlijk. We publiceren niets tegen je wil.’

Dat leugentje had Emilia al talloze malen in haar carrière verteld. Maar vreemd genoeg meende ze het dit keer: als dit de informatie bleek waarmee de zaak van de ‘strandlijken’ kon worden opgelost, kreeg haar bron alles wat ze maar wilde. Emilia bekeek de vrouw tegenover haar. Ze moest ergens voor in de vijftig zijn, maar zag er ouder uit. Ze had het gezicht van een drinker – rode adertjes en hangwangen – en de gele vingers en tanden van een roker. Haar stem was diep en ze was een beetje te zwaar, maar in haar ogen lag iets, een aardse sluwheid, een vonk van zwarte humor, die je toch aantrok. Als ze deze vrouw op straat zou ontmoeten, zou ze haar tas stevig vasthouden en snel doorlopen, maar Emilia was hier uit hoofde van haar beroep en trok een gezicht alsof ze niets liever wilde dan hier met deze vrouw in een naargeestige pub zitten.

‘Nog iets drinken, Jane?’

Jane Fraser knikte en Emilia was binnen de kortste keren terug met een pint Best en een dubbele Jameson. De vrouw sloeg de whisky in één keer achterover en zette zich toen aan het bier.

‘Vertel eens over die tattoo?’

'Wat dacht je van een kleine vooruitbetaling?' wierp Jane snel tegen.

Daar was Emilia op bedacht en ze schoof meteen een bruine envelop over de tafel.

'Vijfhonderd pond. Meer kan ik op dit moment niet doen.'

Jane zweeg en keek Emilia vuil aan. Eén afschuwelijk moment dacht Emilia dat ze op zou staan en naar buiten zou lopen. Maar toen pakte ze de envelop en liet haar duim langs de bankbiljetten gaan, en Emilia wist dat het goed kwam.

'De tattoo, Jane.'

Jane stak het geld in haar zak, snoof en zei: 'Ze heeft hem laten zetten toen ze elf was. Zij en haar broer zijn samen naar de tattooshop gegaan, nadat ze het geld waarschijnlijk van mij hadden gepikt, en ze namen er allebei een. Zo'n rotvogeltje op hun schouder. Net iets voor die twee tortelduifjes.'

Emilia keek naar het enorme aantal tattoos op Janes armen en schouder. Die waren bepaald niet schattig, maar agressief en hoogst seksueel van aard.

'Waarom een blauw vogeltje?'

'God mag het weten. Ik heb het nooit gevraagd. Misschien wilden ze samen wegvliegen?'

Ze lachte onaangenaam, maar begon toen weer te hoesten. Toen de hoestbui wegtrok, stak ze een sigaret op. Dat mocht hierbinnen uiteraard niet, maar niemand in deze tent ging haar ervan weerhouden.

'Wat is er met haar gebeurd?'

'Mijn Summer is overleden, dat is er gebeurd. Overdosis heroïne. Ben ging haar zoeken toen ze niet thuiskwam. Hij vond haar in het park. Ze zat helemaal onder het braaksel en haar ogen zaten stijf dicht. Die stomme sukkel dacht dat ze sliep. Uiteindelijk moest hij door de politie van haar worden losgemaakt. Hij was ervan overtuigd dat ze elk moment wakker kon worden en dat alles dan weer normaal zou zijn. Hij wilde haar niet loslaten, zeiden ze.'

'Ben? Dat is je zoon?'

Jane gromde instemmend.

'Was hij ook verslaafd?'

'God, nee. Daar had haar broertje de ballen niet voor. En hij was nog maar klein toen ze overleed. Een jaar of twaalf.'

Emilia noteerde dit allemaal en dacht over haar volgende vraag.

'Hoe is het daarna met hem verdergegaan?'

'Hij bleef nog een tijdje, maar hij en ik hebben nooit goed met elkaar kunnen opschieten, dus na een paar weken ging hij ervandoor.'

Emilia had het akelige gevoel dat ze op een heel erg doodlopend spoor zaten.

'En je hebt hem sinds die tijd niet meer gezien?'

'Heb ik dat soms gezegd? Ik heb hem een paar maanden geleden gezien. In de stad.'

'Waar woont hij dan?'

'Dat weet ik niet.'

'Kom op, Jane. Je zei net nog...'

'Hij wou het niet zeggen. Ik denk dat hij me niet in de buurt wilde hebben.'

Emilia drong niet verder aan. Aan de sluwe blik op het gezicht van Jane Fraser kon ze zien dat er meer kwam. De vrouw trok Emilia naar zich toe, tot zo dichtbij dat ze de stank van verschaalde tabak in haar adem kon ruiken toen ze fluisterde: 'Maar ik weet waar hij werkt.'

124

Hij lag op het smerige bed met een hoofd vol vreemde en opwindende gedachten. Hij was zo lang blind geweest in zijn pogingen goud te vinden in het hart van een waardeloze slet. Nu hij weer kon zien, kreeg hij de glimlach niet meer van zijn gezicht. Hij voelde zich zo licht als een veertje. Hij was naar Summer blijven kijken tot ze de gordijnen had dichtgedaan en zich in de flat had teruggetrokken. Daarna was hij de straat een paar keer doorgelopen om te kijken waar de straatlantaarns precies stonden en of er ergens camera's hingen, en hij had de namen bij de bellen van haar gebouw bekeken. Tot zijn genoegen had hij buitenlandse namen bij de bovenste en onderste bellen gezien. Buitenlanders waren veel minder geneigd stennis te schoppen als ze iets hoorden of zagen. Maar hij zorgde er wel voor dat dat niet gebeurde. Hij was hier inmiddels behoorlijk handig in geworden, tenslotte.

Toen hij naar huis was gelopen, had hij alleen maar aan haar kunnen denken. Die betoverende ogen, die tere aanraking, haar zachte accent – identiek aan dat van hem, uiteraard. Hij had zijn vingers gekust en tegen zijn tattoo gedrukt en toen had hij gegrinnikt om dat buitenissige gebaar. De mensen zouden wel denken dat hij gek was.

Terwijl hij werd overspoeld door gedachten aan haar, maakte hij zijn gulp open en liet zijn hand in zijn broek glijden. Hij had zich zo lang ingehouden, maar nu voelde het heel natuurlijk, heel goed. Toen hij zijn ogen had dichtgedaan en zijn gedachten de vrije loop liet, zag hij hen weer voor zich, twee kleine samenzweerders, verscholen in de zolderkamer. Als hun moeder thuiskwam, schoten ze altijd snel naar boven om haar scherpe tong en ruwe handen uit de weg te gaan. De zolder was hun toevluchtsoord – zij was een zware roker en zou nooit de moeite doen achter hen aan te klimmen – en voor hen was het kamertje een magisch koninkrijk. Het stond vol oude troep, maar het was hun wereld. Ze maakten het oude poppenhuis open en speelden met de twee gebarsten poppetjes, waarbij ze allerlei verhalen bedachten waarin ze gelukkig en in alle pracht en praal leefden. Op die momenten zagen ze niet hoe smerig en vochtig die zolder was. Ze voelden zich veilig in de cocon van hun fantasie.

Soms werkte dat, maar op andere momenten drong de realiteit zich op, meestal door middel van geluiden van beneden. Ze woonden boven in een vervallen oud rijtjeshuis en de trappen in de gemeenschappelijke ruimten kraakten altijd waarschuwend als hun moeder eraan kwam. Als ze met stevige passen naar boven kwam, was ze in de stemming om herrie te schoppen. Als de stappen traag en onregelmatig waren, was ze stoned. En als er meer dan één paar voetstappen klonk, had ze 'gezelschap'.

Ben had een gloeiende hekel aan drugs en raakte ze niet aan, maar zijn moeder kon er geen genoeg van krijgen. Ze bekostigde haar verslaving door fraude te plegen, te stelen en af en toe buitenlandse zeelui uit de bars in de haven mee naar huis te nemen. Ze betaalden niet veel, maar ze waren ook snel weer weg. Als ze 'bezoek' had, lagen Ben en Summer doodstil door de vloerplanken de enige slaapkamer van de flat in te kijken. Aanvankelijk begrepen ze niet wat ze zagen – ze geloofden dat de mannen hun moeder pijn deden – maar aan het eind leek iedereen tevreden. En na een tijdje beseften ze dat die grommende, halfnaakte mannen genoten van wat ze deden en dat hun moeder dat af en toe ook leek te doen.

Pas toen ze ouder waren – Summer was veertien en Ben elf – begrepen ze het echt. Hij was verbaasd geweest toen Summer haar hand in zijn broek liet glijden, maar hij vond het niet erg.

Later gingen ze verder en verkenden elkaars lichaam als hun moeder beneden die mannen op bezoek had. Hun eigen privégrapje. Vermoedde hun moeder iets? Zo ja, dan had ze er nooit iets van gezegd. Zolang Summer maar in de buurt was om naar het park te rennen en een zakje drugs voor haar te halen, dat was het enige wat belangrijk was.

De gedachte eraan maakte hem boos. Hij probeerde zich te concentreren op zijn fantasie, maar hij voelde zijn verlangen wegebben. Hij was nog steeds laaiend op zijn moeder omdat die Summer van hem had weggenomen en de smerige wereld van de drugs in had gestuurd. Hij had dat afschuwelijke mens nog geen drie maanden geleden gezien. Dat was een schok geweest en zijn eerste reactie was om haar helemaal in elkaar te slaan. Hij was nu ouder en groter; ze zou geen schijn van kans hebben gehad. Maar ze was het niet waard en hij had belangrijker dingen aan zijn hoofd, dus had hij kort iets tegen haar gezegd en haar weer weggestuurd.

Het had geen zin om door te gaan, hij was te boos om zich nog op genot te kunnen concentreren. Hij ritste zijn broek dicht, stond op van het bed en ging naar beneden. Hij begon aan andere dingen te denken en liep rechtstreeks naar de oude bijkeuken. Die zag er tegenwoordig uit als een scheikundelokaal en het stonk er even erg. Maar hij was er graag. In die kleine ruimte voelde hij dat hij iets had gepresteerd. Het had hem een hele tijd gekost om te leren hoe hij trichloorethyleen moest distilleren, maar toen het hem gelukt was, was hij als een kind zo ingenomen met zichzelf. Hij herinnerde zich de eerste keer dat hij er een snufje van binnenkreeg, en het aangename, lichte gevoel in zijn hoofd. Hij lachte nog eens toen hij terugdacht aan zijn experimenten met de dosering. Er zaten talloze ratten in het huis en hij tolereerde hun aanwezigheid, omdat ze nuttig waren voor zijn experimenten. Hij had er natuurlijk aardig wat vermoord voordat hij precies wist hoeveel van het goedje hij op de watten moest doen, maar oefening baart kunst.

Dat deed hem ergens bij stilstaan. Hoe opgewonden hij ook was over de toekomst, hij zou eerst moeten afrekenen met het verleden. Nu de echte Summer was teruggekeerd, had hij haar niet meer nodig en hij wilde haar weg hebben. Dus raapte hij al zijn moed bij elkaar, deed de deur naar de kelder open en daalde af in de duisternis.

125

'Denk je dat we haar kunnen geloven?'

Helens hart bonsde en haar stem klonk dringend.

'Om eerlijk te zijn vind ik het zo'n raar verhaal dat het wel waar moet zijn.'

Emilia en Helen stonden op de binnenplaats, een geliefde plek bij alle rokers van Southampton Central. Maar gelukkig waren ze op dat moment alleen.

'Ik geloof niet dat Jane Fraser genoeg fantasie heeft om zoiets te verzinnen. Zo te horen hadden de twee kinderen een heel hechte band. Ze sliepen altijd in hetzelfde bed, gingen nooit naar school, gingen helemaal in elkaar op. En ik kan het ze eerlijk gezegd niet kwalijk nemen. Hun moeder voelde geen enkele liefde voor hen. Ze wisten kennelijk niet eens wie hun vaders waren, dus...'

'Dus ze waren de hele wereld voor elkaar.'

Emilia knikte en vervolgde: 'Na Summers dood was er met de zoon, Ben, geen land meer te bezeilen. Politie, artsen, de sociale dienst – niemand kon iets met hem beginnen.'

'Omdat hij gek was van verdriet.'

'Hij is nog steeds gek van verdriet,' voegde Emilia eraan toe. Ze verwoordde precies wat Helen dacht.

'En je bent zeker van dit adres?'

'Nou, ik ben er niet naartoe geweest, maar ik ken het wel.'

'Mooi. Dank je, Emilia.'

Helen was al halverwege de deur toen Emilia riep: 'De gebruikelijke afspraak?'

'Je krijgt je exclusieve verhaal,' zei Helen over haar schouder voordat ze snel het bureau weer in liep.

'Het adres is dat van een hakkenbar en sleutelservice in winkelcentrum WestQuay. Hij heet WestKeys.'

Niemand kreunde bij deze voor de hand liggende woordspeling. Het team hing aan Helens lippen en verwerkte deze belangrijke ontwikkeling.

'Ik heb vrijwilligers nodig om de boel in de gaten te houden.'

Tot haar genoegen zag Helen wel tien handen omhooggaan.

'Maar voordat we erop uitgaan, controleren we alle feiten. Pippa Briers werkte in winkelcentrum WestQuay, dus voor haar was het handig om daar sleutels te laten bijmaken. Hetzelfde geldt voor Isobel Lansley, die elke dag door het centrum liep als ze naar college ging.'

'Roisin Murphy woonde een gratis praatgroep voor moeders met baby's bij die werd gehouden in de crèche in het winkelcentrum,' voegde rechercheur McAndrew eraan toe.

'En Ruby?'

'Ruby hing vaak met haar vrienden in het centrum rond. Etalages kijken en rotgeintjes uithalen.'

'Dus het klopt. Ze liepen met hun sleutels het leven van Ben Fraser in. Ze leken erg op zijn zus, dus hij hield een sleutel achter, stalkte ze en ontvoerde ze.'

'Maar om ze volmaakt te maken, een echte replica van zijn zus, moest hij ze "bijschaven",' merkte rechercheur Sanderson op.

'De tattoo,' antwoordde Helen. 'En mogelijk nog meer.'

'Maar waar haalt hij dat spul vandaan, die trichloorethyleen?' vroeg rechercheur Grounds.

'Laten we denken aan wat Jim Grieves zei,' antwoordde Helen. 'Trichloorethyleen wordt gebruikt in schoonmaakmiddelen en oplosmiddelen, maar ook in schoensmeer. Je zou het misschien uit het schoensmeer kunnen halen...'

'Zonder dat het iemand opviel. Zonder een spoor na te laten.'

'Maar waarom laat hij ze doodhongeren? Als hij van die meisjes houdt?'

De vraag van rechercheur Lucas bleef even in de lucht hangen voor Helen antwoord gaf.

'Waarom gaan we het hem niet vragen?'

126

'Hallo, Ruby.'

Ruby was naar de hoek gekropen en keek met nauwelijks verholen angst op naar haar ontvoerder.

'Je hoeft niet bang te zijn. Ik doe je niets.'

Ruby bleef hem strak aankijken. Hoe vaker hij zei dat hij haar niets ging doen, hoe meer ze overtuigd was van het tegendeel.

Hij ging een eindje van haar af op het bed zitten en keek de kamer door alsof hij hem voor het eerst zag.

'Ik moet je wat bekennen.'

Hij glimlachte en leek ontzettend gelukkig te zijn.

'Ik heb een fout gemaakt.'

Ruby staarde naar hem. Wat voerde hij in zijn schild? Waar wilde hij naartoe?

'Ik had het verkeerde meisje. Ik had je niet mee moeten nemen. Het spijt me.'

Hij leek echt spijt te hebben. Maar hij was ook vreemd ontspannen.

'Wat ga je met me doen?' Ruby's stem trilde van angst.

'Wat denk je dat ik met je ga doen?'

Hij lachte half terwijl hij het zei, alsof zij degene was die gek was, niet hij.

'Ik laat je gaan.'

127

'Is er een andere manier om binnen te komen?' blafte Helen terwijl ze Sanderson opzij trok en eindelijk uiting gaf aan haar frustratie.

'Niet volgens de tekeningen van de architect,' zei Sanderson.

Ze waren zo discreet mogelijk in winkelcentrum WestQuay gearriveerd – vijftien politiemensen, allemaal in gewone kleren, alsof ze kwamen winkelen – en hadden zich verspreid over hun verschillende uitkijkposten. Een paar tochtjes langs de zaak bevestigden wat meteen al duidelijk was geweest. Ondanks het feit dat het nog maar vijf uur was, was WestKeys gesloten.

Ze konden het luik niet openbreken zonder opzien te baren en de verdachte of vrienden van hem te attenderen op hun aanwezigheid. Dus wilde Helen graag een andere manier vinden om binnen te komen. Maar het was maar een klein zaakje, niet veel meer dan een kiosk tussen grotere en aantrekkelijker winkels, en het had geen achteringang.

'Houd de boel in de gaten.' Helen liet de surveillance aan Sanderson over en beende naar rechercheur McAndrew, die met haar telefoon tegen haar oor stond.

'Wat heb je voor me?'

McAndrew hield haar hand over de microfoon toen ze antwoordde: 'WestKeys is eigendom van ene Edward Loughton.'

'Dus Ben Fraser is alleen maar een werknemer. Kunnen we Loughton te pakken krijgen? Als hij ons het huisadres van Ben Fraser kan geven, zouden we Ruby nog kunnen redden.'

'Loughton is drie jaar geleden overleden. Hij heeft een zus die hier ergens in de stad woont en we proberen haar op te sporen.'

McAndrew ging verder met haar telefoontje en spelde de naam van de vrouw die ze nu zochten. Terwijl ze dat deed, bleef Helen rusteloos heen en weer lopen. Elk uitstel, elke tegenslag kon hun nu duur komen te staan. Ze waren nu zo dicht bij zijn ontmaskering, maar zou het straks allemaal voor niets zijn? Gedachten aan Alison en Jonathan Sprackling drongen zich aan haar op. Ze voelde mee met hun wanhoop, hun wens om herenigd te worden met het meisje dat ze al die jaren geleden hadden gered. Helen weigerde te geloven dat hun menslievendheid voor niets was geweest, dat Ruby net zo wreed kon worden vermoord als de andere meisjes. Maar ze kon niets doen en het feit dat de winkel zo vroeg dicht was, vervulde haar met bezorgdheid. Elke afwijking van zijn normale routine was slecht nieuws voor hen.

En voor Ruby.

128

Zodra Helen de lobby van het Great Southern in kwam, bleef ze als aan de grond genageld staan. Ze was helemaal in haar eigen wereldje en op de automatische piloot op weg geweest naar de liften toen de aanblik van Daniel Briers bij de receptie haar tot stilstand bracht. Hij had een koffer bij zich en naast hem stond een lange vrouw met lang, donker haar en een elegant dikke buik.

'Daniel?'

Hij draaide zich om en toen hij Helen zag, glimlachte hij, maar het was een gedwongen en niet erg overtuigende glimlach.

'Ga je weg?'

'Inderdaad.' Hij keek haar niet aan. 'Zoals je weet, wilde ik blijven zo lang het duurde. Maar ik heb natuurlijk ook nog andere verantwoordelijkheden, dus... dit is Kristy, mijn vrouw.'

'Inspecteur Helen Grace. Ik leid het onderzoek...'

'Ik weet wie je bent,' antwoordde Kristy Briers, en ze schudde Helen kort de hand.

'Je hebt onze gegevens, hè? Voor het geval er nieuws is...' ging Daniel verder. Zijn belangstelling was oprecht, maar Helen voelde dat hij zo snel mogelijk een eind wilde maken aan dit gesprek.

'Natuurlijk. Eigenlijk kwam ik je juist bijpraten. Er zijn belangrijke ontw...'

'Praat je de mensen altijd bij in hotelkamers? 's Nachts?'

Kristy stelde de vraag heel rustig, maar er lag een scherpte in die niet te missen was.

'Nee, maar ik heb je man beloofd hem op de hoogte te houden van de allerlaatste ontwikkelingen. En ik kwam me aan die belofte houden.'

Helens stem klonk effen en vastberaden. Ze had zich ongetwijfeld in een onhandige positie gemanoeuvreerd door Daniel Briers persoonlijk onder haar vleugels te nemen, maar ze hadden niets verkeerds gedaan, dus waarom zou ze gestraft worden omdat ze medeleven had getoond?

Ze nam het echtpaar ter zijde en vertelde hun over de zoektocht naar Ben Fraser en haar hoop dat ze binnenkort tot arrestatie konden overgaan. Daniel stelde een paar vragen, maar het gesprek kwam snel tot een natuurlijk einde. Er was niets meer te zeggen.

'Dank je, Helen. Voor alles. Het zou zo veel voor me betekenen als de dader gestraft wordt.'

De woorden kwamen recht uit zijn hart, maar ze klonken Helen toch vreemd in de oren. Alles was vanavond een beetje vreemd. Daniel schudde haar formeel de hand en liep met een korte blik over zijn schouder naar de auto die klaarstond. Kristy maakte aanstalten hem te volgen, maar draaide zich nog even om naar Helen.

'Neem het niet te zwaar op. Het gebeurt ze uiteindelijk allemaal.'

'Pardon?'

'Ik ben al meer dan tien jaar met Daniel samen. Ik weet hoe hij in elkaar zit...'

'Kristy, ik weet echt niet waar je het...'

'Het probleem met Daniel is dat hij van aandacht houdt. Hij vindt het heerlijk als er een knap gezichtje naar hem opkijkt, als hij een arm om zijn schouders krijgt. Of iemand heeft die hem

’s nachts warm houdt. Het is een soort verslaving, anders kan ik het niet verklaren. Maar je moet het nooit persoonlijk opvatten. Hij heeft niet echt belangstelling voor je. Hij heeft alleen belangstelling voor zichzelf.’

Kristy keek Helen strak aan. Haar blik was zegevierend, maar het was een holle overwinning voor een vrouw die er kennelijk aan gewend was bedrogen te worden.

‘Misschien zou ik bij hem weg moeten gaan, maar ik denk dat het daar een beetje te laat voor is, nietwaar?’ Ze klopte even op haar buik en keek Helen recht aan. ‘Neem niet rechtstreeks contact meer met hem op. Als er nieuws is, laat dan iemand anders bellen. Bij voorkeur een man.’

Ze draaide zich met een ruk om en liep naar de auto. Daniel hield het portier voor haar open en sloot het zachtjes toen ze was ingestapt. Een korte, verontschuldigende blik op Helen en hij was weg. Helen bleef alleen achter en voelde zich meer dan ooit een enorme sukkel.

129

Maakt niet uit wat voor weer het was, de vrijdagmorgen had altijd iets fijns. De donkere wolken die boven Southampton hingen, spuwden minachtend op mensen die zich in alle vroegte door de straten haastten, op weg naar hun winkels en kantoren, maar ondanks dat dacht Ben Fraser optimisme en geluk in hun gezichten te bespeuren. Nog maar een paar uur en het weekend begon. Dat was toch wel een glimlach waard?

Ook hij voelde vanmorgen hoop in zijn hart. Er moest natuurlijk nog veel gedaan worden, leuke en ook minder leuke dingen, maar het leven is eenvoudig als je het pad dat je moet bewandelen helder voor je ziet. Hij was vroeg opgestaan, tegen zes uur had hij zich gewassen en aangekleed en niet lang daarna was hij de straat op gegaan. Bij deze vroege verkenningstochtjes droeg hij altijd het vaste uniform van stadsmensen in de zomer: een spijkerbroek, een T-shirt, een zonnebril en een tas, nonchalant over zijn rechterschouder. Hij zag er helemaal uit als een jongeman die het ver ging schoppen. Maar hij wilde vandaag maar één ding bereiken.

Blenheim Road in Portswood zag er overdag nog grauwer uit. Gisteravond had de straat nog een soort vage glamour gehad, maar nu vertoonde hij zich in zijn ware gedaante: een toevluchtsoord voor studenten en nietsnutten. Mensen die net waren gaan werken en niet veel geld hadden – zoals Summer – woonden er graag omdat de huren laag waren, maar de hele wijk had de vermoeide, slome uitstraling van een studentenbuurt. Je kon de marihuanarook bijna ruiken als je door de straat liep, dacht Ben bij zichzelf.

Hij stond nog maar vijf minuten op zijn uitkijkpost toen Summer naar buiten kwam. De goden waren hem goed gezind. Ze zag er nog mooier uit dan hij zich herinnerde. Een keurige witte blouse, een mooi, donkergrijs pakje en hoge suède laarzen die door de straat bij hem vandaan tikten.

Ben kwam uit zijn schuilplaats en liep achter haar aan, schijnbaar druk aan het telefoneren – met een iPhone die jaren geleden de geest had gegeven. Hij mompelde er allerlei onzin tegen en amuseerde zich met die willekeurige reeks woorden. Het kon hem niet schelen wat hij zei, zijn aandacht was in werkelijkheid bij wat er vijftig meter voor hem gebeurde.

Ze ging een Costa in de buurt in om een latte en een croissant te halen, en deed de laatste in haar tas om later aan haar bureau op te eten. Ben vroeg zich af of ze altijd hier een ontbijtje haalde. De tijd zou het leren. Ze liep naar de bushalte en Ben hield gelijke tred met haar en stapte achter haar in bus nummer 28.

Nu hij haar van dichterbij kon bekijken, voelde hij zich gezegender dan ooit. Het had zo lang geduurd, maar hier was ze eindelijk. Terug op de plek waar ze hoorde te zijn. Hij nam elk detail van haar haar, haar gezicht, haar kleren, haar gebaartjes en haar gewoonten in zich op. Hij zag dat ze haar tas openliet nadat ze haar telefoon eruit had gehaald om een berichtje te versturen. Een beetje te goed van vertrouwen, dacht hij, maar dat kon zijn nut hebben. Hij ving een glimp op van haar sleutelbos. Wat zou ze er nog meer in hebben, vroeg hij zich af.

Ze stapte in Nicholstown uit en Ben wandelde achter haar aan en prentte de route naar het uitzendbureau waar ze werkte in zijn hoofd. Ze was zich zo weinig bewust van zijn aanwezigheid dat hij zelfs de code kon afkijken die ze intikte om de hal in te komen; allemaal nuttige informatie voor de toekomst.

Niet lang daarna was ze uit het zicht verdwenen, maar Ben liet zijn stemming niet bederven. Het was een succesvol tochtje geweest. Veel succesvoller dan hij had mogen verwachten. Maar het geluk was nu met hem en langzaam maar zeker kon hij doordringen in haar leven.

130

Ruby lag met een glimlach op haar gezicht op het bed. Ze had geen oog dichtgedaan – na Bens bezoek was ze te opgewonden geweest om ook maar aan slaap te kunnen denken. Ze ging naar huis. Dit was een uitkomst die ze tijdens haar gevangenschap nooit echt had verwacht, en toch was het waar. Binnenkort zag ze haar moeder, vader, Cassie en Conor terug. Dan was ze weer waar ze thuishoorde.

Haar ogen vielen bijna dicht – haar lichaam en haar hersenen schreeuwden om slaap – maar Ruby bleef zich verzetten. Eerder had ze in haar dromen willen vluchten om te ontsnappen aan de ellende van het dagelijks leven hierbeneden. Maar nu was ze bang om te gaan slapen. Wie zou zeggen dat ze niet zou dromen dat ze nog steeds hier was, bij hem, gevangen in deze donkere hel, als ze nu in slaap viel?

Ze kneep zichzelf hard, en nog eens. 'Het duurt niet lang meer, Ruby,' hield ze zichzelf voor, en ze stapte uit bed en dwong zichzelf heen en weer te lopen. Wakker blijven, alert blijven, nog even en ze zou weer daglicht zien. Het idee maakte haar aan het lachen, hoewel ze er eigenlijk een beetje bang voor was. Ze zou zeker verblind worden, zo gewend was ze geraakt aan deze doodse duisternis. Maar het was een kleine prijs voor haar vrijheid.

Waarom was hij opeens zo veranderd? Was hij haar zat? Of gebeurde er iets bovengronds? Was er contact gelegd? Losgeld betaald? Het leek onwaarschijnlijk, maar was er een andere geloofwaardige verklaring? Misschien was hij op dat moment met ze aan het onderhandelen om zijn vrijheid te ruilen voor die van Ruby?

Dat vond Ruby een spannende gedachte. Misschien kwam hij wel nooit meer terug. Het was veel veiliger om door te geven waar ze was en weg te gaan voordat hij kon worden gepakt of opgespoord. Was het niet logisch om het zo te doen? Zo zou Ruby het zelf doen.

Voor één keer maakte ze zich geen zorgen om zijn afwezigheid. Andere keren had ze zich afgevraagd wat hij aan het doen was, wat hij dacht en deed, en wat dat voor haar betekende. Maar vandaag niet. Vandaag zat ze rustig en tevreden te dromen van de toekomst. Te dromen van háár toekomst.

131

Helen haastte zich door het stadscentrum en baande zich met haar Kawasaki een weg tussen het stilstaande verkeer door. Ze hadden eindelijk het adres van Edward Loughtons zus en Helen was nu naar haar onderweg. Als zij hen kon helpen Fraser te vinden, was er nog hoop voor Ruby.

Helen had een politiewagen moeten nemen, compleet met zwaailichten en sirenes, maar met de motor ging het sneller en haar instinct vertelde haar dat ze dit alleen moest afhandelen. Voor zover zij wist, kon Ben Fraser wel bij Alice Loughton inwonen – ze konden het zich niet veroorloven om hun komst aan te kondigen. Sanderson, McAndrew, Lucas en Edwards kwamen achter haar aan in burgerauto's, maar Helen nam het voortouw.

Ze zette de motor scherp aan de stoeprand. Melrose Crescent was een indrukwekkende straat met mooie, victoriaanse villa's. Op de een of andere manier had deze straat de bommen van de Tweede Wereldoorlog overleefd en nu vormde hij een trotse herinnering aan het architecturale verleden van Southampton. Edward Loughton had een aantal winkels bezeten en het was duidelijk dat hij goed had geboerd. Omdat hij geen vrouw of kinderen had, had hij zijn bezittingen nagelaten aan zijn jongere zus – hoewel Alice Loughton met haar vierenzeventig jaar niet echt jong genoemd kon worden.

Helen zette haar helm af, schudde haar lange haar los en liep de brede stenen trap op naar de imposante voordeur. Ze drukte op de bel, maar liet de deurklopper met rust. Het had geen zin mensen te laten schrikken – nog niet. Dus wachtte ze geduldig, maar de spanning in haar lijf was zo groot dat ze van de ene voet op de andere wiebelde.

Binnen bewoog niets, dus belde Helen nog eens aan. Lieve god, laat haar alsjeblieft thuis zijn. Nog steeds niets. Ze keerde zich om naar de straat en zag tot haar verrassing Sanderson en McAndrew vijftig meter verderop parkeren. Ze hadden snel hier weten te komen, maar was het voor niets geweest?

Ze draaide zich om toen ze een geluid hoorde. Wat was dat? Voetstappen. Ja, beslist, trage, afgemeten voetstappen die de voordeur naderden. Door het figuurglas was een gestalte te zien. Er werd wat met sloten gerommeld en toen schoof de deur open en verscheen het gezicht van een oudere vrouw boven de veiligheidsketting.

'Kan ik u helpen?' vroeg ze argwanend.

'Inspecteur Helen Grace,' antwoordde Helen, en ze liet haar politiepasje zien.

'Wat kan ik voor u doen?' antwoordde Alice, die haar blik strak op het pasje gericht hield.

'Ik wil graag met u praten over uw broer. En over Ben Fraser.'

Haar ogen versmalden. Bespeurde Helen daar enige argwaan? Boosheid? De oudere vrouw leek haar wel een eeuwigheid te blijven aankijken voordat ze de ketting losmaakte en de deur opendeed.

'Komt u dan maar binnen.'

Helen knikte dankbaar en stapte naar binnen, en de zware deur sloeg stevig achter haar dicht.

132

Ben liep met veerkrachtige tred naar WestQuay. Na al die problemen van de afgelopen tijd verliep alles voorspoedig. Summer was nog net zo goed van vertrouwen als vroeger en Ruby... Nou ja, die zou niet veel langer een probleem zijn. Ze geloofde dat ze vrijgelaten zou worden, en dat zou hem een dag of wat de tijd geven voor het roepen en kreunen begon. Wanneer zou ze beseffen dat ze in de steek was gelaten? En hoe zou ze reageren? De eerste had het bijna twee weken volgehouden en had al die tijd gillend en roepend op de deur gebonkt. En de derde was net zo erg geweest. De tweede was minder slim en had het sneller opgegeven, wat veel minder leuk was. Hij vond het fijn als ze tekeergingen en smeekten. Boven kon hij ze natuurlijk niet horen, dus hij moest naar de kelder gaan als hij naar ze wilde luisteren. Zodra ze zijn voetstappen hoorden naderen, begonnen ze te smeken. Hij deed nooit de deur open, maar soms stak hij de sleutel in het slot en haalde hem er dan weer uit om ze te plagen. Er verscheen nog steeds een glimlach op zijn gezicht als Ben daaraan dacht.

Dit keer zou de begrafenis natuurlijk wat ingewikkelder worden. Het strand was ideaal voor hem geweest omdat het zo afgelegen was, maar door de gebeurtenissen moest hij een andere plek kiezen. Hij had al besloten Ruby in het New Forest te begraven. Als hij haar er midden in de nacht naartoe bracht, zou niemand hem opmerken en hij moest toegeven dat het een mooie symmetrie had om haar te begraven waar hij haar kleren had verbrand. De begroeiing was daar zo dicht dat er niet veel kans was dat iemand per toeval op het graf zou stuiten.

Ben ging zo op in zijn gedachten dat hij nu pas besefte dat hij zijn winkel voorbij was gelopen tot aan het eind van de winkelarcade. Hij schudde zijn hoofd, draaide zich om en liep terug naar WestKeys. Hij was al laat en hij wilde niet nog meer argwaan wekken door...

Opeens kwam hij tot stilstand. Instinctief draaide hij zich om naar de etalage van de schoenenwinkel naast hem. Het zweet stond op zijn voorhoofd en hij zag tot zijn verbazing dat zijn handen trilden. Was dat niet een beetje overdreven? Zag hij geen dingen die er niet waren? Hij liep de schoenenwinkel in om tot zichzelf te komen en draaide zich om, zodat hij door de etalage weer het winkelcentrum in kon kijken. De jonge zwarte man in overhemd en jasje zat in het café tegenover WestKeys, maar zijn aandacht was meer bij de winkel dan bij de krant die voor hem op tafel lag.

Ben keek naar boven en zag er nog een. Een jonge vrouw op de bovengang. Ze leek met haar telefoon in de weer te zijn, maar haar blik bleef naar de ingang van WestKeys gaan. Ben was de schoenenwinkel al weer uit en liep snel, maar met vaste tred langs zijn eigen zaak. Onderweg zag hij er nog een, een jongeman bij het waterelement, die op zijn horloge keek alsof hij op iemand zat te wachten.

Ben wist precies op wie hij wachtte en was niet van plan het hem gemakkelijk te maken. Hij haastte zich naar de nooduitgang, ging het trappenhuis in en rende naar de uitgang.

133

De recherchekamer was leeg, alsof het zo moest zijn. Ceri Harwood stond in haar eentje naar het bord te kijken en nam de foto's van Pippa, Roisin, Isobel en Ruby in zich op. Het hele team zat achter Ben Fraser aan – de grote operatie naderde de climax. Met een beetje geluk zou Fraser snel in de cel zitten, maar die gedachte deed Harwood geen groot genoegen. Ze zou niet meedelen in de overwinning, ze stond alleen in haar nederlaag.

Hoe kon het dat ze de zaak zo verkeerd had beoordeeld? Er waren andere inspecteurs geweest, vooral vrouwen, die een bedreiging hadden gevormd voor haar positie. Ze had ze met gemak uitgeschakeld, uit haar team verbannen en vervangen door ambitieuze, volgzame mensen die naar haar pijpen dansten. Maar Helen Grace had niet willen buigen en had altijd manieren gevonden om de valkuilen die voor haar werden gegraven te ontwijken. Misschien werd het tijd om te erkennen dat ze niet genoeg fantasie had om Helen Grace aan te kunnen. Misschien zat ze te vast in het protocol, in regels en wetjes, om een tegenstander aan te kunnen die haar voortdurend op het verkeerde been zette. Uiteindelijk bleek ze gewoon niet goed genoeg om haar te verslaan.

Het was tijd om naar Fisher te gaan. Ze had haar ontslagbrief al geschreven, met daarin het gemakkelijke voorwendsel dat ze meer tijd met haar gezin wilde doorbrengen. Ze moest er bijna om lachen. Ze had de meisjes natuurlijk nog, maar haar gezin was uiteengevallen. Weekendbezoekjes aan hun vader zouden daar een voortdurende herinnering aan zijn. Zelfs nu nog leek dat zo'n vreemde gedachte. Ze waren zo vol optimisme naar Southampton gekomen, en toch was het voor iedereen op een ramp uitgelopen. Ze zou elders een carrière en een leven moeten opbouwen, het was tijd om iemand anders de leiding te geven. Lieve god, laat Fisher de baan alsjeblieft niet aan Grace geven, dacht Ceri Harwood toen ze de recherchekamer uit liep. Ze was al genoeg vernederd.

134

Alice Loughton staarde Helen Grace aan. Was dat argwaan in haar ogen? Of erger nog, onbegrip? Ze had nog niets gezegd sinds Helen was begonnen aan een uitleg over de dringende reden voor hun bezoek, en Helen had het akelige gevoel dat de betekenis van haar woorden niet tot de vrouw doordrong. Maar uiteindelijk deed de oude vrouw toch haar mond open en vroeg met een schorre fluisterstem: 'Weten jullie het zeker?'

'Ja.'

'En hoe lang...'

'Daar zijn we niet helemaal zeker van, maar we geloven dat hij al bijna vijf jaar slachtoffers kiest uit de vrouwen in Southampton en omgeving.'

'Ik geloof het niet.'

Daar was Helen al bang voor geweest.

'Ik weet dat het moeilijk te bevatten is, en ik zou willen herhalen dat u en uw broer niets te verwijten valt, maar we hebben wel uw hulp nodig...'

'Ik heb hem maar een of twee keer ontmoet, maar het leek altijd zo'n zachtaardige jongen.'

'Dat begrijp ik...'

'Edward zag hem slapen in het winkelcentrum. Op een van de laadperrons. Hij was nog maar klein, een jaar of veertien. Edward bood aan hem terug te brengen naar zijn moeder, maar de jongen smeekte hem dat niet te doen. Dus ging hij in plaats daarvan naar een opvanghuis...'

'Waar woont hij nu, Alice?'

'Daarna bleef Edward hem in het oog houden,' antwoordde ze alsof ze Helens vraag niet gehoord had. 'Hij gaf hem een baan in de winkel. Daar werkt hij nu al... God mag het weten... meer dan tien jaar. Edward vertrouwde hem. Hij was een stuk betrouwbaarder dan het personeel in sommige andere winkels.'

'Dat begrijp ik allemaal, Alice, maar het is van het allergrootste belang dat we met hem praten. Als hij onschuldig is, kunnen we hem schrappen uit ons onderzoek en verdergaan...'

'Edward was als een vader voor hem, daarom was hij ook zo gul in zijn testament.'

'Heeft hij hem geld nagelaten?'

'Nee! Edward hield niet van geld, niet zoals jullie bedoelen. Hij hield van bezittingen, huizen, bedrijven en zo.'

'Dus hij heeft Ben Fraser onroerend goed gegeven?'

'U hoeft niet zo verbaasd te kijken. Het is een vervallen pand in een dubieus deel van de stad, maar al die buurten krijgen een opleving, toch, naarmate de stad uitbreidt? Edward dacht dat Ben er op de lange termijn flink wat uit zou kunnen halen.'

'En weet u waar het staat?'

'Natuurlijk weet ik dat, ik ben niet kinds,' zei ze, en ze keek Helen recht aan.

'Vertelt u het me dan, alstublieft. Het leven van een jonge vrouw staat op het spel.'

De oude vrouw keek naar Helen alsof ze erachter probeerde te komen of ze haar kon vertrouwen of niet, maar uiteindelijk zei ze: 'Alfreton Terrace nummer veertien, daar woont hij. Dat is nog geen vijf minuten hiervandaan.'

135

Ben brulde van woede en sloeg met zijn vuist tegen het glas. De spiegel sprong in stukken en viel op de grond en het bloed droop van zijn kapotte knokkels. Zonder enige aarzeling stampte hij het glas met zijn zware schoenen aan gruzelementen.

Hoe? Hoe? Hoe?

Hoe hadden ze hem zo snel kunnen vinden? Die lijken waren nog geen week geleden opgegraven en nu hielden ze zijn winkel al in de gaten. Het was puur geluk – en hun stommiteit – dat ze hem niet ter plekke hadden opgepakt. Hij stootte een woedend gejank uit en sloeg met zijn hoofd tegen de bakstenen muur. Dit kon niet waar zijn, niet nu Summer terug was in zijn leven, nu hij er zo dichtbij was…

Hoe lang zouden ze erover doen om dit huis te vinden? Het thuis dat hij zo liefhebbend had opgebouwd voor hun toekomstige geluk? Dat kon niet lang meer duren. Als ze er eenmaal achter waren van wie de winkel was, gingen ze praten met dat oude mens. Met een beetje geluk was ze inmiddels zo dement als een deur, maar daar kon hij niet op vertrouwen. Hij moest verdwijnen, er zat niets anders op.

Hij had het busje nog. Daar zouden ze niets van weten. En door de valse nummerplaten zou het moeilijk voor ze zijn om hem te vinden. Hij kon vanavond naar Summer gaan. Nog nooit had hij zo rechtstreeks toenadering gezocht, maar wat moest, moest. Als ze samen konden zijn voor het nieuws bekend werd, konden ze misschien wegkomen.

Ben beende naar de bijkeuken en pakte de vierkante glazen fles. De rubberen stop zat nog stevig op zijn plek en hij zag dat er genoeg heldere vloeistof in zat. Hij pakte een paar oude lappen en duwde ze in zijn zak. Maar toen hij weg wilde gaan, bleef hij opeens staan. Dit huis was een bron van informatie voor de politie. De distillatieapparatuur, zijn herinneringen aan Summer en dan nog dat ding in het poppenhuis beneden. Hij voelde een enorme verbittering toen hij eraan dacht dat anonieme politiemensen hem zouden veroordelen terwijl ze geduldig zijn bezittingen bepotelden...

Opeens wist Ben wat hij moest doen. Hij gooide de kartonnen dozen opzij en zocht tussen de rotzooi in de kleine kamer tot hij had gevonden wat hij zocht. Een groot blik terpentijn. En vlak erbij, op de plank, een oude aansteker, een overblijfsel uit de tijd dat hij nog rookte.

Hij pakte ze allebei op, liep naar het luik en trok het ruw open.

136

Ruby keek hoopvol op toen de deur openzwaaide. Ging het nu gebeuren? Maar zodra ze zijn gezicht zag, werd elke hoop de kop ingedrukt. Hij keek naar haar met nauw verholen minachting. Erger nog, hij had kennelijk een duidelijk doel voor ogen. Ruby kroop snel van het bed toen hij op haar afliep en rende naar de andere kant van de tafel. Maar ze was niet snel genoeg en zijn linkervuist ramde in haar buik en sloeg de lucht uit haar longen.

Terwijl ze dubbelsloeg, kwam zijn knie scherp in aanraking met haar neus en even verloor ze het bewustzijn. Toen ze bijkwam, lag ze op de grond. Haar polsen deden pijn en toen ze zich omdraaide, zag ze dat hij haar gebonden handen vastmaakte aan het metalen bed.

'Alsjeblieft.'

Hij negeerde haar en haalde een gedeukt blik tevoorschijn, waarvan hij de inhoud over de vloer om haar heen goot. De geur van de heldere vloeistof was overweldigend. Opeens had Ruby door wat hij ging doen, maar het leek zo onlogisch. Dit was zijn poppenhuis. Waarom zou hij iets vernietigen wat hij zelf gemaakt had? Wat was er misgegaan?

'Alsjeblieft, doe het niet. Ik doe alles wat je wilt. Maak me alsjeblieft niet dood.'

Het blik was leeg en hij gooide het opzij. Ruby's smeekbedes leken geen effect op hem te hebben. Hij haalde een aansteker uit zijn zak.

'Ik zal je Summer zijn. Ik bén jouw Summer. Doe me alsjeblieft geen kwaad.'

Hij weigerde nog steeds naar haar te kijken en knipte de aansteker aan. Even keek hij naar het dansende vlammetje in zijn handen en er kroop een mager glimlachje over zijn gezicht. Toen keek hij eindelijk op, recht in haar ogen.

'Tot ziens in het hiernamaals.'

En met die woorden gooide hij de aansteker naar haar toe.

137

Helen draaide fel aan de gashendel en de motor schoot naar voren. Ze raasde door Queen's Drive, reed met een scherpe bocht de ringweg op en voerde de snelheid meteen op tot honderdvijftig kilometer per uur. Eindelijk hadden ze de aanwijzing die ze nodig hadden, de doorbraak die ze hadden nagejaagd sinds het lijk van Pippa was gevonden, en toch was Helen er opeens volkomen van overtuigd dat elke seconde telde. Het was alsof de tijd opeens sneller was gaan lopen en haastig afstevende op een wanhopige en onzekeer afloop.

Ze werd gevolgd door zes burgerauto's. Ze zouden stilletjes arriveren, zonder sirenes of zwaailichten, en als de bewapende eenheid eenmaal aanwezig was ter ondersteuning, zouden ze snel en doeltreffend binnenvallen. Het was niet te zeggen wat een psychopaat als Ben Fraser zou doen als hij besefte dat zijn zorgvuldig opgebouwde wereldje op het punt stond in te storten. Veel seriemoordenaars doodden hun slachtoffers en vervolgens zichzelf. Andere probeerden een paar politiemensen mee te sleuren in hun val. Je kon nooit voorspellen hoe ze zouden reageren.

Opeens zag Helen iets en haar hart sloeg een slag over. Een dunne rookpluim, die opsteeg naar de hemel. Hij wist het. Helen wist niet hoe en kon niet eens met zekerheid zeggen dat de rook van Alfreton Terrace kwam, maar welke verklaring kon er anders zijn voor deze plotselinge en onverwachte aanblik in een verlaten deel van de stad?

Er waren hier geen schoolmoeders of voorbijgangers, dus Helen voerde de snelheid nog verder op en schoot over Constance Avenue Alfreton Terrace in. Daar was het, nummer 14, een afschuwelijke impressie van een victoriaans huis in verval. Doods, rottend en onopvallend, op de rook na die nu door de slecht sluitende ramen naar buiten lekte.

Helen sprong van haar Kawasaki terwijl die nog in beweging was en de afgedankte motor kwam met een onhandige sliding tot stilstand in de tuin. Sanderson lag maar een minuut of twee op haar achter, dus Helen drukte de knop van haar radio in terwijl ze naar het huis rende.

'Bel de brandweer. Ik ga naar binnen.'

Een kreet van protest van Sanderson, maar Helen reageerde er niet op en ramde de radio in haar leren jasje terwijl ze naar de deur sprintte. Zonder te stoppen zette ze haar schouder ertegenaan. De pijn scheurde erdoorheen toen hij in aanraking kwam met de zware houten deur. De deur bewoog, maar bleef intact en ontzegde haar de toegang. Onderaan was een grendel dichtgeschoven die haar de weg versperde. Het wees erop dat de moordenaar erg lette op veiligheid, en meer nog, dat hij binnen was.

Helen trok haar knuppel en schopte tegen de koppige grendel. De stalen neuzen van haar laarzen raakten agressief het doel en na een paar schoppen schoot de grendel los. De deur viel met een klap tegen de grond, wat een enorme stofwolk deed oprijzen. Helen haastte zich naar binnen en Sanderson en McAndrew kwamen net op tijd aanrijden om haar in het brandende huis te zien verdwijnen.

Helen zocht in de voorkamer naar tekenen van leven, maar vond niets. Al haar gedachten waren erop gericht een weg naar beneden te vinden. De slachtoffers waren in het donker vastgehouden, dus als er een kelder was…

Ze keek even de woonkamer in, zich bewust van het gevaar overvallen te worden, maar die was leeg. Ze trok het smerige kleed van de vloer, vond niets en ging meteen door naar de keuken. Daar lag zwaar vervuild linoleum, dat stevig op zijn plek leek te liggen, dus negeerde ze het en liep verder naar de achterkant van het huis.

Daar was het. Een valluik. Er zaten twee grendels op om het vanboven af te sluiten, maar die waren open. Het zag er uitnodigend uit. Voor het eerst bleef Helen even staan. Er kwam rook uit naar boven en god mocht weten wat haar daarbeneden te wachten stond. Was Ruby daar wel? Of was het een valstrik, een laatste verdediging tegen de mensen die Ben Fraser zijn illusie wilden ontnemen?

Toen klonk er een kreet. Zwak, maar dringend. En ontegenzeggelijk van een vrouw. Helen aarzelde niet meer, trok het luik open en stortte zich in de afgrond. De metalen treden van de ladder werden al warm, maar Helens leren handschoenen boden enige bescherming en ze was al snel beneden.

Ze schoof het getinte vizier van haar helm omhoog en keek verrast om zich heen. Voor haar lag een doolhof van gangetjes. God mocht weten waar ze allemaal naartoe leidden. Hier en daar waren kale gloeilampen in plastic omhulsels aan de muur bevestigd, die de boel verlichtten. Het was allemaal zo goed aangelegd dat het bijna leek of ze zich in een mijn bevond en dat was een schokkend bewijs voor de samenhang en de nauwgezetheid van Ben Frasers krankzinnigheid. De gedachte bezorgde Helen de rillingen en ze klemde haar knuppel nog iets steviger vast.

Nog een kreet, dichterbij dit keer. Helen stormde erop af en zwaaide zonder veel resultaat met haar arm om de rook te verjagen. Die drong in haar neusgaten en haar ogen en dat was echt onverdraaglijk. In deze vochtige omgeving kon brand enorme hoeveelheden rook opleveren. Helen sloeg haar vizier weer dicht. Het werd dan wel donkerder, maar als ze het omhooghield, kon ze haar ogen niet openhouden.

Ze navigeerde nu op het geluid en liet zich leiden door Ruby's klaaglijke kreten. Ze had het liefst naar haar geroepen om haar ervan te verzekeren dat er hulp onderweg was, maar hij was hier ook ergens. En ze durfde haar aanwezigheid niet aan te kondigen.

Helen botste tegen een ruwe aarden muur en haar voortgang werd plotseling en met geweld een halt toegeroepen. Ze tastte met haar vrije hand tot ze een hoek voelde en liep voorzichtig, maar doelbewust verder. Ze had het gevoel dat er iemand bij haar was in deze rook, vlak achter haar, en ze draaide zich om en zwaaide in blinde zelfverdediging met de knuppel om zich heen. Maar ze raakte niets en in de diepe duisternis kon Helen nog net zien dat ze nog steeds alleen was.

Ze ging verder. Het enige wat ze wilde, was Ruby vinden en maken dat ze hier wegkwam. Het werd voortdurend warmer en het was steeds moeilijker om lucht te krijgen. Opeens viel Helen op de grond omdat haar voet tegen iets hards was gestoten. In de zuiverder lucht bij de grond zag Helen dat ze over een drempel was gestruikeld.

Ze draaide zich om en kon een paar meter verderop nog een open deur onderscheiden. Hier beneden was de hitte minder intens en het zicht iets beter, dus kroop Helen in weerwil van het duidelijke gevaar over de drempel naar de kamer erachter.

Wat ze daar zag, benam Helen de adem. De hele kamer stond in vuur en vlam. Een houten tafel en stoel waren al in vlammen opgegaan en het andere meubilair – een oud fornuis, een ijzeren bed – stond hetzelfde lot te wachten. Aan het zware bed was het magere lichaam van Ruby Sprackling vastgemaakt, dat kronkelde in doodsangst. Ze werd omringd door een keurige ring van vuur, de sadistische en heel opzettelijke executiemethode van de moordenaar, maar Helen was niet van plan het arme meisje in dit hol te laten doodgaan, dus sprong ze over de vlammen heen en rende naar haar toe. Terwijl ze dat deed, voelde ze een golf van hitte. Het vuur was pas aangestoken, maar het brandde heel fel en ze hadden maar een paar seconden voordat ze erdoor overweldigd zouden worden.

Ruby's handen waren stevig vastgebonden met nylon touw en met een zichzelf vasttrekkende knoop aan het bed vastgemaakt. Haar polsen waren al helemaal ruw en rood. Ze kon zich onmogelijk loswurmen en het bed was te sterk en te dik om kapot te kunnen maken.

Terwijl ze wanhopig naar een manier zocht om haar te bevrijden, zag Helen een stukje afbrokkelend metselwerk in de verste muur. Zonder enige aarzeling ging ze erop af. Binnen een paar seconden stond ze weer naast Ruby en sloeg ze met de losse steen in haar hand tegen het metalen frame. De poot waaraan Ruby was vastgemaakt, protesteerde en boog door voordat hij uiteindelijk doormidden knapte. Helen trok Ruby overeind en het touw omhoog tot het van het kapotte uiteinde schoof. Onmiddellijk zakte Ruby in Helens armen in elkaar, maar Helen hield haar vast en sloeg haar zacht, maar stevig in het gezicht.

'Wakker blijven, Ruby.'

Ze sleepte de strompelende Ruby mee door de vlammen naar de deuropening.

'Doorgaan.'

Ruby's ogen rolden omhoog in hun kassen; de rook drong in haar longen door en versufte haar hersenen. Helen merkte dat het meisje het wilde opgeven, dat ze wilde gaan slapen, maar ze moesten in beweging blijven. Ze kneep haar hard, wat een minieme reactie opleverde, en ze gingen weer verder.

'Niet ver m...'

Helen verstijfde en de woorden bestierven haar op de lippen. Opeens was het licht uitgegaan en stonden ze in het donker.

Hij was toch hierbeneden.

138

'Aan de kant.'

'Je gaat niet naar binnen.'

'Voor de laatste keer, ga opzij, anders arresteer ik je.'

Rechercheur Sanderson stond te schreeuwen tegen de brandweercommandant die haar de weg blokkeerde. Achter hem stroomde zwarte rook uit het huis van Ben Fraser.

'Dit is mijn brandhaard,' riep hij om boven de sirenes en alle drukte uit te komen. 'Dit is mijn brand. En tot die onder controle is, heb jij hier niets te zeggen. Dus ik wil je met klem verzoeken achteruit te gaan...'

Maar Sanderson was al om hem heen gedoken en sprintte naar het brandende huis. Ze liet Helen daar niet alleen. Haar baas was nu al meer dan tien minuten weg. De rook was hierbuiten al erg genoeg, hoe moest het dan niet binnen zijn, vlak bij de brandhaard? Helen zou niet al die tijd binnen zijn gebleven als er niet iets helemaal mis was gegaan.

Sanderson ging de drempel over, maar op dat moment voelde ze dat ze achteruit werd getrokken, weg van het huis. Een paar ruwe handen hadden haar bij de schouders gepakt. Ze haalde uit en probeerde het huis weer in te komen, maar de in zware handschoenen gestoken handen van een brandweerman trokken haar weg, klemden haar armen tegen haar lichaam en duwden haar tegen de grond. Ze bleef zich verzetten, maar hij zette zijn knie tegen haar onderrug, zodat verdere weerstand zinloos was.

Terwijl ze ademloos op de grond werd vastgehouden, liet de brandweercommandant zijn woedende gezicht tot bij het hare zakken.

'Als je ook maar een spier vertrekt, geef ik je collega's bevel je te arresteren, is dat duidelijk?'

Sanderson staarde hem aan en weigerde zijn ultimatum te accepteren. Hij deed alleen maar zijn werk, maar in haar ogen veroordeelde hij Helen tot een gruwelijke dood. Dus toen ze eindelijk iets zei, was haar antwoord kort en verbitterd.

'Loop naar de hel.'

139

Overal om hen heen was het donker. De rook vulde hun longen. De brandende hitte werd ondraaglijk. Bij elke beweging liepen ze het risico de man die achter hen aan zat te laten weten waar ze waren. Maar ze hadden geen keus, ze moesten hier weg.

Helen schoof Ruby naar haar linkerkant en bracht haar knuppel in de aanslag. Zo schuifelde ze naar voren en struikelde nog bijna over de drempel van de tweede deuropening. Maar ze aarzelde niet. Ze liep verder en verder, en elk moment verwachtte ze dat Ben Fraser op hen af zou komen stormen. Een verandering in de warmte deed Helen stilstaan. Ze stak haar hand uit. Ze voelde een solide aarden muur met ruimte aan beide kanten. Ze waren kennelijk bij een kruising aangekomen. Die had ze onderweg naar beneden niet opgemerkt. Had ze ergens een verkeerde gang gekozen?

Ruby hing inmiddels slap in Helens pijnlijke arm. Helen bukte, pakte haar enkels en trok haar in de brandweergreep over haar schouders. Ze wankelde even onder het extra gewicht en de pijn schoot door haar zere schouder, en toen nam ze in een fractie van een seconde een beslissing, ging naar links en strompelde verder. Door de klap viel ze struikelend opzij. Hij kwam zo plotseling en was zo hard dat ze tegen de zijmuur sloeg en Ruby liet vallen. Meteen kwam er een tweede klap tegen haar zij, die de lucht uit haar longen sloeg en haar ribben brak. Nu zag Helen hem op zich afkomen, met geheven hamer en een felle vastberadenheid in zijn ogen. Ze hief haar knuppel, maar te laat. De hamer kwam op haar hoofd neer en verbrijzelde haar vizier. Ze strompelde naar achteren. Nog een klap en ze lag met gespleten helm op de grond.

Hij hief zijn hamer nog eens, met het doel haar schedel in te slaan, maar dit keer haalde Helen uit en haar knuppel kwam hard in contact met zijn adamsappel. Even leek hij verdoofd, dus Helen zwaaide zo hard ze kon met haar vrije arm en sloeg de hamer uit zijn hand. Hij viel met een doffe klap op de grond.

Ze kwam snel omhoog, recht tegen zijn vuist aan, die met verpletterende snelheid op haar afkwam. Haar hoofd raakte hard de grond en de gespleten helm viel als een gekraakte walnoot uit elkaar en bood geen enkele bescherming meer.

Nu gingen zijn hete handen naar haar keel, klemden zich eromheen en knepen hard. De rook was inmiddels zo dicht dat ze elkaar niet meer konden zien, maar op deze afstand maakte dat niet meer uit. Ze hadden elkaar vast en waren verwikkeld in een gevecht op leven en dood.

Helen ramde de knuppel tegen zijn elleboog in een wanhopige poging zijn grip te breken, maar hij kneep nog harder. Hij kon elk moment haar strottenhoofd verbrijzelen en dan was het afgelopen. Helen sloeg met haar knuppel tegen de zijkant van zijn hoofd, maar het leek geen effect te hebben. De moordenaar liet zich zijn prooi niet meer ontgaan.

In een laatste wanhopige poging rolde Helen zo hard ze kon opzij, zodat Ben tegen de muur sloeg. Zijn greep werd iets losser en ze zette haar voet tegen de muur en zwaaide krachtig de andere kant uit. Dit had het gewenste effect en Ben viel van haar af, op de grond. Helen kroop boven op hem voordat hij kon opstaan, hield haar knuppel aan beide uiteinden vast en duwde de dunne stalen stang met zo veel kracht als ze bijeen kon rapen tegen zijn keel.

Ze duwde hard, maar zijn vuist schoot uit en raakte haar boven het linkeroog. Ze hield vol en verhoogde de druk. Hij kreeg geen adem, maar Helen liet niet los. Zijn vingers zochten haar gezicht, klauwden naar haar ogen en probeerden in de oogkassen te komen. Helen draaide haar hoofd om het buiten zijn bereik te brengen, maar hij kreeg haar haar te pakken en rukte haar hoofd scherp naar beneden, naar zijn gezicht.

Ze voelde zijn tanden in haar linkeroor zinken en brulde van pijn, zodat ze grote rookwolken binnenkreeg. Hij beet zo hard dat hij het oor elke seconde helemaal af zou kunnen bijten. Helen voelde het bloed langs de zijkant van haar gezicht en haar nek stromen.

Toen verslapte zijn greep opeens. Een heel klein beetje maar, maar genoeg om Helen te vertellen dat ze aan de winnende hand was. Ze duwde nog harder op zijn nek en Helen voelde zijn mond opengaan en een kleine zucht ontsnappen, en toen liet hij haar oor los. Het gevecht was voorbij.

Helen rukte haar hoofd omhoog en strompelde weg van het lijk, maar meteen draaide de hele tunnel om haar heen. Ze voelde zich zwak en misselijk en de rook die haar mond en longen vulde, maakte haar overwinning zinloos.

Ze sloeg tegen de grond. Ruby lag maar dertig centimeter van haar af, maar opeens had Helen de energie niet meer om zich te bewegen. De duisternis kolkte om haar heen en even wist ze niet meer waar ze was. Haar gezicht raakte de koude aarde en ze bewoog niet meer.

Helens ogen vielen dicht. Ruby's onschuldige gezicht zou het laatste zijn wat ze zag. Het laatste wat ze ooit nog zou zien.

140

Rechercheur Sanderson stond bij de afzetting met woedende ogen naar de brandweercommandant te kijken, die haar blik meed terwijl hij de activiteiten van de brandweerteams coördineerde die nu het brandende huis binnen gingen. Ze vervloekte zichzelf om haar domheid en lafheid. Waarom had ze Helen alleen naar binnen laten gaan? Ze kende haar baas, ze wist dat die het huis binnen zou stormen zonder op haar eigen veiligheid te letten. Waarom had ze niet eerder iets gezegd, erop gestaan dat haar baas met hen meereed, in plaats van haar bezorgdheid te verbijten? Was het uit respect voor haar superieur, zoals ze zichzelf op dat moment had voorgehouden, of was ze gewoon een zwakkeling?

Ze keek even naar McAndrew om te kijken of haar gezicht net zo schuldig stond als dat van haarzelf, maar opeens ving ze beweging op bij de voordeur. Ze sprong over de afzetting, rende ernaartoe en zag een brandweerteam verschijnen met Ruby in hun armen en een paar tellen later ook een team met Helen. Sanderson negeerde hun herhaaldelijke waarschuwingen om achteruit te gaan en liep met hen mee, wanhopig op zoek naar tekenen van leven. Ruby had een paar nare brandwonden en was duidelijk bewusteloos. Maar hoe was het met Helen?

Haar baas was overdekt met roet en vuil. De linkerkant van

haar gezicht zat onder het bloed, dat uit een diepe wond in haar oor sijpelde. Haar ogen rolden weg in de kassen; ze was bewusteloos en leek niet te ademen.

'Wat gebeurt er? Hoe gaat het met ze?'

De ambulancebroeders gaven geen antwoord en gingen aan de slag. Sanderson keek hulpeloos toe terwijl ze zuurstof toedienden, hartmassage gaven en zochten naar een polsslag. Waarom deden ze verdomme niet meer? Waarom ging het allemaal zo afgemeten? Een korte blik van de ene ziekenbroeder naar de andere, nuchter en ernstig. Wat betekende dat in godsnaam?

Beide vrouwen kregen een zuurstofmasker op, werden op de brancards getild en snel naar twee ambulances gereden. De wagens gingen er met grote snelheid vandoor en toen Sanderson ze in de verte zag verdwijnen, voelde ze de tranen in haar ogen prikken. Dit was het dan. Helens leven hing aan een zijden draadje. Waarom had ze niet meer gedaan?

141

Het licht was verblindend. Ze stak haar hand op om haar ogen te beschutten voor de felle gloed, maar er bleven veelkleurige vormen voor dansen. Snel draaide ze zich af van het water, dat brandde door de weerspiegeling van de zon, vreemd sterk in dit jaargetijde, en ze richtte haar blik op het strand achter haar.

De herfst was gevallen en Steephill Cove lag er zo goed als verlaten bij. Ruby vormde een eenzame gestalte aan de branding. In haar oude leven had deze vreemde verlatenheid haar afgeschrikt – waar waren de vakantiegangers? Het plezier? Het gelach? – maar nu vond ze die prima.

Ze waren bijna direct zodra Ruby uit het ziekenhuis was ontslagen hiernaartoe gereden, zo groot was haar verlangen om te ontsnappen aan de opdringerige pers in Southampton en een plek te zoeken waar ze zich veilig voelde. Haar brandwonden heelden goed, maar ze voelde zich nog steeds niet op haar gemak met haar armen vol blaren en haar korte, plukkerige haar. Hier kon ze zich kleden zoals ze wilde, gaan en staan waar ze wilde, zonder het risico te lopen dat ze mensen tegen zou komen die haar het beste toewensten, maar die glimlachend naar haar staarden. Op alle andere plekken was ze nog steeds een krantenkop, hier kon ze gewoon Ruby zijn.

Terwijl ze naar het prachtige strand met zijn volmaakte omlijsting van ruwe klippen keek, moest Ruby onwillekeurig denken aan de eenzame nachten van haar gevangenschap, waarin ze had gefantaseerd dat ze hier was, dagdromen waaruit ze keer op keer wreed was gewekt. Het feit dat haar ontvoerder tweemaal was gestorven – eerst door toedoen van Helen Grace en nog eens in de felle brand die daarop gevolgd was – zorgde er niet voor dat Ruby zich beter of veiliger voelde. De herinneringen aan haar eenzaamheid en wanhoop waren nog te sterk om niet te gaan trillen als ze aan hem en haar verschrikkelijke beproeving dacht. 's Nachts zag ze hem nog steeds, in levendige, gruwelijke nachtmerries, en daardoor had Ruby nog amper geslapen. Weken na haar bevrijding voelde ze zich nog steeds zwak, beschadigd en onzeker.

Maar haar ontvoerder had niet gewonnen en ze hoopte hem na een tijdje helemaal uit haar leven te kunnen bannen. Daarvoor had ze nog een lange weg af te leggen – de verwijdering van de tattoo in het ziekenhuis was het gemakkelijke deel geweest – en het ergste moest nog komen. Maar ze hád gewonnen, dat moest ze zichzelf blijven voorhouden, en de welsprekendste getuigenis van dat feit was wat ze nu voor zich zag: deze plek, deze baai, niet langer een denkbeeldige schuilplaats voor haar gebroken geest, maar echt en geruststellend. Ruby bukte en liet keer op keer het natte zand door haar vingers glijden, terwijl ze tranen van opluchting probeerde te bedwingen.

Ze keek op toen ze een kreet hoorde en daar waren ze: mam, pap, Cassie en Conor kwamen op haar aflopen. Ze gunden haar een paar momenten van eenzaamheid, maar zorgden er ook voor dat ze zich elk moment van elke dag bemind en gesteund voelde. Ruby veegde de tranen uit haar ogen, kwam overeind en liep op hen af. Dit was nu haar toekomst, haar geluk.

Ze was eindelijk thuisgekomen.

142

Helen had nog nooit iemand zo gelukkig zien kijken. Terwijl ze samen over de Common wandelden en de smetteloze rode kinderwagen een streep trok door de gevallen bladeren, praatte Charlie honderduit over de komst van de kleine Jessica. Ze lachte om hoe vernederend een ziekenhuisbevalling was, om haar pure angst in de dagen daarna en om de vele leugens die haar waren verteld over hoe het ouderschap eruit zou zien. Het hele proces was klaarblijkelijk verbijsterend, angstaanjagend en pijnlijk geweest, maar tegelijkertijd ook nogal wonderbaarlijk. Gezien Charlies voorgeschiedenis hing er veel meer samen met deze zwangerschap dan normaal gesproken het geval zou zijn geweest en Helen was blijer dan ze kon zeggen dat het allemaal zo goed voor haar was verlopen.

Helen was zich totaal niet bewust geweest van Charlies bevalling, omdat die had plaatsgevonden toen zij Ruby aan het redden was. Helen had zelfs pas gehoord van Charlies geluk toen ze in hetzelfde ziekenhuis lag te wachten tot ze aan haar oor geopereerd kon worden. De wond bleek niet al te diep en hoewel hij er nog steeds vreselijk uitzag, zou hij na verloop van tijd helen. Charlie had Helen ernaar gevraagd, maar Helen had het gesprek vrij snel op andere dingen gebracht. Na de gebeurtenissen van de laatste paar weken wilde ze zich concentreren op vrolijker dingen.

Er was in korte tijd zo veel veranderd. Ceri Harwood had met onmiddellijke ingang ontslag genomen en zich niet meer laten zien. Er werd gezocht naar een vervanger – nadat Helen de positie aangeboden had gekregen en had geweigerd. Harwoods verdwijning onderstreepte het blijvende mysterie van de verblijfplaats van Robert, maar als ze aan Harwoods onplezierige intriges dacht, voelde ze geen woede, maar vond ze het alleen dieptriest dat Harwood een leegte in Helens leven had gebruikt voor haar eigen zelfzuchtige doeleinden.

Helen duwde de gedachte weg. Ze wist dat ze de neiging had te blijven hangen in dingen die pijnlijk en moeilijk waren, maar ze wilde niet toegeven aan die duistere kant. Vandaag wilde ze de goede dingen in het leven vieren. Dingen als de intense vreugde die Alison Sprackling aan de dag had gelegd toen ze werd herenigd met haar geliefde dochter. Of de rustige, maar even intense liefde die Charlie voelde voor haar dochtertje.

Helen had geen noemenswaardige familie meer en op momenten als deze nam ze vaak afstand van het leven om zich terug te trekken en te verstoppen. Maar deze keer wilde ze dat niet. Het was een prachtige dag en ze had vrede met de wereld. Meer dan dat, ze voelde zich ermee verbonden nu Charlie haar twee enorme verrassingen had bezorgd in de loop van hun gezamenlijke ochtend. Eerst door haar te vragen om Jessica's peetmoeder te zijn, een verzoek dat Helen even met haar mond vol tanden had laten staan. Ze had de rol natuurlijk met liefde op zich genomen toen ze eenmaal was hersteld van de schok, en dat was maar goed ook, want als volgende blijk van hun zich verdiepende vriendschap deed Charlie er nog een schepje bovenop door te vertellen wat Jessica's tweede naam was.

Helen.

LEES MEER VAN

M.J. Arlidge

Laat op de avond komt een jonge vader thuis. Zijn dochtertje ligt rustig in haar bedje te slapen en die aanblik is een schrijnend contrast met de ravage die hij aantreft in zijn echtelijke slaapkamer, waar zijn vrouw levenloos in bed ligt. Op brute wijze is ze om het leven gebracht. Een paar dagen later komt een moeder thuis van een late dienst en treft haar tienerzoon aan in de woonkamer. Vermoord. Beide moorden lijken met hetzelfde wapen te zijn gepleegd, maar wat is het verband?

Terwijl inspecteur Helen Grace zich op de zaak stort, bevindt haar leven zich op een keerpunt. Haar meest recente aartsvijand loopt nog vrij rond en maakt dat ze geen stap kan zetten zonder drie keer achterom te kijken. Als zich een grote tragedie voordoet, is Helen nergens meer zeker van en al helemaal niet van haar baan. Haar trouwe partner Charlie zal tijdelijk in haar voetsporen moeten treden, maar is ze daar wel klaar voor?

Verkrijgbaar als

LEES MEER VAN

M.J. Arlidge

Chicago wordt opgeschrikt door de moord op twee jonge twintigers, beiden zijn gruwelijk verminkt. Er wordt al snel gedacht aan een seriemoordenaar. De politie heeft grote moeite om erachter te komen wie de dader is. Hij is berekenend en gaat erg zorgvuldig te werk. Het enige verband tussen de twee moorden is een jonge vrouw, Cassie. Zij beweert dat ze voorafgaand aan de moorden al wist wanneer deze zouden plaatsvinden.

Vanaf het moment dat Adam Brandt Cassie op het politiebureau ontmoet, is hij door haar gefascineerd. Alles wat zij hem vertelt, maakt dat hij twijfelt aan zijn deskundigheid. Dan loopt Cassie naar buiten, knoopt een sjaal voor haar ogen en steekt blind de straat over, dwars door het verkeer. Als hij haar na afloop vraagt waarom ze niet bang was te verongelukken, antwoordt ze: 'Omdat jij mij zal doden.'

Verkrijgbaar als

LEES MEER VAN

M.J. Arlidge

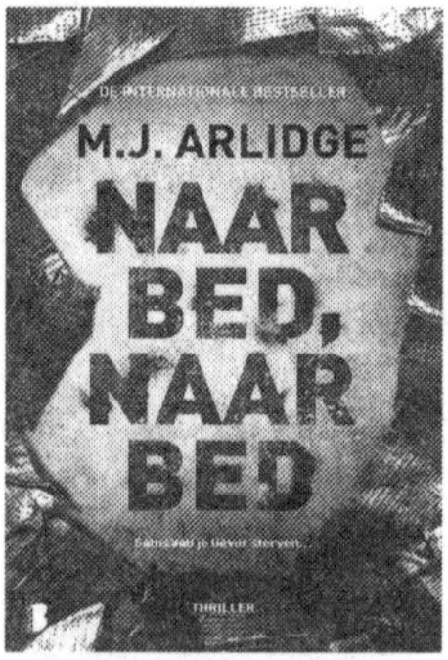

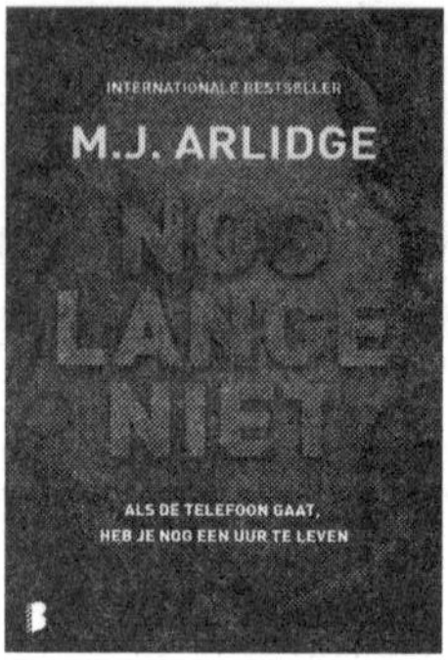

Verkrijgbaar als